文景

Horizon

社科新知　文艺新潮

社科新知　文艺新潮

述而批评丛书 第二辑

字里行间的时势

朱羽 著

上海人民出版社

献给我的妻子和孩子，
你们支撑着我的生命形式

上海文学批评的青年力量
——述而批评丛书第二辑序

新的时代发展引领文学创作的转换，青年作家、批评家如何面对时代变化中的价值和精神问题，如何以创作和批评的方式发出青年一代的铿锵之音，文学在深度参与现代化建设时，如何在文学创作和文学批评上引领潮流、创新方法、更新观念，更好地在中国式现代化中发挥文化的作用，这是批评面临的新责任。

习近平总书记高度重视文艺评论的社会功能，强调："要加强和改进文艺理论和评论工作，褒优贬劣，激浊扬清，更加有效地引导创作、推出精品、提高审美、引领风尚。"上海的文学批评一直有非常好的传统，涌现出一大批具有全国影响力的评论家，引领时代风气，积极参与并带动了中国当代文学的进程。斗转星移，薪火相传，述而后作，传承创新。新时代以来，上海出现一批年轻的文学评论新人。2018 年，上海作协积极推动"述而"批评丛书的出版，集中推出 11 名出色文学批评家的作品，引起社会关注。把青年新力量的队伍吸纳进来，文学批评新力量会迎来很大的转机。如今上海又一批年轻的文学批评新人脱颖而出，有的是作协成员，有的是高校教师，有的是媒体中坚。为进一步加强上海青年评论家的影响、培养上海青年评论家队伍，我们继续推动“述而”青年批评家丛书的出版，希望聚集目前上海最具影响力和潜能的年轻批评写作者，精选每一位作者最有代表性的文学批评文章，再推出一套能够全面反映当下上海青年文学评论整体风貌的精品文集，集中展示这一批评家群体的成就和风采，也展示上海文学批评的新发展与新收获。从中我们可以看到，上海青年批评者正在新的科技基座上思考人文，推动人文，书写当下，思考未来，努力做时代的同路人与风向标，对新兴的文学现象进行客观判断，展开有效批评，提出前瞻建议，发出与时代息息相关的声音。

批评随时代而变。当代文坛，创作繁荣，色彩斑斓。塑造当代文学格局的，不仅有风格各异的传统文学期刊，更有引领青年创作风尚的新锐杂志；不仅有传统文学及其出版机构，网络世界的文学平台则更加丰富多样，自媒体、文学社区、网络文学网站等，共同组合出当下文学版图的样貌。随着网络文学的繁荣和网剧等新的艺术题材的兴起，第二辑“述而”批评丛书跟第一辑一个很大的不同，是除了收入传统的文学批评文章，还有意收入了网络文学及泛文学（如电影、电视剧、网剧等）批评的相关作品，在重视传统文学批评的同时，引导读者关注和思考网络文学和泛文学的发展，为日新月异的艺术发展提供有益的参考。

文学的创造性转化和创新性发展需要广大文学工作者的共

同努力，青年批评家勾连现在与未来，是最具有潜力的创造性力量。在现代性进程内部有效改造中国传统文论，走出书斋的象牙塔，迈向时代的十字路口，走出内循环的舒适区，在世界性的合唱中加入中国批评的声音，亟待我们直面与践行。“述而”批评丛书第二辑的出版是这份共同努力的一部分，希望能取得有益的社会效果。在新时代的引领下，上海文学具有更加开放创新、流动多元、跨界共融以及面向世界的品质，我们要用全球视野重新认识和深刻把握脚下的热土，进一步深入生活、扎根人民，用文学的方式书写上海改革开放波澜壮阔的生动实践。未来我们将进一步促进创作、打造精品，用系统的观念全面梳理和构建中国式现代化的文学话语和叙事体系，继续赋能文学、提升价值，向广大人民群众提供高品质的文学供给，为推进中国式现代化书写文学篇章、贡献青年力量。

上海市作家协会党组书记、专职副主席

马文运

自序

本书存在两种“编年史”，一为所收八篇文章依次成形的历史，二为目录所呈现的序列。然而，两种编年史的“起点”却很一致。论刘师培的“正名”一文动手最早，也标示出“字里行间的时势”的开端。所谓“字里行间的时势”当然是回溯性的追认，却也让某种回忆涌出。刘师培与“正名”，其实是某篇“潜在”的博士论文的一部分。那是读博第一年，我沉浸在本雅明的“纯粹语言”、拉康的“象征性死亡”、“国粹派”政治与古今中西之争当中，面对无有标点的《刘申叔遗书》，竟然读出了趣味，甚至觉得找到了一条别人暂时无法领略的妙径。然而，我终究没有悟出那篇“潜在”的博士论文究竟还应该写些什么。

我不是一个特别懒惰的人，但的确不够积极，所以没有那么多藏之于屉的“拙作”，所有的文章几乎都是被“推”着写出来的。论《白鹿原》一篇多亏罗岗老师的鼓励与帮助，甚至靠着初稿去香港遛了一趟。谈《狂人日记》一篇则是访学纽约期间的副产品——似懂非懂地听着比较文学系雅克·莱兹拉（Jacques

Lezra）教授的“寓言”课，然后某个上午跑去说我的 paper 要写“Revolution and Allegory: On Lu Xun's Writing”，于是在圣诞之前的几周经历了我人生中少见的通宵写作。2011 年，我改写了那个过于“理论化”的版本，快速捋了一遍《狂人日记》的研究史，竟然发现自己的读法颇有一些道理。2015 年受张旭东老师邀请参加华东师范大学主办的“文化论坛”，又拿这篇交了作业，不过引入了有关《新青年》的内容作为参照。每年讲授“中国现代文学史”时，我照例要再起《狂人日记》于地下，层层累加，难免越讲越厚。这些变化一一体现在本书收录的这版文章中。

我好像习惯了这种“计划”外的撰文节奏。为了好好开会，就得认真写作，当然写着写着，便不只是为了开会。中国社科院“当代中国史读书会”与上海师范大学人文学院主办的两次会议推力强劲，论李准（2019 年初稿，2020 年发表）与论周立波（2020 年初稿，2021 年发表）的文章便是凭此机缘诞生。谈《繁花》那篇也是起自会议，但 2014 年时只有一个非常粗陋的提纲，直到 2020 年才咬牙将想清楚的一些东西写出。

当然，也要感谢杂志编辑们的推力，没有他们的督促，我可能还要不自觉地延宕一下。特别记忆犹新的是《中国现代文学研究丛刊》的李蔚超老师携其火热的革新意志在 2022 年春节期间对我的写作进度“嘘寒问暖”，让我这个老实人觉得必须再加把劲，论李约热一文于是得以提前完成。谈《雷锋之歌》那篇也亏得《文艺理论与批评》的鲁太光老师及时提醒与激励，才从

PPT顺利变成了文章。

想起最早一篇构思于2007年年底而最新一篇完成于2023年暑假前夕，恍然发现，这本集子竟是自己十多年文学研究的见证。由今天的自己来看，第一种编年史显示了一种可能性，但更呈现出一种确定性：在晚清的语言与政治之间寻找“中介”，在卢卡奇《小说理论》的棱镜中追索当代中国长篇小说的“形式”之“内容”，迷恋于《狂人日记》里“吃人”的不可转译性，在紧随“形势”的李准作品中辨析“文”与“势”的多重互动，在周立波一系列短篇创制中体会“风格”的“大义”，想要为《繁花》的“不响”提供别一种解释，想要将一位参与“扶贫”的作家接入20世纪革命文艺的传统，更想测试一下自己阅读《雷锋之歌》的诚实感受，并为这种感受的合理与不合理提供历史的解释。我从中看到了自己的确定性，我接受这一切，这就是我的书写、我的风格。不能说独爱这一本，但有些偏爱或许是真的。写作时虽有疲劳但不痛苦，乃至生出欢欣，如同面对敌人坚固的城防突然找到了入城的暗道。两个写作瞬间至今依然能唤出高峰体验：发现黑娃与白孝文才是承载着“时间意识”变迁的关键人物，叙事形式的深层意味借之浮出了地表；发现《禾场上》那句“难产的落沙婆无法减轻她的临盆的痛苦”，同《资本论》序言里的“减轻分娩的痛苦”产生了绝非偶然的共振。我期待着主观的巧思在某个瞬间突然转为文本深处发出的呼喊，在那一刻我甚至理解了黑格尔的晦涩语句“客体的过程就在于表明自身同时是主观的东西”，从而体验到了阐释过程中“主客体同一”的快感。

第二种编年史正是“客体”的编年史：将八篇文章所涉对象重新嵌入时间脉络——时势，但不是将之放入匀质的时间当中。所以我为之拟设了三个连续而有别的次级标题。“文之革命”指涉晚清至民国初期“文”“文学”与“革命”之间的切肤性联系，这也是“新文学”极不稳定乃至尚未诞生的时刻，是新旧古今中西赤身肉搏之时。“革命之文”则是探问中国社会主义实践究竟生成了何种美学感觉，落实为何种感性形式。此处当然困难重重，但我此刻更感兴趣的恰恰是那种曲折而有难度的表达，而且我愿意肯定那些有力且成功的经验。“当代的考古”处理的是“狭义”的当代文学，但我恰恰要从中考掘出历史的“幽灵”：《白鹿原》的“表达”源于改革时代实体瓦解之忧郁；《繁花》由其观察者身位，以及对于移情的抵制，带出了重述空间与历史的可能性；《李作家和他的乡村朋友》则以迂回的方式抵达了“讲话”的要义。这三个次级标题既凝结着无法消融的差异，又在另一个层面上成为彼此的参照乃至组成部分。此种回溯性重构自然流露出无法掩饰的野心，也就更多呈现出一种可能性而不是确定性。

八篇文章中，只有论刘师培一文可算作“泛”论（但也能辨识出对于刘师培解“字”的兴趣才是为文的根本动因），其余难免让人怀疑有点“作品中心主义”。我也是在“回溯”中才越发明确，自己确实偏爱这种方式。反省一下，之所以如此，是因为我认定，最终没有回指作品本身的文学研究总有点不对劲，欠缺味道，没有那种独特的力量。大概正是在这一点上，这几篇研究称得上是某种文学批评。在我看来，文学批评是一项真正严肃而困难的事情，但却拥有回指作品并对之加以解放的独特力量。2023 年承蒙河南师大杨丹丹老师看重，有机会在《当代作家评论》上谈谈自己的“批评观”，那几句话颇能道出我的一些想法，故选录在此处：

> 我想说，研究为真正的批评做了准备。但我还在路上。
>
> 批评是一种判断，它首先要做的是确认何者值得批评。这当然就已经包含了一种理解——何者“重要”。而确认这种“重要性”，则需要耐心、严肃而细密的研究工作。
>
> 批评是一种侦测——辨识并牢牢抓住作品的核心形式，将之置入更为确定的历史脉络中加以破译与评判。然而还值得追问，“辨识”出这种形式，需要什么条件。
>
> 批评是一种连接——将文本的细节与种种外部情境连接起来。有时这种连接显得那么不可思议。批评不仅道出作品的意图，也勾勒它得以产生却意识不到的基础与边界。作品越把自己凸显为独一，批评越要将它放回到“脉络”之中。
>
> 批评以“直言”为底色，它始终伴随一种追求真理的勇气，因而不甩下责任，不躲避后果。
>
> 但批评更应该有智慧，需要审慎的德性，克服浪漫派的任性。可以隐晦，但不能妥协。可以“孤独”，但不迷恋孤独。意识到自己从属于何种现实的力量，注目于无数无名者

的喜怒哀乐，倾听时势的律动，并知道自己在隐约期待哪一种未来；对于批评来说，这是沉重的分量，但也带来某种幸福。

如同任何严肃的研究，批评同样关心历史，并从自己的“当下”汲取能量，领受使命。然而，它与所批评的对象更加紧密地联结在一起——一种友爱关系，一种译者与被译者的关系。批评既不是捍卫也不是破坏，而是一种翻译，一种解放；既说出作品的意欲，也指出它的根本矛盾——批评它，并完成它。

想清楚了这些，好像从事文学研究与文学批评工作时能更坚定一些，也更快乐一些——当然这仅仅对我个人有效。

本书能够生成，要特别感谢上海作协的支持与《思南文学选刊》杂志社黄德海老师的帮助。选入的八篇文章受惠于诸多师友与许多学术杂志编辑的提携与指点，也从本科、研究生教学过程中收获了同学们的启发；更不能不提中国现代文学馆客座研究员、特邀研究员这一身份所带给我的诸多开眼界的机会，以及众多朋友给予的实打实的鼓励。冯至说：“一个寂寞是一座岛，一座座都结成朋友。”写作或许更是这样，彼此不同，却并不孤独。希望这本小书能够迎来更多的朋友。

朱羽

2023 年 10 月于上海

目录

当代的考古

文之革命

刘师培"正名"思考的乌托邦瞬间

刘师培在晚清可谓最为奇诡之人，他出身治经世家，旧学功底深厚，年少之时结交章太炎、蔡元培，思想为之一变，遂蹈入激进排满之途，东渡日本后又致力于传播无政府主义学说。令人诧异的是，刘师培在"激进"顶点突然"变节"，投靠晚清重臣端方。1912年以后，他又成为替袁世凯称帝"造势"的"筹安会六君子之一"。袁称帝事败，刘终为蔡元培所收留，入北大讲授国学。[1]刘师培的生命轨迹仿佛是先上升后沉降的曲线，而想要理解刘师培纷繁思路的历史实质，就必须重新激活晚清一代学术与政治之间的有机联系，爬梳出某种更具整全性的思想—政治谱系。比如，刘师培曾积极介入"国学保存会"新式教科书编写工作，这无疑可视为"国粹派"重组中国知识谱系的政治行为——刘师培正是《国粹学报》的发起者与主要撰稿

[1] 已往研究多关注刘师培的"善变"，如何为刘的"变节"提供一个合理解释一直以来也是思想史上的难题，至今仍无定论。刘师培的具体经历可参阅万仕国编《刘师培年谱》，广陵书社，2003。

人。[1]1906 年，他写成《中国文学教科书》第一册（原本计划编写十册，先明小学之大纲，次分析字类，次讨论句法章法篇法，总论古今问题，最后是文选，然终只成一册）[2]，强调“以诠明小学为宗旨”[3]，即谈论文学需从“识字”开始。且不要以为刘师培强调小学训诂只是倡导旧学，相反，那一时期的“古学复兴”恰意在伸张民族、民权革命[4]，而“识字”之中就蕴含了鼓吹“革命”的踪迹。在刘师培论学脉络之中，尤为重要的正是与语言文字之学紧密相关的“正名”问题[5]，甚至可以说，“正名”是贯穿刘师培学术与政治思想的核心线索，亦是重新理解刘师培短暂而灿烂的“乌托邦瞬间”的根本基础。本文的讨论将围绕刘师培关于“正名”的思考展开：首先，考察晚清变局与刘师培“正名”观念之间的关系，尤其关注晚清“小学”的政治意味。随后以“正名”问题为线索切入刘师培的政治想象，试图进一步打通

[1] 值得注意的是，其时提倡保存国粹者立场各异，国学保存会以己为“国学”而以帝王所尊崇的学术为“君学”，力主批判君主专制、辨明族类，宣传革命排满。参阅王东杰：《国学保存会和清季国粹运动》，《四川大学学报》1999 年第 1 期。

[2] 参阅刘师培：《中国文学教科书第一册序例》，载《刘师培全集》（第四册），中共中央党校出版社，1997，第 215 页。

[3] 同上。

[4] 关于国粹派的革命特质，可参阅李洪岩：《晚清国粹派史学》，《文史知识》1999 年第 3 期。

[5] 笔者查阅过《国粹学报》总目，刘师培论及“名”的文章较之他人为多。其中较重要的有《小学发微补》（1905）、《正名隅论》（1906）、《物名溯源》（1907）、《荀子名学发微》（1907）等。在这些明显涉及“名”的文章之外，其实刘师培的整个治学姿态，甚至可以说整个国粹派的考据姿态，都深深地嵌在“正名”之中。

刘师培的“学”与“政”。最后，试图比较刘师培与章太炎在“语言—哲学—政治”上的不同取径[1]，叩问“正名”与“乌托邦”之间的复杂关联。

一、“正名”与晚清变局

1904年，刘师培为《警钟日报》主笔，其间著成影响颇大的《攘书》（意在排满）与《中国民约精义》（意在倡民权之说，破君权之论）二书。尤其是《攘书》乃刘抱得大名之作，他意仿王夫之所作《黄书》，以之鼓吹排满革命。有趣的是，刘师培在诠释“攘书”之“攘”时，不以段玉裁《说文解字注》之注解为然：“段注以为（攘）即退让之义。吾谓攘字从襄得声，辟土怀远为襄，故攘字即为攘夷之攘。”[2]排满革命当然首先涉及意义之争夺，所以“学术”言说的政治性在这里毋庸置疑。更有趣的是，刘师培对于“攘”的解释不经意间道出了一个更为复杂的问题：晚清之“排满”已然处在西方列强重兵压阵之际，故而“攘

[1] 值得一提的是，本文写作时并未关注到东京大学石井刚教授的力作《敢问天籁：关于章太炎和刘师培两人哲学的比较研究》（《开放时代》2011年第6期），是一个遗憾。石井教授此文不仅辨析了章、刘解读庄子“齐物”观之不同，更从两人“方言”论微妙的差异中提炼出了某种富有语言—政治意味的差别，即刘师培倚重“由中心往周边扩散的周圈论”，而章太炎“成均图”所呈现的是“以旁转、对转为核心的环状音韵理论”，事后读来，启发甚大，与笔者所要讨论的两者语言—哲学—政治上的微妙区别也关系兹大——或可形成某种对话关系。

[2] 刘师培：《攘书》，载李妙根编《刘师培论学论政》，复旦大学出版社，1990，第288页。

夷”另一重意味无疑指向的是觊觎中国之西方列强。也就是说，理解刘师培的学术语言已经无法局限于传统的历史世界。“正名”问题的浮现，正是晚清中国深深卷入世界的表征。

早在刘师培结交蔡元培、入中国教育会之前，就已十分在意教育与国家兴亡之关系（一度怀有教育救国之设想）。1903年3月刘去开封参加科举会试，临行前作《留别扬州人士书》，呼吁对基础教育进行改革，引进西学，毋要死抱国粹。[1]中日甲午战争及八国联军侵华之后，士子深感国家危在旦夕，而敏感于中国文化——首先是语言文字——有碍于上通下达，刘氏可谓先觉者之一。1903年，刘师培写成《中国文字流弊论》《国文杂记》等文章，1904年又作《论白话报与中国前途之关系》，指出“中国文字致弊之第一原因”为“中国所习之文，以典雅为主，而世俗之语，直以浅陋斥之”。而“欲革此弊，厥有二策”：“一曰宜用俗语……二曰造新字也。”[2]（也正是在作《攘书》的当年，刘师培在《中国白话报》上以白话文发表了大量文章，可谓在宣传白话俗语方面身体力行。）刘师培以自己阅读古书的经验，当然知道中国文字——其实文字背后是一整套训释，进一步说，也就是已有的意义世界——很难回应晚清以来中西交通、新物日增的局面。“正名”问题由此浮现：

> 自武后、刘俨造新字以来，久为世儒所诟病，不知此无

[1] 参阅刘师培：《留别扬州人士书》，载万仕国编《刘师培年谱》，第18—20页。

[2] 参阅刘师培：《中国文字流弊论》，载李妙根编《刘师培论学论政》，第5页。

足病也。古人之造字，仅就古人所见之物为之，若古人所未见之物，而今人见之，其不能不别创新名也明矣。中国则不然，物日增而字不增，故所名之物无一确者。今者中外大通，泰西之物，多吾中国所本无，而中国乃以本有之字借名之，丐词之生从此始矣。此侯官严氏所以谓中国名新物无一不误也。今欲矫此弊，莫若于中国文字之外，别创新字以名之，循名责实，使丐词之弊不生。[1]

提倡白话报，提倡俗语官话，提倡造新名新字，批判中国文字的弊端，以及批判中国的国文基础教育，实际上指明了晚清以来中国传统的文化秩序已然动摇。“名”的危机在一个最基本也是最根本的意义上，就是原有的意指系统（首先表现为语言文字）与“新物”之间的不相合。名实相违，就是名称无法应对真实世界，那么整个中国就仿佛失去了准确的语词，也难以言说自我与他者。此种焦虑远远超越了物质与制度层面，而是渗透到基本的象征－符号层面，侵蚀整个认同根基（也正是在这个意义上，我们才能理解晚清以降诸多关于新语言与新文字的狂想），当然，“名”的危机同时也暗示着一种重整与苏生的可能性。众所周知，“正名”本是儒家非常重视的问题，孔子、荀子与董仲舒在各自的著述中都点出了“正名”之重，“正

[1] 刘师培：《中国文字流弊论》，载李妙根编《刘师培论学论政》，第 5—6 页。所谓“丐词”，出自严复所译《穆勒名学》：“先为臆造界说，而后此所言，即以望文生义；此则本学所谓丐词者也。”

名”关乎意义与秩序，甚至“乃为政之本”。[1] 刘师培自然对这样一个经传传统十分谙熟，更具体地说，他治小学的方法直接传承了以王氏父子、阮元为代表的“扬州学派”。但是“社会进化论”在这个特定的历史瞬间就像捕获其他晚清知识分子一样，“有限度地”（指经过其学术“中介”）捕获了刘师培，从而使他的批判溢出了“传统”。[2] 所谓进化论“公理”（有时也被称为公例、天则 [3]）所代表的是另一套“名”的系统，更确切地说，代表了另一种具有压倒性优势的意指系统与新的历史意识。刘师培以为，中国文化系统（首先是文字）在“进化公理”面前需经受批判。他将“小学”（训诂、音韵、文字三学）和西人的“社会学”（尤其是甄克斯的《社会通诠》）“对接”了起来。或者说，

---

[1] 孔子《论语·子路第十三》有“名不正则言不顺”之语；荀子作《正名篇》，以名学为“用之大文也，而王业之始也”；董仲舒《春秋繁露·深察名号》有言“名者，大理之首章也”。刘师培亦以孔子、荀子、董仲舒为传统“名学”讨论之谱系。

[2] 晚清读书人接受“进化论”的思路很值得探讨。关键在于，“进化论”带来了一种新的历史意识，一种目的论结构，一种必然性话语。因此，章太炎认为“进化论”之思路起于黑格尔，就不让人奇怪了。从章对于进化论的批判反而可以见出晚清关于进化论的独特理解：“近世言进化论者，盖昉于海格尔氏。虽无进化之明文，而所谓世界之发展，即理性之发展者，进化之说，已蘖芽其间矣。达尔文、斯宾塞尔辈应用其说，一举生物现象为证，一举社会现象为证。如彼所执，终局目的，必达于尽美醇善之区，而进化论始成。”参阅章太炎：《俱分进化论》，载《章太炎全集》（第四卷），上海人民出版社，1985，第 386 页。

[3] 刘师培关于“公理”（公例、天则）的看法，可参阅其《理学字义通释》（原刊《国粹学报》1905 年第 8、9、10 期）。“天理者，即人心中同然之公理，（西人称为天则，又称为公例。）亦即《诗·烝民》篇所谓‘天生烝民，有物有则’之则也。”见《中国现代学术经典·黄侃、刘师培卷》，河北教育出版社，1996，第 617 页。

刘师培用“小学”创造性地“翻译”了带有进化论倾向的历史分期论——此种“翻译”亦呈现出对于社会进化的“改写”。这成为“正名”展开的初始姿态之一。他这么做远非为了确证西人“社会学”本身的真理性，而是为了展开对于传统的批判及对于“古源”的揭示。例如刘师培写于1903年的《论小学与社会学之关系》这样来阐释“牧”字：

> 因思汉族当游牧时代，亦与今日之蒙古同。盖当时之酋长亦各于水草饶富之区分地而治，名曰牧地。厥后改行国为居国，此称犹在，故于诸侯统辖一方者，亦称之为牧。《周礼·太宰》云：“牧以地得民。”《书·立政》云：“宅乃牧。”是牧为土地上区划之称，而《王制》注言：“虞夏及周州长皆曰牧”，尤可证牧字之称甚古。其为沿游牧时代之旧称无疑。……后人泥于牧民之说以助君主之专制，皆误解牧字者也。[1]

探明文字之古义，既可以揭露“名”所包含的压迫性（比如指出《说文》训“妇”为“服”），又可以揭示名称起源瞬间的真理性（如解“君”字为“群”）。刘师培所批判的对象多为历代之故训，从而揭示出历代语言文字阐释之中的压迫性关系。在这个意义上，正是西方的社会史理论（尤其是“社会分期”带来了

[1] 刘师培：《论小学与社会学之关系》，载《刘师培全集》（第三册），第232页。

新的历史意识）规定了“正名”的激进性，极大地冲击了——同时又是“拯救”了——两汉以来的经传训释传统，从而为革命派的理想张目。然而，我们也必须注意到这样一种辩证法：正是中国与西方的碰撞本身激发出了正名问题，使得原来的意指系统开始动摇。这可以说是一个历史开裂口，这个裂口一旦开启，就必然激发出中国对于新的语言、新的意指系统的渴望，甚至是对西方所来之物的克服。同时，这样一个中学与西学互相发明的初始瞬间所打开的是一种无法简单还原为两者之一的新的话语空间（用当时国粹派的话说就是，求“通人”之学）。王汎森将刘师培思想中此种独特的张力归纳为“反西化的西方主义”与“反传统的传统主义”。[1] 在刘师培正名问题的进一步展开中，我们将充分看到这种悖谬性与辩证法。

二、“民”的“正名”：《中国民约精义》中的语言、翻译与政治

如果说《论小学与社会学之关系》代表了刘师培用“小学”来翻译另一种历史—政治话语的初次尝试，那么《中国民约精义》则彰显着刘师培一次更具野心的“翻译”行动：以卢梭的《社会契约论》（即《民约论》）来批判与拯救中国古代经典。此书不啻一次对“民”的重新“正名”，它一方面连通着沟口雄三

[1] 参阅王汎森：《中国近代思想与学术的系谱》，河北教育出版社，2001，第197页。

所谓中国“公私”概念的变迁，即连通着中国自身的近代化历程；另一方面也凸显着“翻译”的纯粹暴力——这一暴力可能是积极的、创生性的。刘师培的根本意图在于罢黜君权的至上性与绝对性，切断“天”与“君”之间的联系，动摇其正当性基础，并且在中国脉络里提出“人民主权”论的原初形态。比如在解《尔雅·释诂》中“林烝天帝皇王后辟公侯，君也”这一条时，他充分调用了“小学”资源来确立“民”的先在之位：

> 案林、烝二字古籍皆训为众。……《尔雅·释诂》复训“林烝”为“君”，可知古人之称君与国家团体同意。“林烝”二字之训君，犹君之训辟也。此上世古义之仅存者。……凡十字，而“林烝”二字独冠于天帝皇王之上，则以君为民立，为太古最初之义。……此可以破中国以君权为无上者之疑。[1]

虽然刘师培所阐明的先在的“民约”亦只是虚构，却从根本上动摇了“君”的秩序，因而也可以说，刘师培的“上古想象”既挣脱了既有的政治脉络，同时又与单线进化论（价值进化与历史演进同构）构成了微妙的张力。相比于前人对于“君”的批判，刘师培走得更远。在他看来，班固所言“王者，往也，天下所归往；君者，群也，下之所归心也”，看似伸张仁义之旨，

[1] 刘师培：《中国民约精义》，载《刘师培全集》（第一册），第567页。

却近于倒置。而叶适等“抑君”之说亦遭批判，因为“君本不尊，何待于抑，威福既非人君所可专，名位亦非人君所可挟。天下为万民之天下，岂人君一人所可服哉？”[1] 甚至王夫之所谓君需“通民情恤民隐”之说亦遭否弃：

> 民不能自强而望君之不己弱，难矣。民不能自爱而怨君之不爱民，尤难之难者矣。船山既知民之不可弱，而复言权之不可分。则所谓“通民情恤民隐公天下”者，不过防民罹虐政起倡革命耳，以之保人君私产则可，以之谋万众公益则奚可哉？[2]

刘师培之所以能够跳脱出“抑君”的传统而伸张“民权”（其中尤其涵括了“叛乱权”/革命权），依托的是一种“翻译”：首先是新的政治概念的介入——比如“民约”“主权”“性法（自然法）”“自由”，虽然当时刘师培难以把握这些概念的真正脉络（比如近代欧洲对于“主权”的理解）；他用这些概念（并非空洞的名词）改写了传统的概念——比如“天下”“公私”“天理”“良知”，从而撕裂了传统的解释脉络与政教传统，制造出一个“历史的缺口”。刘师培对于近儒李经纶的一则解说尤需注意：

---

[1] 刘师培：《中国民约精义》，载《刘师培全集》（第一册），第 582 页。

[2] 同上，第 589—590 页。

> ［李经纶曰］“宇宙只一理，本公也。人之有身则有自私之蔽。圣人之教，所以去天下后世自私之蔽也，自私之蔽一去，则廓然大公。公则理一无间矣。是故君子亲亲而仁民，仁民而爱物。”……［刘师培］案……盖天下为天下之公器，非一姓之私产，今为人主者据本非已有之物以为公而斥人民所自营之业为私。……自营为私，背私为公，使反己自思，果孰私而孰公？李氏知论自私之弊，惜其未见及此也。[1]

究竟是什么促使刘师培抛却了李经纶看似圆满的大公无私说？一旦君与天的关系被切断而代之以民与天的关系，君就只是众人之一分子而已，“君/民”不再成为一种“对待之词”。可是新的“至公”的含义又如何理解呢？刘师培试图用《民约论》来回应：“群数千万人于一国之中，则其国之利害好恶应与国人共之。盖一人之好恶出于自私者也，国人之好恶本于至公者也。”[2]所谓“国人之好恶”，很可能是刘师培对于卢梭“公意”的阐释，可他却很难把握卢梭笔下从“自然状态”到“政治状态”的转换以及公意与主权权威的不可分性（刘师培在文中曾提到“卢氏谓主权之体可分，主权之用不可分”，显然是错误的，但不知是日译或中译的错误还是刘师培自己的笔误，颇值得玩味），因此从一开始刘关于“民”的论说就缺乏卢梭式的“政治

[1] 刘师培：《中国民约精义》，载《刘师培全集》（第一册），第585—586页。

[2] 同上，第596页。

瞬间”[1]，或者说，刘师培关于“公”的设想受到了中国传统中多重“公”的表象的影响[2]。因此，在“民”与“公”充满变数的关系之下，刘师培的思考才可以向其他的语言与政治开放。

我并不想将刘师培的“翻译”化约为引入资产阶级天赋人权观念等。与其说刘师培笔下的“民”代表着一种原初的占有性个体，毋宁说是一种有待锻造和再解释的历史性存在。比如，在同样是1904年写成的《论中国阶级制度》中，我们可以看到刘师培所理解的“平”或“公正”指向的是“使世之乏资财者，悉行工作自由之制（作工自由即雇工之制也）”，仿佛如此就可以“泯主仆之称”，使“昔之身列贱民者”同享平等之权，以消灭阶级制度。[3]从中我们可以大致判断出刘师培在《中国民约精义》中所谓“平等”的内涵。然而，此种赤裸裸的“形式平等”很快就遭到了刘师培的质疑，在写于1905年的《醒后之中国》里，

---

[1] 参阅［法］让－雅克·卢梭：《社会契约论》，何兆武译，商务印书馆，2003，第21页。“只是一瞬间，这一结合行为就产生了一个道德的与集体的共同体，以代替每个订约者的个人；……共同体就以这同一个行为获得了它的统一性、它的公共的大我、它的生命和它的意志。”

[2] 参阅［日］沟口雄三：《中国的公与私·公私》，郑静译，孙歌校，生活·读书·新知三联书店，2011，第86页。“但是正如我们已经看到的，在中国，既然公概念内含着天、自然、条理、多数、均、连带的共同、利他、和谐等有关共同、总体、自主的种种含义，公·私自然会有诸如以下的各种对立：公的自然和私的作为（在这里不如强作‘作伪’）、公正和奸邪、多数与少数、均分和专私、连带的共同与独私、利他与利己、仁·义与利、博爱与为己、融他性和谐与排他性对立等。如果对它们不加以仔细斟酌，而将公·私置换成意思暧昧而模糊的‘全体和个体’，是没有意义的。”

[3] 参阅刘师培：《论中国阶级制度》，载李妙根编《刘师培论学论政》，第349—350页。

他转而支持“帝民之主义，以土地归国有，而众公享之，无私人垄断之弊”[1]。这种“平”或“公”的指向变迁折射出“民”之“正名”高度动态性的特征。

因此可以说，一方面，刘师培的“翻译”的确指示出“天理”世界观的瓦解，标志着自然权利及资产阶级“平等”观的到场（所谓“君主人民俱在法律之中，分属平等，本无所谓尊卑高下也。明乎君民平等之理，则爱民如子、事君如父之谬论可以破矣”[2]），由此，沟口雄三所谓中国传统内部的现代因素获得了一种新的语言坐落。另一方面，这一“翻译”过程远非光滑地迁移，反而存在着各种“残留物”与“地方性”。毋宁说《中国民约精义》自身成为一个中介环节，其作用在于撕裂开某种传统，而任何这样的裂口可以说都蕴含着乌托邦的种子。

三、“物名溯源”与“起源”的政治

若要进一步理解刘师培所谓“正名”与“政治”之间的关系，还是要说到《攘书》。刘师培定《攘书》最后一篇为《正名篇》可谓意味深长。1904 年，刘师培已然对“名学”推崇备至：“论理学即名学，西人视为求真理之要法，所谓科学之科学也，而其法有二：一为归纳法，即由万殊求一本之法也；一为演绎法，

[1] 刘师培：《醒后之中国》，载李妙根编《刘师培论学论政》，第 353—354 页。

[2] 刘师培：《中国民约精义》，载《刘师培全集》（第一册），第 591 页。

即由一本赅万殊之法也。……以穆勒《名学》为最要。”[1]晚清以“名”来翻译Logos，使得名学并不等同于俗常所理解的逻辑学，反而接近Logic的古义。[2]严复谓之：“曰探、曰辨，皆不足与本学之深广相副。必求其近，始以名学译之。盖中文惟‘名’字所涵，其奥衍精博与逻各斯字差相若，而学问思辨皆所以求诚，正名之事，不得舍其全而用其偏也。”[3]名一旦跟“逻各斯”对应，立即打开了一个多重的翻译空间，同时召唤出中国古代围绕在“名”周围的光晕（比如“名者，命也”）。《攘书》的整个叙事由“华夏篇”开端，追根溯源，辨别中国国名、族类，由“正名篇”束尾，或有总结的意味，类似“夫子自道”：“正名”正与革命相依随，而且在革命议程中扮演着极为重要的角色。革命如果说是“光复旧物”，当然必须为旧物或者说“起源”正名。革命不但是暴力破坏，也必须是意义的重建，必须恢复事物的“应然”状态，恢复事物间的正义。在这个意义上，刘师培恰恰激活了“正名”的内在力量——在混乱之中重整与创生秩序。

而使得这一图景变得更为复杂的是这样一个事实：刘师培一度认同西学之“真理”（如“论理学”，如物理学、天文学等近代“科学”），他不惮以西学取舍中国旧名：“中国旧名有当循

[1] 刘师培：《攘书》，载李妙根编《刘师培论学论政》，第332页。根据李帆的考证，当时的刘师培不太可能看到过严复译稿的手稿。参阅李帆：《刘师培与中西学术》，北京师范大学出版社，2003。

[2] 参阅 Raymond Williams, *Marxism and Literature*, Oxford University Press, 1977, p.22. “Language as a way of indicating reality could be studied as logic.”

[3] ［英］约翰·穆勒：《穆勒名学》，严复译，商务印书馆，1981，第2页。

者，有当改者，当循者如《说文》训‘电’为阴阳激耀，与今西人论电之说合，此可循者也；其当改者如日为地球所绕而《说文》以‘旭’字为日旦出貌、阳字为日出，则与地球绕日之说背矣，……此皆旧名之当易者也。”[1] 更有意思的是，刘师培似乎在寻求某种“极致”的翻译：“异方之物多震旦所本无而中土乃以固有之字名之，辗转假借而丐词以生，其译音者如电话译为‘德律风’是也，其译义者如轮船铁路是也，大抵皆察其外延，遗其内容，此严又陵所以谓中国之名新物无一不误矣。”[2] 刘师培同时拒绝了单纯的音译与仅仅把握住外延的意译，这一思索迸发出了某种“翻译”的乌托邦瞬间：仿佛指向“纯粹语言”或更普遍的“名”。刘师培对于“名”的执着——即要求“名”穷尽事物，可以被视作一种追求“起源”的姿态。但是这种姿态绝非试图回到某个固化的、完美的起点。正如在《正名隅论》中，刘师培挑明了“名”初始的不完满性：

> 盖古人之名物也仅就其一端名之。当上古之时，非必以此为名词也，仅静词、动词及感叹词耳。及相称既久，而昔之所谓静词、动词、感叹词者遂一变而为真实之名词。然所命之名，奚足该一字之界说哉？故就中国之名词观之，大抵详于外延而略于内容，非惟专名如是也，即公名亦然。例如人字象臂胫之形，仅就人之形象言之耳。然人为灵智之动物

[1] 刘师培：《攘书》，载李妙根编《刘师培论学论政》，第 333 页。

[2] 同上。

未尝言也。天字训为颠，即天高在上之义，仅就天之方位而言之耳。然天之形象及功用若何，未尝言也。惟其详于外延，故有物异而名同者，而丐词以生。[1]

刘师培的“正名”论包含了一种激进的否定力量，它通过追寻真正的“名”而传达出来。这种“名”当然不完全处在起点之上（古人在命名、造字时已然有所缺失），而是说命名始终没有到达某种极致状态。换句话说，“正名”与其说是一种静态的“符合”毋宁说是一种动态的生成。这也提示我们，正名的激进性主要是一种姿态，它不但追求名物相符的理想状态，同时又期待实现“平”或“公”，而激发起这种欲望的正是晚清中国的孱弱、失序的地位。如何消除“丐词”在这个意义上就不仅仅是一个语言问题、意义问题，也关乎社会—政治实践。这种思考的强度就在于如何重新创造出真正的名物相符状态，这势必会导向激进的政治狂想，晚清一辈对于“进化论”的好感亦需从这一基础上来理解。

不过在这儿，刘师培的独特之处却是他不得不以“传统”为基点。这也是他所身处“复古”时代的特征之一。[2] 晚清一代对

---

[1] 刘师培：《正名隅论》，载《刘师培全集》（第三册），第 223 页。

[2] 参阅鲁迅：《〈呐喊〉自序》，载《鲁迅全集》（第一卷），人民文学出版社，2005，第 439 页。“因为我们那时大抵带些复古的倾向，所以只谓之《新生》。”在日本东京时期，鲁迅在《河南》上刊发的《摩罗诗力说》《破恶声论》以及其与周作人一同翻译的《域外小说集》皆取古奥之古文，即其置身“复古”时代之例证。

于传统的态度在“五四”之后开始失去正当性。就是在晚清，与传统的交流方式亦有多途。同样写在1907年的《摩罗诗力说》就与刘之著作判然有别。比刘师培还年长几岁的鲁迅丝毫不理睬什么小学、经学。可刘师培想不谈也难，谈“国粹”对于刘来说几乎是一种“身体性”的惯性，是讨论问题的基本前提。在刘师培看来，正因为存在传统的“小学”，“正名”才落实为具体的形态。“今观古今小学书析为三类，一曰训诂之学，二曰文字偏旁之学，三曰音韵之学。而名学家言则另为一家之学，周代以降，寖失其传，惟字义字形字声赖小学之书而不坠。”[1]而小学实际上正是正名的“前提”：

> 夫论事物之起源，既有此形，乃有此义，既有此义，然后象其形义而立名。是义由形生，声又由形义而生也。论文字之起源，则先有此名，然后援字音以造字，既有此字，乃有注释之文。是字形后于字音，而字义又起于字形既造之后也。[2]

“事物的起源”和“文字的起源”之说颇难理解，却极为重要。“事物之起源”，也就是“物—名”之起源。也就是古人开始指认、称呼事物。而“文字”之起源，则“先有此名”——刘师培或谓之“真实之音”，援字音以造字，然后有字，字后有训（注释之文）。可见刘师培在纷繁复杂的语言文字脉络中整理出

[1] 刘师培：《正名隅论》，载《刘师培全集》（第三册），第221—222页。

[2] 同上，第222页。

了一条贯通古今的线索，更为关键的是，这条线索始终蕴含着“声音”（同时有着意义）。在1905年成文的《小学发微补》中，刘师培则更为细致地展示了植根于中国小学传统的语言起源论与文字起源论。

> 上古之时，未造字形，先有字音，前已言之矣。然人当始有语言，未若今日之复杂也。其始也，仅有无字之音，厥后声音复杂，始成言语。然声音之起原，厥有数端：一曰自然之音。自然之音者，因口舌相调，即成一普通之音，凡在幼童，莫不皆然，非地与时所克限也。故或以此音为天籁。如“我”者，发语声也，凡动物之发声，亦多带“我”字之音。人欲发声，则“我”字之音自出于喉。故古人即以此音为己身之称，用造“我”字。……二曰效物所制之音。夫言出于口，声音乃成，此一定之理也。然生民之初，非能创此音也。其所以成一真实之音者，必先具此物，乃锡此名。其故有三。一为声起于形，即象物形以造字音也。如因日形完实而呼之为日，因月形半缺，而呼之为月是也。……一为声起于义。此由古代析字既立义象以为标，复观察事物，凡某事某物之意象相类者，即寄以同一之音，以表其义象。凡音同之字，义即相同，如前文所举“施”字“门”字是也。……一为以字音象物音。此由古代造字既以字形象物形，复以字音象物音，如前文所举“水”“火”二字是也。……则古人之名物必有至理寓其中，彰彰明矣。……可知古人创造字音皆

在观察事物之后。[1]

刘师培秉承的是“扬州学派”“就字音推求字义”的方法，此种“小学”思路关联着更大的经史传统，其探究“起源”的角度颇不同于西方的“语言起源论”。这一论学脉络并不聚焦于语言“从无到有”的“创生”时刻，而是从已有的材料推求最初的具体命名之法则。奉仓颉为造字之祖，亦无神秘之色，甚至可以说，小学并不真正在乎神圣的起源论，而是更在乎语言文字生成演变的内在律法，此一特征合乎“史”的传统。有趣的是，刘师培认为“语言的起源”涉及古人对于物的最初感受与把握，是由内而外的呼喊，而非关于物的分类。比如，马名为马，不应该是先有一个分类体系，而是对非概念之马的形态、作用的呼喊（包含联想），甚至是最初触物时的感受之表达。就如同原始人可能以各种语词来表达同一种动物。从而，刘的思考又与卢梭所谓语言起于“激情”构成了微妙的对话。[2] 只不过，他的小学方法进一步勾勒出字音字义字形之间的有机联系，锻造出一种历史的不间断性。

《易经》有言：“书不尽言，言不尽意。”意即字义，言即字音，书即字形。惟有字义，乃有字音，惟有字音，乃有字形。许君作《说文解字》以左旁之形为主，乃就物之质体区

---

[1] 刘师培：《小学发微补》，载《刘师培全集》（第一册），第433—434页。

[2] 参阅［法］让－雅克·卢梭：《论语言的起源》，洪涛译，上海人民出版社，2003。

> 别也。(如从草之字皆草类也，从木之字皆木类也。)然上古人民未具分辨事物之能，故观察事物以义象区别，不以质体区分。然字音原于字义，既为此声，即为此义。凡彼字右旁之声同于此字右旁之声者，其义象亦必相同，且右旁为声之字半属静词动词而名词特鲜，以是知上古造字只有静词动词，此非臆测之言也。后人解字以一事一物为纲，古人造字以一义一象为纲，而区别义象之字皆属静词动词。凡此字义象同于彼字义象者，在古代亦只为一字，后圣继作，乃益以左旁之形，以示区别而名词以成。此古人抽象之能也。[1]

刘师培看到了造字之初字数有限，一字兼有数义，而后来的同声旁字大都意义相关，从而见出"义声"之线索。造字之初，字是有"声"的，而"声"是有"意味"的——源于古人"以义象区别"，这不啻为黑格尔中国文字批判(汉字在声音方面的偶然性与不稳定性)的反批判。[2]声旁字或原初字是某种原初"符号"："声"包含"指意"(折射出古人命名时所展现的生

---

[1] 刘师培：《小学发微补》，载《刘师培全集》(第一册)，第426—427页。

[2] 参阅[德]黑格尔：《精神哲学》，杨祖陶译，人民出版社，2006，第282页。"中国人的象形文字的书面语言的方式本来就只能是一个民族中保持不变地独占精神文化的那小部分人应该占有的。声音语言的进展是最精确地与字母文字的习惯联系在一起的，通过字母文字声音语言才获得其清晰发音的规定性和纯洁性。中国声音语言的不完善性是大家都知道的；它的大量的词都有好几种完全不同的意义，甚至多至10个乃至20个，结果是在说话时只有通过重音、强度、低声地说或大声叫喊才使区别成为可觉察到的。……由于象形文字的书面语言的缘故，中国的声音语言就缺少那种通过字母文字在发音中所获得的客观确定性。"

命力），而形或许是“象形”。比如刘师培提到山字古文作“㟣”，象三峰矗立之形，故古人呼之为三，厥后讹“三”音为“山”音。这是说“山”字有其初始的音，声音并非偶然，它表征出古人命名的能力。

> 动物植物一物必有一物之名，物名莫备于《尔雅》。今考其得名之由或以颜色相别，或以形状区分，然此皆后起之名也。夫名起于言，惟有此物，乃有此称。惟有此义，乃有此音。盖舍实则无以为名也。故欲考物名之起源，当先审其音，盖字音既同，则物类虽殊而状态形质大抵不甚相远。如《尔雅·释草》云“茨蒺藜”，郭注云“布地蔓生，细叶子有三刺人”……又《释虫》云“蒺藜蝍蛆”，郭注云“似蝗而大腹，长角能食蛇脑。”《广雅》云“蝍蛆，蜈蚣也。”盖蜈蚣多足，足以刺人，与茨草多刺者相同，其同名蒺藜者，以其形皆多刺也。[1]

此段引自刘师培1907年3月所作《物名溯源》，此时刘师培已东渡日本，正处在新一轮的激进转变之中。然而，对于“名”的重视，似乎并未发生动摇。为后人所乐道的“字义起于字音”之声训法，也于此有所发挥。如前所述，此说要义在于：如果某一事物被赋予某个语音形式之后，另一个事物也被赋予

[1] 刘师培：《物名溯源》，载《刘师培全集》（第三册），第247页。

了同样的语音形式，那么，相同的语音形式就能表明二者之间在形体、色彩等方面的相同或相似。[1]刘师培无疑由此发现了“物名的秩序”，从而整理出了一条贯通古今的“声音”线索。这一思路与章太炎构筑“夏声”的思路非常接近，也蕴藏着一种独特的语言—政治思考。然而在新的普遍性、新的“公理”面前，刘师培的“正名”问题演化出更为复杂的面貌。物名一旦涉及训释，就有了争端。如前所述，小学的“求真”获得了一种更加激进的意义，它已经不再置身于传统的秩序，而是栖身在西学所撕开的历史裂隙之中，重新指向新的名实相符的理想状态，从而生成一个乌托邦瞬间。我们将会看到，这一冲动在刘论及世界语时得到了充分彰显。

刘师培 1907 年在日本创办“社会主义讲习所”，同时也十分关注日本社会党所提倡的世界语。1908 年 4 月 6 日，世界语讲习会在刘师培住宅首次开班。此一时期，也是刘师培与日本无政府社会主义者幸德秋水等来往最为紧密之时。[2]同年，刘作《劝告中国人士宜速习世界新语》，提出“惟世界新语则音符、名称均画一，记忆最易（无一字数义者，亦无数字一义者）。且义近之字，均用接头接尾语添加法，所有语言甚众，练习非难”。[3]名称画一，无生丐词，也就是物与名皆处在一一对

[1] 参阅浦伟忠：《论刘师培〈左盦集〉的学术思想》，《清史研究》1992 年第 4 期，第 81 页。

[2] 参阅万仕国编《刘师培年谱》，第 150 页。

[3] 刘师培：《劝告中国人士宜速习世界新语》，《史林》2007 年第 3 期，第 185 页。

应状态。在另一篇文章中，刘还提出将《说文解字》译成世界语："其译述之例，则首列篆文之形，或并列古文籀文二体，切以 Esperanto 相当之音，拟以 Esperanto 相当之义，并用彼之文详加解释，使世界人民均克援中土篆籀之文，穷其造字之形义，以考社会之起源。此亦世界学术进步之一端也。"[1] 在这里，篆籀之文恰恰成为世界语的图像，即为这种表音文字创造出了视觉形象。然而，有趣的是追问，两者之间可译的前提何在？在一个同样紧张而矛盾的历史瞬间，本雅明曾评论道："在当下意义上，普遍史只不过是一种世界语而已。（它表达出，人类的希望无非是普遍语言的名称而已。）"[2] 如果普遍历史对应着世界语，我们也可以说，世界语依托同质的普遍历史。可是，在刘师培的论述里，世界语是主动的，成了主体，而汉字成了对象，后者可以被转译为前者，但逆转这一方向是否可能呢？因此，中国古代文字成了像图画一样的东西，它原本的声音被世界语的字母记录下来，其意义则转化为世界语的声音。可是，对于中国受教育阶层来说，这些文字自然有其声音，刘师培对这一点当然了然于胸。这一"自然"的声音对于"复古"—革命大业至为关键。另一位旧学功底深厚的革命派章太炎曾尖锐地批判过将世界语引入中国的想法。他的看法是：语言上的差异导源于

[1] 刘师培：《论中土文字有益于世界》，载李妙根编《刘师培论学论政》，第163页。

[2] Walter Benjiamin, "Paralipomena to 'On the Concept of History'", *Selected Writings*, vol.4, Harvard University Press, 1996, p.404.

不同的风俗与人性，而世界语因为其欧语起源而难以担负起普遍性。很难说刘师培会否认章太炎关于古音韵的论说，反而两者在“方言”与“夏声”问题上有着高度的一致性（下面的讨论还会涉及）。

不同于黑格尔认为中国文字的声音是不完美且含混的，刘师培和章太炎都将汉字之声音视为重建名物踪迹与中国认同的关键所在。但是，刘师培与章太炎之间的“分歧”产生在两人关于“当下”与“未来”的判断之上。对于后者来说，他试图在“自然”之基上重建中国语言的内在秩序，追索起源的踪迹，并且重建真正的中国认同，这或许就是章太炎所重视的“俗谛”。而对于刘师培来说，他渴望找到名实之间完美相符状态的现实对应物，而不关心或不在乎这一解决是出于“人为”还是“自然”。而在“自然”与“人为”之间的裂隙变得越来越明显时，晚期的刘师培却以极为保守的方式重回“自然”，使历史裂口—乌托邦瞬间闭合为“怀古”。不过在这里，刘师培则移情于“人为”的世界语及其对应物——无政府主义革命（所谓“人为”，是指此一革命不太强调具体的风俗习惯而是推导自理想化的“平等”，在这个意义上，章太炎的“平等观”则与之不同）。刘师培思想转变的内部线索通过这样一种“转喻”——从“正名”到发现世界语，从发现世界语再到提倡无政府主义——隐约地呈现了出来。

三、“正名”与“乌托邦”的政治

我们已经看到刘师培的“正名”问题虽然呈现为小学考据，然而内在地包含了某种政治冲动与集体欲望。这种冲动也渗透进了刘师培现实中的政治选择。如果说在小学训诂领域，刘师培能够通过溯源物名或恢复古字古义的方法来勾勒一种湮没的古老秩序（先于君权作威作福的“原初”状态，虽然在“进化论”看来显得愚朴，却有其不可化约的价值，我谓之“原初—共同体论”），那么当刘师培面临超出汉语意义系统的西方“公理”系统时，就需要谨慎处理从“中华”到“世界”的拓展并遭遇两者之间难以消解的矛盾。[1] 当刘师培开始援引社会演化—分期论这一公理，也就是开始引入某种看似普世性的西方意义系统时，他接触到了另一种“名实不符”的情况。“公理”与“中国”之间的紧张关系成为他挥之不去的焦虑。在写于1904年的《论中国阶级制度》中，进化公理与中国现实的背离引起了刘的注意：

> 吾观西人之言社会学者，谓等级制度之进化，大抵由家奴而田仆，由田仆而雇工。而中国之阶级制度也，则又由雇工而田仆，由田仆而家奴，（如秦汉之时大抵皆雇工之农人也，故无田仆家奴之制。若今日之中国，则大抵家奴田仆雇

[1] 笔者曾与东京大学石井刚教授通信讨论刘师培的学术与政治，他提醒笔者注意这一问题。在此表示感谢。

工无甚区别。）与社会进化之公例相背而驰。[1]

这种紧张感正在于：如果中国不符合社会进化之公例，那么中国可能不会“重走”西方社会的道路。但是如此一来，中国将走向何处？是不是有一种更高的目的性引导着中国前行？刘师培的有趣之处就在于，他在接受西方公理的同时，还接受了西方的自我批判，这种自我批判为缓释“正名”背后的焦虑提供了可能性。也就是说，如果中国可以服从于另一种更高的公理，那么中国就可以跟西方走到同一时间水准之上，甚至超越西方。这或许就是以后刘师培讨论“无政府主义革命”与“农民革命”，讨论“共产制度”易行于中国的根本动因之一。只是在 1904 年，刘师培此种意识尚处潜伏期，所以讨论中国阶级制度之不平，依旧提倡的是资产阶级自由说。[2] 但是这种说辞并没有坚守多久，刘在 1905 年就已经提倡“帝民主义”（具有一定的社会主义色彩）之旨了（受美国人亨利·乔治“国民运动”之说影响 [3]）。

1906 年清政府大举“新政”，倡“预备立宪”。1907 年，革命派的《民报》和维新派的《新民丛报》展开激烈交锋，另一方面，刘师培自身也处在激进转型之中，当头一个事件就是同盟会内部的倒孙（中山）运动。章太炎因《民报》经费问题与孙中

[1] 刘师培：《论中国阶级制度》，载李妙根编《刘师培论学论政》，第 349 页。

[2] 同上，第 349—350 页。

[3] 值得注意的是，孙中山三民主义之中的“民生主义”也是受亨利·乔治的影响。参阅唐德刚：《晚清七十年》，岳麓书社，1999，第 500 页。

山发生矛盾，刘师培自然站在章一边，叫嚣要撤换总理，改组同盟会人事。后虽此事因黄兴深明大义而平息，然刘与孙之间裂隙已生，对于“革命”也开始产生异见。在此我想着重分析的是刊于《民报》第十三期（1907 年 5 月）的《利害平等论》一文，刘作此文时正值转向无政府主义前夕，完成此文之后，刘师培就和妻子何震另立山头，扛起《天义报》这杆无政府主义大旗了。《利害平等论》是刘师培最具哲学意味的政论之一，对于“名”之执着在此转变出另一种面貌，或许看作刘师培转向无政府主义前夜的哲学宣言亦不为过。

开首刘师培就攻击晚清弥散于知识界的“功利”“自强”之说，并且道破了中国人（实是说士大夫—知识分子）的虚伪与投机性：“中国近岁以来，晳种学说漫以输入，其功利学派之书尤为学士大夫所尊信。盖中国人民富于自营之念，特囿于前儒学说，故以利己为讳言。”[1] 这是说中国人久欲趋利，唯无说辞，现在西方功利学派传入，趋利之欲望正好变得名正言顺。刘师培不仅在现实层面批判功利之说会有害于“人心”——即将人变成趋利自私的动物，而且试图在概念上破却“自利”之说。也就是说，刘师培想要拆解“利害”，给“利害”二字重新“正名”（这一“正名”在极端处亦可视为“排遣名相”）。

功利说以利为善，以害为恶，而善恶起于苦乐，苦乐本是感觉，感觉是不可靠的，所以利害之说的基础本身就是不牢靠

[1] 刘师培：《利害平等论》，载《刘师培全集》（第三册），第 484 页。

的。刘师培洞察到了善恶之名的制定与强权有着紧密关联，也洞察到了善恶之名随时而迁，起于风俗习惯。利害之名因善恶、苦乐、感觉而无所依凭，所以“利害既无定则，所谓利害者无所谓界说，无所谓标准，亦无所谓实体，纯然为意识所构之一物耳”[1]。之后的论证颇似佛家空说。世界为心所构，而执着于感觉、苦乐、善恶之念均为幻心所起。可是我们不能把这里的“幻”理解成虚幻、空幻，而应理解成意义象征世界（即“名”的世界）本身的虚诈性。所以刘师培保留了“真心”之说，那“真心”到底是什么呢？刘师培以为：

> 惟离染之法在于观心。观心既明，即能破相，破相之要，一曰无我，二曰破除利害。欲破除我相，必自不自有其身始。欲破除利害，必自视利害为平等始。夫利害平等者，非避利不趋之谓也。亦非不言利之谓也。避利不趋，屏利不言，此犹有利之见存也。即曰利为可无，然无字对有而言，无为消极之词，必有积极之词为之对待，而利害之名亦无由而破。惟明于利害均为假象，举意识所构之利害，咸不足以惑吾心。利害不足以惑吾心，则色相均空，而利害悉归于平等。既视利害为平等，则利害之名亦消，是犹代数之法，两数相等则消也。正等于负，是为数空。利等于害，是为境空。明于心有境空之说，则人之作事均可信。[2]

[1] 刘师培：《利害平等论》，载《刘师培全集》（第三册），第 487 页。

[2] 同上。

“真心”就是离开“幻心”所染之后的状态，类似于经受“象征性死亡”。刘师培在这里展开了一个辩证法：如果仅仅以否定的方式来破却利欲，最后还是会引发利欲，正如拉康所谓欲望与禁罚是相关的。如果要进入没有罪罚的永恒生命，只有经受第二次死亡（即象征性死亡）。[1] 在刘师培看来，问题的关键就不是执其一端，而是让两端互相抵消，让善恶之名（同生于幻心）互相抵消。所以，“真心”就是一种“空”的状态。让人备感赞叹的是，刘师培看到了革命者的勇气、“信心”皆是来自“境空”之后的执着。[2] 刘师培在这里则用了阳明“心学”来进一步阐明“真心”—“信心”状态[3]：

> 惟阳明王子创良知之说，以为圣人之道，吾心自足，不假外求，惟良知易蔽于物，能致良知，斯不为外物所蔽。从其学者于己身则自重，于学术则怀疑，或见闻不与，独任真诚。盖既以己心为标准，则自信之心日固，凡作一事，施一

---

[1] 参阅 Slavoj Zizek, *The Ticklish Subject*, Verso Books, 1999, pp.127-170.

[2] 同时可见于章太炎的《东京留学生欢迎会演说辞》《革命之道德》，可见试图从“道德”——毋宁说从对于已有“道德”名相的抵消出发——建构革命主体，在晚清激进革命派中有所共识。参阅汤志钧编《章太炎政论选集》，中华书局，1977。

[3] 根据沟口雄三的研究，明代心学的确有从“无”向“真”的转变，其中呈现出一种重新融佛入儒的方式。有趣的是，刘师培在《王学释疑》一文中，试图重新为王阳明“不读书”辩诬，而批驳“龙溪、心斋之末流或蹈此失”。可是，龙溪（王畿）恰恰处在明代心学“以无为宗”的关节点上。参阅［日］沟口雄三：《中国前近代思想的演变》，索介然、龚颖译，中华书局，2005，第128—185页。

> 议，均可任情自发，不复授旨于他人。……盖既主贵空之论，即能不以祸福撄其心，不以祸福撄其心，故任事慷慨，克以临危而不惑。使人人而皆若，此则爱国之士必接踵于天下。[1]

《利害平等论》可以说是承继“正名”冲动而来，但激变出另一幅面貌。这里召唤的是一种新的革命主体，这种主体将从零开始，从空开始，转生为真，这是一种超越原有名相，彻底勘破原有意义—象征系统的激进姿态。刘师培提倡“真空”，事实上是将正名的激进姿态发挥到了极致。（吊诡的是，这是否也可以说是对于“正名”的某种否定？[2]）真正的起源变成了有力量的空无，从而呼唤真正的“革命”在现实中创设出“利害平等”的对应物。或许可以说，刘师培之走向无政府主义，成了对这一问题的现实回答。（当然，章太炎对于利害平等说并不满足，他以为无政府主义的思路“不悟人心好事，根于我见，我见不除，虽率尔摘目相视，尤有并命同尽之心，岂专由利害得丧而已？”[3]也就是说，“利害平等”终究未能消除“我执”，在无政府之外，需无聚落，进而无人类、无众生。“无众生”要断“生”之念，即断却“我慢心”或好胜心。最终抵达“无世界”这一“毕竟成就”。然而，一旦这一至真的领悟想在俗世现实化，章太炎的“哲学”就转为了“政治哲学”，由“政治哲学”走向了

[1] 刘师培：《利害平等论》，载《刘师培全集》（第三册），第 488 页。

[2] 这一“正名”的吊诡处，亦得到石井刚教授的提示。

[3] 章太炎：《五无论》，载《章太炎全集》（第四卷），第 435 页。

“政治”。正因为彻底，他的思考亦比刘师培审慎得多。）

以此看来，刘师培的《废兵废财论》承接着破除“利害”之说而来就毫不奇怪了，不过此时刘已经明确依傍了无政府主义所倡“平等”之公理。他依旧沿用小学训诂之方法，证明中国古代贫富、强弱的不平等状态：“观中国蓄积之蓄从‘畜’得声，则古代以牲畜为民产。……耕稼时代，则以田谷自私。（如‘富’字从田，‘私’字从‘禾’是。）其始也，不过欲保存固有之物已耳。其继也，更欲于本非己有之物，私为己有，不得不起于相争，而相争必以兵。是则兵争之起，仍由于欲富之一念耳。”[1] 如果说利害平等是“心”的转换（即主体的重生），那么“废兵废财”就是在现实世界里创造“利害”互相抵消的“平等”现实。刘师培从克鲁泡特金那里拾掇起另一种公理（对立于“物竞争存”的互助说），奉为圭臬。中国古代思想碎片、进化论的残迹、无政府主义的平等、均力说，混合成一体，生发出光彩夺目的大同狂想：

> 欲行此法，必破坏固有之社会，破除国界，凡人口达千人以上，则区画为乡。每乡之中，均设老幼栖息所，人民自初生以后，无论男女，均入栖息所，老者年逾五十，亦入栖息所，以养育稚子为职务。幼者年及六龄，则老者授以文字，（破除国界以后，制一简单文字，以为世界所通行。语

[1] 刘师培：《废兵废财论》，载李妙根编《刘师培论学论政》，第 356 页。

言亦然。无论何人仅学一种语言、文字即可周行世界。）五年而毕。由十龄至于二十龄，则从事实学。此十年中半日学习普通科学，即知识上之学也；（如地理、历史、数学、理科、图画、音乐诸学是也。）半日习制造器械，即民生日用必需之物也。……习艺之期，即限以十年，故年逾二十，即可出而作工。及若何之年，即服若何之工役，递次而迁，及年逾五十，则复入栖息所之中。[1]

刘师培认为行此等社会实验好处有四：一是合于人性喜新厌旧。二是合于孟子所谓“万物皆备于我”——万能俱备于一身（显然是与共产主义社会的“完人”理想对接）。第三是合于世界进化之公理（行此法使人民于所治职业，由简而繁，正与社会进化之公例相合）。第四是泯灭世界之争端。如果人人苦乐平均，无所差别，那么人人都不以为苦，不平之心不生。不平之心不生，争端则不起，人类从此永保和平。从具体历史争端来看，刘师培提倡无政府主义自然有暗指孙文“民族革命”不彻底之意。权力斗争使得刘师培对同盟会的纲领实际上已经失去了兴趣，而无政府主义的“无中心说”却甚得刘心，就算是“社会主义，主动之力，在于平民，与中国主动之力发于君主者不同，然支配之权，仍操于上，则人人失其平等之权，一切之资财，悉受国家之支配，则人人又失其自由权。盖仅能颠覆资本

[1] 刘师培：《人类均力说》，载李妙根编《刘师培论学论政》，第376页。

家之权，而不能消灭国家之权也，且将扩张国家之权。蔽以一言，则承认权力集于中心之故耳”。[1] 无政府主义以政府为恶、以资本为恶、以强国凌弱为恶，然而根本之恶在无政府主义者看来却是“政府”。马克思曾经批判无政府主义“只知道关于社会革命的政治词句”，也就是讽刺他们不懂历史辩证法。[2] 马克思主义对于资本主义之恶的理解是辩证的（创造性的破坏）又是历史的（革命需要历史条件）。许多中国早期马克思主义者有过无政府主义的经历，而后转变，或许出于对斗争形势的现实理解。刘师培虽然觉得无政府世界是人道进化之公例，可是他也清楚必须倚靠革命来催化“进化”。他的大致想法是：搞亚洲弱种联合，同时造反、罢工，然后由西方社会党接应，颠覆彼此政府。中国大举农民革命，在薄弱环节率先实行无政府主义制度。[3] 然而，这些与其说是行动策略，在当时的历史条件下不如说是“政治狂想”。随着无政府主义运动遭日本军警连根除去，刘师培这个“性急无恒”的青年也开始对激进政治失去信心。[4] 而在他向两江总督端方投诚的书信中，刘师培也坦言自己“言论狂悖”，但多“未尝见之行事”。[5] 事实证明，“正名”冲

[1] 参阅刘师培：《无政府之平等观》，载李妙根编《刘师培论学论政》，第395页。

[2] 参阅［德］卡尔·马克思：《巴枯宁〈国家制度与无政府状态〉一书摘要（摘录）》，载《马克思恩格斯选集》（第二卷），人民出版社，1972，第635页。

[3] 参阅刘师培：《亚洲现势论》《无政府主义与农民革命》，载李妙根编《刘师培论学论政》。

[4] 参阅王汎森：《中国近代思想与学术的系谱》，第214—215页。

[5] 参阅万仕国编《刘师培年谱》，第140页。

动虽然找到了“无政府主义革命”这个现实对应物，可是随着后者的衰颓，前者也开始无所依附。[1]

---

[1] 然而，刘师培之“回退”及“回退”的方式却依然值得玩味。1907年10月《天义报》刊刘师培之《论新政为病民之根》，诸多观点与后来1907年末上端方书中所提倡的观点十分相似。他曾公开叫嚣：“试观政府尚存之日，则维新不如守旧，立宪不如专制。”也就是说，如果没有极致的革命（无政府主义的社会革命），那么“不如回去”。要以“维新不如守旧，立宪不如专制”一说判定刘师培已然暗含背叛革命之心恐怕是过度阐释了。章太炎其实也说过类似的话。在“革命”标尺下，刘师培当然是“反动”的，不过，且看他上端方书开出的五条治理之策：一曰民事不可轻也。二曰豪民不可纵也。三曰外观不必饰也。四曰农业不可忽也。五曰浇德不可长也。第一条、第二条、第三条、第四条可以原原本本在《悲佃篇》《论新政为病民之根》等文中找到相似说法。第五条特别批判了西人功利之说，和《利害平等论》之开首处又相关联。只不过这些对策抹掉了民族革命和无政府革命而已。1909年7月《国粹学报》刊行刘师培之《论古代财政国有之弊》，此时刘师培投入端方幕已经公开化，可此文却残留诸多无政府主义学说之痕迹。1909年刘师培第三次上端方书，建议在南京朝天宫设立“两江存古学堂”，培训国学教员，以“正人心，息邪说”，公开与“外域之学”决裂，也可视为刘放弃（社会）进化公理之始。从此，刘立足国故，发论皆好信古。1911年，端方入川镇压保路运动，为部将所杀，刘师培流落四川，幸为谢无量、吴虞等收留。1913年于川作《定命论》，其言曰：“定命论虽属近作，实非定说。惟人事成败，祸福顷刻万变，至弗齐一。不得不推究其因，俗论以为佥出人为，是即《列子》所云之力也。使力同者，果必同，则斯论为定論。如曰弗然，则人为之说或不克存。（无命之说鄙人于数载以前力持此论。近始知其可疑。）”历史变幻，命运捉弄，刘师培似乎言有隐意。1914年，刘师培由山西阎锡山举荐至北京，袁世凯授以公府谘议，后又署理参政院参政。看上去刘师培焕发了政治第二春。后人多以刘师培附和袁世凯称帝而诟病之。然而，根据阎锡山的回忆，刘师培“参与筹安会为其不得已之尴尬事，且其‘始终未劝我赞成帝制’”。刘显然洞见到称帝之举断非明智，然而还是充当了鼓噪帝制的枪手。可是，另一方面，刘师培又未必不服膺袁世凯的权威。民初的宪政危机，恰恰挑明了“美国模式”在当时的条件下的确无法施行，施行了也有名无实而已。刘师培这样一个根深蒂固反议会政治的人，更是宁愿辅佐袁世凯此一“至强者”。刘师培最后的确回归保守之态，在《刑礼论》一文中遥想古礼美善真合一的状态，正是回归自身原初之作为“读书种子”的起点。这也是刘师培与传统交流最为自得的方式。同时，这或许也是章太炎、蔡元培、陈独秀诸人欲留存刘师培的根本原因。吊诡的是，一旦最后入北大开讲中古文学，成为大学体制之内的教授，刘师培距自身成为“国粹”，已然不远了。

不过在这里，尤需注意的是刘师培对于“大同”社会的语言—文字的构想。所谓“破除国界以后，制一简单文字，以为世界所通行。语言亦然，无论何人仅学一种语言、文字即可行于世界。”刘师培的无政府主义方案不得不包含语言的“巴别塔”方案。语言的再创生，即是历史的再开始。思考乌托邦，同时就是思考语言的可能的边界。很快我们就会看到，正是在这一点上，刘师培开始回撤了。

概言之，刘师培走向无政府主义存在着这样一种线索：在中西交通的翻译过程中，“名”的缺陷尤其彰显了出来。这指向了“作新名”的问题，即更新语言的问题，同时亦可视为更新“世界”。因此，这激发出一个新的“起源”或“原初”瞬间：名实之间的关系的重新整理与确认，而且这一“视野”的边界不单是中国，甚至涵括进整个世界。在逻辑上，刘师培从“正名”出发，是可以走到“无政府主义”乌托邦政治观的。或者毋宁说，乌托邦政治观仅仅是更大的“正名”这一元政治的表现形式之一。

四、章太炎与刘师培的隐匿对话：从方言问题说起

从刘师培的小学训诂与政治论说之中，我们已然看到了一以贯之的“正名”冲动（虽说此种冲动呈现出了不同的形式）。然而，一旦试图进入刘师培“文”的世界，就会立即碰到一个难题——这或许是处理晚清人物的普遍难题：刘师培一方面提倡白话俗语、

提倡“造新名”（这同刘师培介入激进政治相伴随），另一方面仍然置身传统诗文世界（尤其是他自己的文学创作）。从早年所作诗歌集——《匪风集》、与柳亚子、陈去病等进行诗文唱和，一直到1912年后所作诸种传略诗文，刘师培似乎都恪守古代文章之法度。这用周作人的话来说就是一种“二元”的态度。[1] 以此而言，刘师培的确在为文方面体现出“情志之顽固”。[2] 然而，这一问题却并非“趣味”之争那么简单。正如上文所言，刘师培的“论学”在“复古”时代关联于某种整全性的文化—政治想象。虽然章太炎与刘师培在“文学”观上有所分歧 [3]，但是两者在坚持以小学为根基切入“文学”这一点上却颇为一致。正是出于此种逻辑，章太炎才会否认晚清以来“言文一致”运动的有效性：

> 文言合一，盖时彦所哗言也。此事固未可猝行。藉令行之，不得其道，徒令文学日窳。方国殊言，间存古训，亦即随之消亡。以此阊闔烝黎，翩其反矣。余以为文字训故，必当普教国人。九服异言，咸宜撢其本始。乃至出辞之法，正名之方，各得准绳，悉能解谕。当尔之时，诸方别语，庶将

[1] 周作人：《中国新文学的源流》，华东师范大学出版社，1996，第56页。

[2] 这是挪用章太炎的一个批评：“有知识之顽固者，泥古不化之谓也；有情志之顽固者，则在别树阶级，不与齐民同群，声音颜色，拒人于千里之外也。”见汤志钧编《章太炎政论选集》，第867页。

[3] 章太炎对刘师培的批判，首先是对其所依托传统的批判：“独以五采彰施五色，有言黻，言黼，言文，言章者，宜作彣彰，然古者或无其字，本以文章引伸。今欲改文章为彣彰者，恶夫冲淡之辞，而好华叶之语，违书契记事之本矣。”见章太炎《国故论衡》，庞俊、郭诚永疏证，中华书局，2008，第249页。

斠如画一，安用豫设科条，强施檃括哉。[1]

值得注意的是，章太炎自己尤为强调“一返方言”，且讥笑那些认为“方言不合于文”的人为“不识字”。[2]他甚为看重自己《新方言》之作。刘师培则在此书后序（作于1907年，其时刘师培已与张继等成立“社会主义讲习会”，宣传无政府主义思想）中赞扬道：“方俗异语，摭拾略备。复以今音证古音，参伍考验，以穷声转之原。读斯书者，非徒可以诠古训、达神旨，即噜唯应对之中，亦可名闻而实喻，无复间介之余。夫言以足志，言通则情达，情达则志同。异日统一民言，以县群众，必将有取于斯编矣。”[3]从刘的最后一句话来看，显然他是赞同章太炎“一返方言”之看法的。1908年，章太炎曾作《驳中国用万国新语说》，似同刘师培提倡世界语形成水火不容之势，然而需要注意的是，刘师培对于世界语的鼓吹随同其短暂而激烈的无政府主义狂想一起泯灭，他很快就回到了与章太炎颇为一致的问学路径之上，这或许也是章太炎反复试图与之修好并对之多次予以保护的根由所在。[4]

---

[1] 章太炎：《国故论衡》，第238—239页。

[2] 参阅章太炎：《论汉字统一会》，载《章太炎全集》（第四卷），第320页。

[3] 刘师培：《〈新方言〉后序》，转引自万仕国编《刘师培年谱》，第108页。

[4] 章太炎与刘师培交恶后，曾数度修书愿意与刘修好，而在刘师培因清廷覆灭陷于危难之际时，章太炎又力保刘师培：“一二通博之才，如刘光汉辈，虽负小疵，不应深论。若拘执党见，思复前仇，杀一人无益于中国，而文学自此扫地，使禹域沦为夷裔，谁之责耶？”见万仕国编《刘师培年谱》，第204页。

这里的关键之处在于，如何来看待章太炎以及刘师培的“小学—文学”观与“新文化”激进想象之间的根本差异。章太炎曾说：

> 夫语言文字出于一本，独日本则为二本，欲无凌杂，其可得乎？汉人所用，顾独有汉字耳。古今语所少不同，名物尤无大变，至于侪偶相呼，今昔无爽，助词发语之声，世俗瞀儒，疑为异古。余尝穷究音变，明其非有差远，作《释词》七十条，用为左证。今举数例：孔之与好，同训为嘉，古音本以旁纽双声相转，故《释器》云：“肉倍好，好倍肉”者，好即为孔字。古者谓甚曰孔，今者谓甚曰好，好大、好快、若古语则言孔大、孔快矣。……[1]

也就是说，在章太炎看来，只要能够把握古代声韵转换的逻辑线索，古代语言与当下语言之间并不存在根本的隔阂。他之所以讽刺那些“瞀儒”，是因为后者以其无知败坏了“中国”的时间连续性和空间统一性，在古今之间设置人为的障碍。而真正的“学术”则建立或者说恢复了这种连续性。时间与空间差异之间的转换法则具有物质基础——尤其是声音。因此历史就活在语言文字之中，通过声音的秘密通道抵达我们。中肯地说，章太炎并非将“声音”视为至高存在，因为他并非单纯将当下的

[1] 章太炎：《驳中国用万国新语说》，载《章太炎全集》（第四卷），第 339 页。

声音奉若圭臬。这彰显出章氏（某种程度上也包括刘师培）与更为激进的中国文字拉丁化之间的差异。他所构想的是一个声音的历史共通体，这一共通体不仅正当化了当下的多重性（方言），同时也指向历史过往的在场，从而暗示一种比"意志"与"绝对"更为本真与自然的共同体性。这一历史共通体或连续统是中国这一共同体不可抹除的本质——我们无法否认它，因为它就客观存在于文字与声音之中。进言之，这也是一切"正名"活动的历史前提。

刘师培的字音起于字义，字形后起于字音，凡音相近，字义莫不相近的看法与章太炎的"新方言"有着内在的联系。然而，正是在"声音"的共通体的后续设想上，刘章产生了分歧。刘对于世界语这一人工语言的拥抱（虽然可能是出于激情而少于"慎思"），是搁置了声音的本土性与历史性的线索，即搁置了语言的"自然"，这一自然或许对应着政治的"自然"。而章太炎以"风律不同，视五土之宜，以分其刚柔侈敛。是故吹万不同，使其自己，前者唱喁，后者唱于，虽大巧莫能齐也"[1]之慎思以及"齐物平等"的沉思，用"方言"、夏声寄托的是历史—声音—共同体的思考。有趣的是，这一声音的共同体是"当下"（方言）与"过往"（古语）之间的联通，是"空间"与"时间"之勾连，是对任何无谓的"人工性"的拒斥。而且，它所暗含着对于近代"主权"绝对闭合性的替代路线：即历史—声音—共同

[1] 章太炎：《驳中国用万国新语说》，载《章太炎全集》（第四卷），第 337 页。

体的“非闭合”的内外相别的扩展路线。在夏声＝历史文化共同世界＝历史变动的但又是有历史的“边界”的存在来说，这是不同于“意志”决断的哲学—政治思考。现在的关键问题是，现有的语言与实践，很难“翻译”出这种政治的意味，并且给出规定性。就如同章太炎更为激进的齐物平等思考，亦是难以现实化的，或仅仅现实化为相对主义与绝对的个体主义。

五、“复古”时代的终结、“活”的声音及其他

最后我想来谈一谈“正名”问题如何在“新文化”运动之后产生了根本性的转换。进言之，如何来评判“正名”问题的后世生命。有一个例子特别切题，即鲁迅晚年在一篇杂文中对于章太炎“复古”语言论有所回应。他如此提及章太炎的语言观：

> 《太白》二卷七期上有一篇南山先生的《保守文言的第三道策》，他举出：第一道是说“要做白话由于文言做不通”，第二道是说“要白话做好，先须文言弄通”。十年之后，才来了太炎先生的第三道，“他以为你们说文言难，白话更难。理由是现在的口头语，有许多是古语，非深通小学就不知道现在口头语的某音，就是古代的某音，不知道就是古代的某字，就要写错。……”
>
> 太炎先生的话是极不错的。现在的口头语，并非一朝

> 一夕，从天而降的语言，里面当然有许多是古语，既有古语，当然会有许多曾见于古书，如果做白话的人，要每字都到《说文解字》里去找本字，那的确比做任用借字的文言要难到不知多少倍。然而自从提倡白话以来，主张者却没有一个以为写白话的主旨，是在从“小学”里寻出本字来的，我们就用约定俗成的借字。诚然，如太炎先生说：“乍见熟人而相寒暄曰‘好呀’，‘呀’即‘乎’字；应人之称曰‘是唉’，‘唉’即‘也’字。”但我们即使知道了这两字，也不用“好乎”或“是也”，还是用“好呀”或“是唉”。因为白话是写给现代的人们看，并非写给商周秦汉的鬼看的，起古人于地下，看了不懂，我们也毫不畏缩。所以太炎先生的第三道策，其实是文不对题的。这缘故，是因为先生把他所专长的小学，用得范围太广了。[1]

鲁迅承认了章太炎论述的客观性，但是他以“现代的人们”的名义拒绝了它。在这一表述中，我们看到，“正名”的历史前提——某种历史—声音的共同体遭到了一种“活的声音”——当下人们的声音——的质疑。这一声音关联着“现代”（此刻），关联着此刻的情感、思想与欲望，而无需再经由各种古旧之物的中介。无疑，此种“转换”暗示出一种历史意识的转变。“五四”新文化就包含着一种摆脱沉重历史包袱的政治—哲学意

[1] 鲁迅：《名人与名言》，载《鲁迅全集》（第六卷），第356—357页。着重号为笔者所加。

义，其中亦包含了如何定义“现代中国人”的尝试。在这样一种新的感觉—意义构型中，“国粹”及所有关联于国粹的“文学”都变得不合时宜。而任何对于国粹的拯救都已经内在于某种现代的知识范型之中。这或许就是“五四”现代性的内在矛盾：现代的体制化与去体制化（整全性生活方式的重铸）之间的必然冲突。然而，辩证的是，新文化的追求在某种程度上继承了复古时代“古学”的核心冲动，虽然它已然置身于一种新的历史意识之中。五四运动的深层渴望是：新生的“中华民国”为什么会颓败下去？是否需要另一场更为彻底的革命来使之苏生？也正是在这个意义上，刘师培的学术与政治实践——尤其是围绕“正名”展开的思想追求——获得了一种翻译或重生。乌托邦的瞬间，不是一种实现，而是存在于任何历史的“开裂”处。“正名”问题再一次在政治实践——何谓自然的正当、何谓历史的主人、何谓真正的好的生活——中被追问并争取其自身的实现。

另一方面，我们也需看到，那个历史—声音—共同体的问题并没有得到解决，所以如今依旧以各种“鬼魅”的形态出现——或保守或激进。而为这个问题提供一种翻译，或者构想一种现实化的可能性，同时在根底上对之进行反思，使之与其他普遍主义进行对话，大概是一个颇有意思的方案吧。

附录：“正名”与刘师培的“文学”观

如果说刘师培在世界语—无政府主义一端进行了探索，那么在文学（已包括小学）一端的阐发则更接近于章太炎的整个理论预设。这也是“正名”实践的另一种呈现方式，不过因为“文学”切入作者自身诸种文体实践，因此带着更多的“传统”踪迹与身体感觉。（不过下面的讨论主要涉及刘师培的“文学观”而非其具体文学书写。）我在此处并非想模糊章刘二人的思想差异（可参阅本文第一部分最后的讨论），而是试图在一个更大的理论—历史语境中探讨刘师培的“文学”观念的谱系。由此出发，刘师培的“文学”观才能得到饱满地呈现。[1]

[1] 在这里还想谈一谈刘师培关于“美”的看法。刘师培论“美”，亦穷根溯源，考察流变。“昔希腊巨儒析真善美为三，而中邦美善二字均从羊会意，取义相同，故美善二字亦互相为训。”这是从文字上来考究美与善在中国传统中的合一性。刘师培指出，上古之世“实用之学即寓于美术之中”，而周代已降，“凡物之足以昭美者均称为礼，故视美术为至尊，用以垂戒法即用以判等威”。所谓周代已然舍质崇文，已然将美从实用之中区隔开来，不过在礼中，真、善、美反而处于未分的状态：“美也者，即寓于真善之中者也。昭其实者谓之真，适于度者谓之善。……古代之时用美术以表庄严，礼与文合而美术以生，非礼之外别有所谓美术也。”也就是说，古代之美术其实就是礼仪制度本身。美术本身是庄严、征实的，这类似西方的古典美。“美术之进”（这个“进”不能看作进化论意义上的进）发生于魏晋：“盖汉人重庄严，晋人则重疏秀；汉人贵适度，晋人则贵自然；汉人戒求新，今人则崇自得。”礼仪的崇高一变为自然的崇高。征实与美术的分化也一发不可挽回了。然而，刘师培绝非简单的返古之辈，在《论美术与征实之学不同》一文中，刘指出：“盖美术以性灵为主，而实学则以考覈为凭，若以美术之微而必责其征实，则于美术之学反去之远矣。”不过，刘师培还是以为美术易流为小道，譬如宋代之美术“虽小道可观，然玩物丧志，浸以丧邦，则又美术之害也”。美术如以饰观为重，与征实之学相违过分，亦多不可取。刘师培根本不看重唐宋说部之类，与梁启超嘉褒“小说之道感人深矣”形成鲜明对照：“猥鄙细儒，见闻素狭，抄辑芜陋，言无可采，甚至挂漏讹舛，不能自正，亦有取材渊博，摭拾丛残，踳驳不精，言多枝叶……此唐、宋说部，所由不能与汉、魏子书竞长也。元、明以来，更无论矣。”概言之，刘师培后期批判民国法律失却古礼之含义，可能也是出于此种考据根源。

这一“文学”/文章依旧要从“小学”谈起：

> 自古词章，导源小学。盖文章之体，奇偶相参，则侔色揣称，研句练词，使非析字之精，奚得立言之旨？故训诂名物，乃文字之始基也。……古人状物，各有专名，以达难显之情，以括重言之语。
>
> 后世文人，用字多歧，制改漆书，犹言“执简”，民皆被发，仍述“抽簪”。此固用字之失矣。[1]

在刘师培看来，所谓名实相违，成为后世文士之通失。可见“文学”第一要义是不能混淆事物的秩序，最大程度地保留住名实相合的独一状态。然而，考究文学，在刘师培看来一定得追溯到文的根源，为“文”本身正名。

> 上古未造字形，先有字音，以言语流传，难期久远，乃结绳为号，以辅语言之穷。及黄帝代兴，乃易结绳为书契，而文字之用以兴。故“字”训为“饰”，（字，本谓之名，犹人之先有名，而后有字，出于口者谓之名，著于书者谓之字；故古曰名，今曰字也。《礼记》：“冠而字之，敬其名也。”注云：“名者，质，所受于父母，冠成人益文，故敬之。”以质

[1] 刘师培：《文说》，载陈引驰编《刘师培中古文学论集》，中国社会科学出版社，1997，第190页。

励名，即以文属字，质先而文后也。……）[1]

名＝言（语）＝质，字＝书（写）＝文，这规定了文最初的状态。所以“字”训为“饰”。因此“三代之时，一字数用，凡礼乐法制，威仪言辞，古籍所载，咸谓之文。是则文也者，乃英华发外秩然有章之谓也”[2]。正是在这里，我们可以看到刘师培抵抗进化论的内在硬核。他曾不假思索地将文字进化看作不易之公理：“上古之初，学术之受授，多凭口耳之流传，故古人之著书也，必杂以俪语韵文，以便记忆。降及东周，文字渐繁，至六朝而文与笔分，至唐宋而诗与词分。宋代以下，文词益浅，而儒家之语录以兴，元代以来，复盛行词典，此皆语言文字合一之渐也。故小说之体即由是而兴……事物之理，莫不由简而趋繁，何独于文字不然。”[3]然而说到文学，却又是另一种姿态了。比如，刘师培认为宋之前考据、义理之学功名不立。故皆从文习文，而宋儒语录体出，则辞始鄙。又感叹：“文学之衰至近岁而极。文学既衰，故日本文体因之输入于中国，其始也译书撰报，据文直译以存其真，后生小子厌故喜新，竞相效法。夫东籍之文，冗芜空衍，无文法之可言，乃时势所趋，相习成

[1] 刘师培：《文章源始》，载陈引驰编《刘师培中古文学论集》，第 211 页。

[2] 刘师培：《文说》，载陈引驰编《刘师培中古文学论集》，第 205 页。

[3] 刘师培：《论白话报与中国前途之关系》，载李妙根编《刘师培论学论政》，第 340 页。

风，而前贤之文派无复识其源流，谓非中国文学之厄欤？”[1] 也就是说，文法、不鄙之辞、真正的“文学”，乃是依托“文”之本然之义的复归。刘师培执拗于六朝骈文，正是来自这样一种见解：“文”在那一瞬间抵达了极限，他所看重的是此种“文”内在的力量与强度。“文”在各个时代处在不同的命名状态之中，当然也展开了自我分化，只不过，刘师培所论的“分化”和现代文学所提及的“分化”却不是一码事。

在《文章源始》一文中，刘细考了“文”之变迁。上古之初，言与字分，以字为文。虽然文字兴起，但是有漆书刀削之劳，传播不易。所以学术授受，仍凭口耳相传。因为考虑到难于记忆，所以必然间杂有偶语韵文，以便记诵，从而“语言之中有文矣”。到了东周，直言者谓之言，论难者谓之语，修词者谓之文，不独言与文分别开来，言与语也分殊开来。“故出言亦分文质：言之质者，纯乎方言者也；（方言者，犹今俗语也。）言之文者，纯乎雅言者也。（仪征阮氏曰：雅言者，犹今官话也，‘雅’与‘夏’通，夏为中国人之称，故雅言即为中国人之言。）”[2] 此外，他又说及春秋时代之书册，大抵也是文与语分殊开来：文近于经，语近于史，所以曾子的《孝经》虽无韵词，但偶语很多，老子的《道德经》里多韵文，亦多偶句。西汉以后，文分为二体。赋、颂、箴、铭，源自“文”，所以多偶语。论、辩、书、疏、源自“语”。魏、晋、六朝、崇尚排

---

[1] 刘师培：《近世文学之变迁》，载李妙根编《刘师培论学论政》，第 104 页。

[2] 刘师培：《文章源始》，载陈引驰编《刘师培中古文学论集》，第 213 页。

偶，文与笔成为重要分殊：偶文韵语谓之文，无韵单行者谓之笔。而文之形式分为单行偶语两体，不再以类为别。昭明太子之辑《文选》，以沉思翰藻者为文。“凡文之入选者，大抵皆偶词韵语之文；即间有无韵之文，亦必奇偶相成，抑扬咏叹，八音协唱，默契律吕之深。故经子诸史，悉在屏遗。”[1] 刘师培将之看作“文”的一个重要时刻。“文学”本身经历了与经、史、诸子的“分化”。刘师培并没有过于赞扬这个分化，但是以为“律以沉思翰藻之说，则骈文一体，实为文体之正宗”[2]。也就是说，“文”在这个时刻抵达了某种极致/完满状态。所以刘师培不屑于唐宋所谓“古文”，因为在他看来，唐宋的“古文”只能说是“笔”而非“文”：

> 至北宋苏轼推崇韩氏，以为“文起八代之衰”。明代以降，士学空疏，以六朝之前为骈体，以昌黎诸辈为古文，文之体例莫复辨，而文之制作不复睹矣。近代文学之士，谓天下文章，莫大乎桐城，于方、姚之文，奉为文章之正轨；由斯而上，则以经为文，以子史为文。由斯以降，则枵腹蔑古之徒，亦得以文章自耀，而文章之真源失矣。[3]

刘师培尤为看重“文章之真源”，也就是希望持留“文”这

---

[1] 刘师培：《文章源始》，载陈引驰编《刘师培中古文学论集》，第 215 页。

[2] 同上。

[3] 同上，第 216 页。

一“名”内在的起源性力量。后来刘师培极看不惯桐城“古文”，倒是有考证依据的。即所谓“文”者，实应以偶语韵文为正宗。章太炎的弟子黄侃服膺刘说，自然也是因其有“溯源”之依据。有趣的是，刘师培此一文学观，恰恰是高度“形式化”的，或者说是以形式为本体的，同时又是反经典式的“现代”文学的。现代文学的起源，应从“言文一致”，从意（情）言文一致上来理解。这也是新文化运动的根本旨归。而刘师培这样一种对于“骈体文宗”的偏执，与晚清以来梁启超所倡的“小说界革命”或王国维所谓的“文学者，游戏的事业”之动向迥然相异，甚至与章太炎的文学论亦有不同。梁、王二人都受西学影响，将情感因素作为文学之特质。章太炎则主要以“气骨”论文，则是另一个传统脉络。[1]刘师培“文说”多宗于阮元“文言”说也多受章太炎批评。然而在根基上，章刘文论依然有其一致之处。问题的难点在于：当刘师培以中国中古文学研究大家现身时，那个“复古”的时代已然昭示其寿终正寝。随同这个时代一起逝去的是所有由此时代所激发的文化—政治形式的“整全性”意味。谈论刘师培“文学观”的难度就在于如何历史地理解刘师培对于“文章之真源”的执拗坚持。在刘师培另类的“形式主义”之中，我们还是能够捕捉到些许的“正名”冲动。问题的关键并非将之还原到某种具体的政治性，而是更为细致地来分析诸种以正名为核心的“中介”形式。相反，当我们只能在学术史脉络中来理

[1] 参阅章太炎：《国学讲演录》，华东师范大学出版社，1995，第 248 页。

解刘师培的文学观念时，当“正名”的政治性已经转化为另外的形式与话语时，传统“活”的形式已然为新的体制所吸纳。然而，我愿意坚持，在复古时代，任何关于文学及小学的论说都有其整体性的象征意味。

革命、寓言与历史意识
——论作为现代文学“起源”的《狂人日记》

鲁迅的写作与中国革命之间的关系，是一个老话题。这在鲁迅研究的脉络里也早已有了较为明确的答案。陈涌就曾以鲁迅的《呐喊》与《彷徨》为例，点出了鲁迅在辛亥革命之后继续寻找真理的努力及其对已有革命的批判。[1] 虽然这种“以毛泽东同志对中国社会各阶级政治态度的分析为纲”[2] 的阐释系统受到了持续质疑，但是这一问题本身却至今不失其魅力，甚至可以说在一个崭新的语境中获得了新的意义。[3] 然而，不同于已有阐释偏重以外在历史结论穿透鲁迅的文本，我关心的是鲁迅

[1] 这无疑是从“经典”的革命史观出发的论述，具体可参阅陈涌：《论鲁迅小说的现实主义——〈呐喊〉与〈彷徨〉研究之一》，载孙郁、黄乔生主编《鲁迅研究的历史批判——论鲁迅（二）》，河北教育出版社，2002，第 2 页。

[2] 王富仁：《〈呐喊〉〈彷徨〉综论》，载《鲁迅研究的历史批判——论鲁迅（二）》，第 199 页。

[3] 2010 年 10 月汪晖先生在北京师范大学做了《阿 Q 生命中的六个瞬间——兼谈鲁迅对于辛亥革命的思考》的讲演，他从文本细读出发，抓住了阿 Q 生命中六个走出精神胜利法的瞬间，从而重新解释了鲁迅的文学书写如何将革命化入文本，转化为形象，极具启发意义。具体讨论可参阅汪晖：《阿 Q 生命中的六个瞬间——纪念作为开端的辛亥革命》，《现代中文学刊》2011 年第 3 期。

的“写作”与“革命”的内在联系——即“革命”在文本肌理之中的出现。换句话说，我感兴趣的是编织在文学形式内部的“革命”，而非作为思想、历史现实的“革命”。因此，文学分析将承担起不可替代的功能。带着此种问题意识，本文试图重读作为现代白话小说之“起源”——同时是鲁迅白话虚构创作之起源——的《狂人日记》，尝试从文本内部来追踪寓言写作的踪迹。“寓言”在这里并非指一种特殊的历史文类或修辞方式，而是关联着中国革命具体展开的一种存在状态。在我看来，《狂人日记》的寓言写作根本上源于鲁迅对于整个现实状况的“形式”把握。同时，这一寓言性质又涉及某种独特的时间性，从而展露出鲁迅颇为特殊的历史意识。

一

中文世界围绕《狂人日记》的阐释——尤其是建立在细读之上的批评，对于此篇小说所受外国文学之影响及小说的反讽结构，都已有相当精到的说明；对于其创作语境和形式意味，也多有发人深省的评说。[1] 而其中引发学界争论的核心问题，依旧

[1] 关于外国文学对于《狂人日记》的影响，可参阅温儒敏：《外国文学对鲁迅〈狂人日记〉的影响》，《国外文学》1982 年第 4 期。关于《狂人日记》反讽结构的讨论，可参阅温儒敏、旷新年：《〈狂人日记〉：反讽的迷宫——对该小说“序”在全篇中结构意义的探讨》，《鲁迅研究月刊》1990 年第 8 期。此外，旷新年还指出《狂人日记》所呈现的“对立错位结构”是后续一系列小说的基本结构；薛毅、钱理群指出“吃人”不能仅仅理解为象征意义上的行为而需读作无法令“常人”忍受的民族集体无意识，都是富有启发性的新阐释。分别（转下页）

是如何来把握所谓“通篇结构和象征意义上的焦点”[1]——狂人视点中的“吃人”。旧有阐释多从“象征主义”读法出发，试图找到《狂人日记》“吃人”所隐含的深意。无论是早期关于“礼教”或“仁义道德”吃人的解释，或是薛毅、钱理群关于“吃人”指向民族集体无意识的开创性解读，[2]都依然内在于从“象征”的整全性和明确性出发的阐释模式。而我的聚焦点则是：《狂人日记》在何种意义上可以称之为“寓言”而非“象征”作品。这不仅是穿透文本来求得寓意，更是叩问鲁迅写作本身所呈现的寓言状态——尤其是悉心观照小说的表层形式。

我们知道，“寓言”概念首先牵涉到漫长的西方修辞学传统：包含从奥古斯丁、但丁一直到华兹华斯等的著述（中国传统中也多有“寓言”故事，但并不像西方那样形成较为严格的概念表述）。但是在我看来，“寓言”包含着一种超越具体文类限定的概念规定性，即涉及独特的存在方式与时间性。保罗·德曼曾以此谈及“寓言”与“象征”的区别，颇具启发性：

> 象征预设了同一性或同一化的可能性，与之不同，寓言最初就指明了与自身起源的某种距离，它放弃了怀旧，也放

（接上页）参阅旷新年：《〈狂人日记〉、〈药〉及鲁迅小说的潜结构》，《社会科学辑刊》1996年第1期；薛毅、钱理群：《〈狂人日记〉细读》，《鲁迅研究月刊》1994年第11期。

[1] 温儒敏：《外国文学对鲁迅〈狂人日记〉的影响》，《国外文学》1982年第4期。

[2] 参阅薛毅、钱理群：《〈狂人日记〉细读》。

弃了合一的欲望，寓言在这一时间差异的空无之中确立了自己的语言。[1]

也就是说，“寓言”的关键特征在于符号与指涉、表象与存在之间完美合一的不可能性。因为这里存在着一种滞后的、延异的时间性。寓言式的表征总是带来了某些残余，这些残余使完满的本真呈现变得不可能。关于此种“寓言”概念更为极端的看法可以在本雅明的《德国悲悼剧的起源》中找到。在他看来，寓言总是“指涉它们所表征或所再现之物的非存在”[2]。本雅明认为寓言出现在一个没有了终末论的戏剧世界（巴洛克悲悼剧）之中，即一个没有了救赎的堕落世界之中。因此，在德国巴洛克悲悼剧里，“任何人、任何客体、任何关系都可以绝对地指向另外的东西”[3]。寓言所带来的“任意性”不仅意味着确凿意义的丧失，更指示出一种忧郁的历史情境。此种忧郁源于巴洛克意义上的“死亡”及所招致的历史—时间意识。正如萨缪尔·韦伯所言：“寓言中起作用的死亡，不仅仅是衰颓和腐烂，而是更接近于使每一事物与自身分离：分离于本质、分离于意义，首先是分离于名字。”[4] 换句话说，没有救赎之光，死亡无法获得任

---

[1] Paul de Man, *Blindness and Insight*, University of Minnesota Press, 1983, p.207.

[2] Walter Benjamin, *The Origin of German Tragic Drama*, trans.by John Osborne, Verso Books, 1998, p.233.

[3] Ibid., p.175.

[4] Samuel Weber, *Benjamin's Abilities*, Harvard University Press, 2008, pp.159-160.

何意义，它“无处可去，只有回到生。生与死重叠在一起”[1]。正是这一极端化的寓言情境凸显出寓言的概念特质：没有终末论或救赎，每一事物都可以转变为另一事物，变成“他者”。死尸和废渣堆积成废墟。它们无法被清除，而是与活着的事物一起存在。

如果说，现代意义上的“革命”意味着“新”与“开端”，[2]那么，“寓言”则指向一种扰乱“革命”之“新”的存在状态。值得注意的是，德里达曾经提及革命所面临的“鬼魂缠绕”状态，[3]强调革命总会召唤出死者，总会与鬼魂共存。这不仅仅是说任何革命都需要征用历史记忆，而是说革命本身包含着时间上的“他者”。鬼魂所带来的是“同一种时间里的两种时间”，因此召唤出了“时间错乱”，扰乱了纯粹的本真性呈现与绝对的新。这一鬼魂纠缠的状态与本雅明所谓的“寓言”（“指涉它们所表征或所再现之物的非存在”）颇为相似：鬼魂“将自己再现出来，但它并不呈现/存在”[4]。在我看来，革命为鬼魂所纠缠的状态带来了重新阐释鲁迅的写作与革命之间关系的契机，也是重新切入鲁迅独特历史意识的形式索引。我在此无意于将鲁迅所处历史情境简单比附巴洛克寓言世界，而是聚焦于鲁迅如何将 1912

[1] Samuel Weber, *Benjamin's Abilities*, p.158.

[2] 参阅 Hannah Arendt, *On Revolution*, Penguin Books, 2006, p.37.

[3] 参阅 Jacques Derrida, *The Specters of Marx*, trans. by Peggy Kamuf, Routledge, 2006, p.123.

[4] Ibid., p.126.

年之后中国的历史情境结晶为某种寓言形式。带着对于此种“寓言”的思考，我想转入对于鲁迅《狂人日记》的解读。

二

《狂人日记》虽然作为“起源”之作已被赋予了神话般的意义，但它首先还是一部在具体历史语境和形式脉络里诞生的作品。在我看来，有两条线索对于重读《狂人日记》尤为关键：首先即1912年之后鲁迅对于整个中国现状的把握。可以说“时代错乱感”弥漫在1911年之后的中国。民国成立，鲁迅却日益感受到“寂寞”和“无聊”。[1] 他曾反复强调自己是在被动之中开始写作的，即因“新文化运动”主将的鼓动而重新动笔。在《〈呐喊〉自序》中，鲁迅尤其强调了此种姿态：“我虽然自有我的确信，然而说到希望，却是不能抹杀的，因为希望是在于将来，决不能以我之必无的证明，来折服了他之所谓可有。”[2] 在1918年开始白话创作之后的几年里，鲁迅并未摆脱此种苦恼意识——更确切地说，这是一种面对历史的苦恼意识。1920年在一封写给某位朋友的信里（恰好写于五四运动一周年之际），他

---

[1] 日本学者丸山升以为鲁迅意识到失败，自觉到“寂寞”的时间可能要稍稍往后推迟至辛亥革命后二次革命的败北、袁世凯的帝制及张勋复辟时期。这一说法值得注意。参阅［日］丸山升：《鲁迅·革命·历史——丸山升现代中国文学论集》，王俊文译，北京大学出版社，2005，第27页。鲁迅的写作与“革命”之间始终保持着或肯定或否定的关系，这是进入其写作隐秘处的历史前提。

[2] 鲁迅：《〈呐喊〉自序》，载《鲁迅全集》（第一卷），第441页。

重申了对于中国现状的判断：

> 要而言之，旧状无以维持，殆无可疑，而其转变也，既非官吏所希望之现状，亦非新学家所鼓吹之新式，但有一塌胡涂而已。[1]

面对此种无法简单用“新旧”来评判的社会现状，鲁迅也希望“呐喊”几声，“聊以慰藉在寂寞里奔驰的猛士”，这无疑需“听将令”。[2] 在大的目标方面，当时的鲁迅与《新青年》同人还是一致的：面对“二次革命”失败、袁世凯称帝及张勋复辟等一系列民国乱象，中国亟须“思想革命”乃至“移风易俗”，直至创造出“新人”——这也呼应着青年鲁迅的“立人”理想。另一方面，鲁迅又是在自己的文本脉络和问题意识里“锚定”对手。说到《狂人日记》的创作动机，他曾有着这样的交代：“前曾言中国根柢全在道教，此说近颇广行。以此读史，有多种问题可以迎刃而解。后以偶阅《通鉴》，乃悟中国人尚是食人民族，因成此篇。此种发见，关系亦甚大，而知者尚寥寥也。”[3] 与其说鲁迅意在“暴露家族制度和礼教的弊害”[4]（这是鲁迅 1935 年为《中国新文学大系·小说二集》写序言时的说法。但是从《狂人

[1] 鲁迅：《致宋崇义》，载《鲁迅全集》（第十一卷），第 383 页。

[2] 参阅鲁迅：《〈呐喊〉自序》，载《鲁迅全集》（第一卷），第 441 页。

[3] 鲁迅：《致许寿裳》，载《鲁迅全集》（第十一卷），第 365 页。

[4] 鲁迅：《我怎么做起小说来》，载《鲁迅全集》（第四卷），第 526 页。

日记》的内部形式来看，却很难简单化约为这一主题)，毋宁说他着眼于一种整体性的文明批判。若对“四千年来时时吃人的地方，今天才明白，我也在其中混了多年”一句加以玩味，便可发现1918年往前推四千年正是所谓“夏朝”的诞生之时，“狂人”的批判对象显然是整个“中国历史”。

值得追问的不仅仅是这一主题的出现，更关键的是鲁迅为何采用特殊的虚构方式来呈现自己的主题。这就引出了第二条线索——形式本身的线索。在后来的回忆中，鲁迅特别提到：“只因为那时是住在北京的会馆里的，要做论文罢，没有参考书，要翻译罢，没有底本，就只好做一点小说模样的东西塞责，这就是《狂人日记》。大约所仰仗的全在先前看过的百来篇外国作品和一点医学上的知识。”[1] 如果我们不仅仅将这番言辞视为鲁迅的自谦之词，就会发现鲁迅其实面对三种“书写”的可能性：论文、翻译和小说。“小说模样”实质上为他打开了一个别样的形式空间。鲁迅其实是一个对形式高度敏感且自觉的人。已有学者敏锐地指出，《狂人日记》从结构到具体对话都有其他文本的影子。[2] 特别是1918年的鲁迅正尝试用文言来翻译尼采的《察拉图斯忒拉的序言》(鲁迅译作《察罗堵斯德罗绪言》) 前

[1] 鲁迅:《我怎么做起小说来》，载《鲁迅全集》(第四卷)，第526页。

[2] 温儒敏列出过影响《狂人日记》的三大外国文学资源：1. 果戈理的《狂人日记》；2. 尼采的《察拉图斯忒拉如是说》；3. 安特莱夫的《谩》《默》和迦尔洵的《四日》。在某种意义上可以说，《狂人日记》的主题不如其形式本身重要(中国传统内部早有反礼教思想)，毋宁说新的文学形式是对于崭新的经验的构造。参阅温儒敏:《外国文学对鲁迅〈狂人日记〉的影响》，《国外文学》1982年第4期。

三节（“文言”在这里也十分耐人寻味。此稿未发表。1920年鲁迅又以白话译出全部序言，刊于《新潮》),《狂人日记》里“狂人”的“劝说”显然有挪用尼采之书的痕迹，而且狂人三十多岁突然“发狂”和察拉图斯忒拉四十岁领悟“超人”的真理有着某种微妙的对应性（有趣的是，当时鲁迅三十七岁，而尼采写《察拉图斯忒拉如是说》时是三十九岁[1]）。进言之，从发现“吃人”的谱系（阅读《通鉴》）到再现“吃人”（征用各种文本资源），我们所看到的首先是一种文本实践。而鲁迅也在有意识地创造一种新的形式。我们以往都十分关注作为隐喻的“吃人”，但并未细究作为“形式”的“吃人”——即狂人视点中“吃人”和“吃人者”的具体构造。一旦从这个脉络出发，一般意义上的“封建礼教批判论”就很有重估的必要了。

三

我们知道，吴虞发表于《新青年》第6卷第6号的《吃人与礼教》是最早的《狂人日记》评论之一。其动用经史考据来论证“孔二先生的礼教讲到极点，就非杀人吃人不成功”[2]，不啻标志着一个漫长阐释传统的诞生。不能不说吴虞的观察与《狂人日

[1] 温儒敏:《外国文学对鲁迅〈狂人日记〉的影响》,《国外文学》1982年第4期。

[2] 吴虞:《吃人与礼教》，载孙郁、张梦阳编《吃人与礼教——论鲁迅（一）》,河北教育出版社，2002，第4页。

记》有着很多交集，尤其是后者所提及的“易子而食”等情节与之构成直接呼应，因此吴虞的文章倒可以看作鲁迅就同一主题未能写就的“论文”的对应物。然而，一旦进入《狂人日记》的文本，就会发现吴虞的观点和小说实际所构造的对象并不一致。吴文要点在于“仅仅他们一二人对于郡将，对于君主，在历史故纸堆中博得‘忠义’二字。那成千累万无名的人，竟都被白吃了”[1]。也就是说，对于礼教的执拗坚持会使“吃人”这一野蛮行为发生。在与“孔教会”等“保守”势力的论战脉络里，无论是陈独秀还是吴虞，都将“礼”视为“别尊卑明贵贱”的差等原则。所谓礼教，无非是一套定亲疏、别同异的制度；在进化论视域中，更被看成是“宗法社会”的产物。在《新青年》同人眼中，坚持“礼教”即坚持此种“差等”秩序，而为了守住自己在这一秩序中的位置，杀人甚至吃人在所不惜。我在这里暂不讨论此种“礼教”理解是否准确，[2]而是追问《狂人日记》到底有没有表达这样一种“礼教”形象。

如果从陈独秀所谓“现代生活以经济为命脉，强调个人独立主义”“中土父兄畜其子弟、子弟养其父兄”[3]这一线索出发，《狂人日记》亦非无关乎此种“礼教”。小说显然刻画了生病的

[1] 吴虞：《吃人与礼教》，载孙郁、张梦阳编《吃人与礼教——论鲁迅（一）》，第4页。

[2] 沟口雄三曾对《新青年》的“礼教”理解展开过批判，或可参考。参阅[日]沟口雄三：《礼教与中国革命》，载《中国的冲击》，王瑞根译，生活·读书·新知三联书店，2017。

[3] 陈独秀：《孔子之道与现代生活》，《新青年》第2卷第4号（1916年12月1日刊行），第3页。

“我”（狂人）与照顾“我”的兄长之间的关系。只是这层关系被刻画得相当怪异：既不是表现兄长的冷酷或虚伪，也不是对此种温情脉脉的关系在“现代生活”大潮面前的失败进行哀悼，而是呈现潜藏在兄弟关系之下的“吃人”之谜。换言之，单看文本表达，《狂人日记》里丝毫没有因坚持礼教、坚守差等秩序而害人或被害的细节。毋宁说，在狂人的“疯狂”视点中，想吃同类的欲望“削平”了贵与贱、老与幼、男与女、亲与疏、知识阶层与劳苦大众之间的“等级”。这恰恰破坏了所谓“封建礼教”的“内核”——定亲疏、别尊卑、明贵贱：

> 他们——也有给知县打枷过的，也有给绅士掌过嘴的，也有衙役占了他妻子的，也有老子娘被债主逼死的；他们那时候的脸色，全没有昨天这么怕，也没有这么凶。……前几天，狼子村的佃户来告荒，对我大哥说，他们村里的一个大恶人，给大家打死了；几个人便挖出他的心肝来，用油煎炒了吃，可以壮壮胆子。我插了一句嘴，佃户和大哥便都看我几眼。今天才晓得他们的眼光，全同外面的那伙人一模一样。[1]

这里的“他们”与其说是陷于“礼教”之中的“小人”与“君子”，毋宁说是面目不清、凝成一团的“众人”（mob）。证据

[1] 鲁迅：《狂人日记》，载《鲁迅全集》（第一卷），第 445—446 页。

更在于："他们可是父子兄弟夫妇朋友师生仇敌和各不相识的人，都结成一伙，互相劝勉，互相牵掣，死也不肯跨过这一步。"[1] 所谓"父子兄弟夫妇朋友师生"就是对于传统"五伦"的揶揄。此处去掉了"君臣"，暗指 1912 年以后的情境，而"仇敌"一项则进一步激化了"吃人"群体的"非伦理性"与"非政治性"。值得一提的是，为《新青年》供稿期间，鲁迅对于法国人勒庞（Gustave Le Bon）及其"群氓"学说有所提及。在《随感录三十八》(《新青年》第 5 卷第 5 号，1918 年 11 月 15 日）中，鲁迅曾写道："昏乱的祖先，养出昏乱的子孙，正是遗传的定理；民族根性造成之后，无论好坏，改变都不容易的。法国 G. Le Bon 著《民族进化的心理》中，说及此事道（原文已忘，今但举其大意）——'我们一举一动，虽似自主，其实多受死鬼的牵制。将我们一代的人，和先前几百代的鬼比较起来，数目上就万不能敌了。'"[2] 虽然已有考证说明此条出自周作人手笔，但鉴于当时周氏兄弟在学问与生活上的亲密关系，鲁迅对于勒庞的学说应是有所知晓的。[3]（鲁迅于 1925 年也再次提及过勒庞的相关看法，不过态度略有不同。[4]）活人受到死人牵制，正

---

[1] 鲁迅：《狂人日记》，载《鲁迅全集》（第一卷），第 451 页。

[2] 鲁迅：《随感录三十八》，载《鲁迅全集》（第一卷），第 329 页。

[3] 相关讨论可参阅林建刚：《勒庞思想在中国的传播及其影响》，《开放时代》2009 年第 11 期。

[4] 参阅鲁迅：《这个与那个》，载《鲁迅全集》（第三卷），第 149 页。"但我并不说古来如此，现在遂无可为，劝人们对于'过去'生敬畏心，以为它已经铸定了我们的运命。Le Bon 先生说，死人之力比生人大，诚然也有一理的，然而人类究竟进化着。"

是理解《狂人日记》的一条关键线索。死与活、新与旧、常与变，或许比“礼教”本身更加困扰当时的鲁迅。

因此，毋宁说“吃人”带来的是一种错误的“平等”形式。它呈现出个体之间不可摧毁的纽带——即吃同类的神秘欲望（我们无法在现实意义上理解这一欲望，因其并不处于现实“功利”关系之中）。狂人所描述的情境很像是对于霍布斯“自然状态”的滑稽模仿：每个人成为每个人的敌人。换言之，“君君臣臣父父子子”只是一具空壳，人与人的实在关系其实是吃与被吃的关系。更加耐人寻味的是，“吃人”并非源于自我保存的本能而是一种侵犯性的、无法自控的欲望。而且悖论性的是，这种“野蛮”行为混合着“文明”的诡计。因此，首先牺牲的总是弱者。狂人所看到的是一群走向“自我毁灭”的人，一群披着人皮的虫子。在这个意义上，狂人的“日记”与其说批判的是历史中的礼教和家族制度，毋宁说指向的是某种“自然史”——或者说中国历史中往复再生的黑暗一面。若联系鲁迅《随感录三十八》的说法——“除灭”（灭绝）并不是人世活动的选项，但却是无情的“自然”的选项，这里显然是动用了“进化”/“淘汰”的修辞。然而，正如狂人的言说里有诸多“不当”（比如《本草纲目》、易牙杀子献桀纣等“错乱”），这里的“猎人打完狼子”的譬喻显然也略有“不当”的感觉，因此或也当不得真。真的人＝猎人＝进化了的不再吃人的人；狼＝吃人＝人形的未能顺利进化（进步）的虫子？！狂人这一“进化”措辞本身已经问题重重。狂人所“复制”的又是一种怎么样的逻辑呢？这种叙事是认真的吗？王钦的研究抓住了这一“问题”。[1]

无论如何，狂人视点中的“吃人”扰乱了“进步”，扰乱了新旧之分、高下之别。换句话说，通过构造“狂人”视点，鲁迅并未简单重复已有的批判而是建构了一种烙刻着自己独特历史意识的新对象。虽然那个时候鲁迅还未接触到马克思主义社会理论的总体批判，然而他通过文学形式所构造出的对象却已非已有批判框架所能涵盖（比如启蒙教条），已然昭示出一种新的总体性批判的可能性。

当然，所有的观察首先来自“我”的主观世界，这也引发了关于狂人真狂还是假狂的冗长争论。[2] 正如许多学者早已指出的那样，“小序”的存在构造出一个反讽结构。[3] 小序叙述者“余”不仅表明“我”已然痊愈，赴某地候补，而且他的西学知识将“狂人”纳入“客观”的科学分类之中——“迫害狂”，由此

[1] 参阅王钦：《翻译的诱惑：重读〈狂人日记〉》，《现代中文学刊》2012 年第 6 期。但写作《随感录》时的鲁迅似乎对“自然”（优胜劣汰）依旧抱有某种移情。

[2] 关于狂人之“狂”，学术界曾有三种主要阐释：1. 狂人是一个真实的狂人；2. 狂人是一个精神界战士；3. 狂人是一个患了迫害狂的精神界战士。参阅薛毅、钱理群：《〈狂人日记〉细读》。

[3] “小序”加“正文”这一形式，在当时其实是《新青年》常用的。王桂妹对之有详细的讨论。出现在《新青年》中的文学文本大致形成了两个显见的外在特征：一是“正文 + 序言”几乎在《新青年》中构成了一种通行的文本样式；二是受制于《新青年》（在 5 卷 2 号之前）整体的文字默认规则，“序言”或“附识”始终是以“文言形式”作为资深的正规形式，即使是本文为白话的文学作品，也往往以“文言形式”作为“序言”或“附识”。上述文本样式也构成了《狂人日记》的基本存在/“加工”语境。参阅王桂妹：《文学与启蒙——〈新青年〉与新文学研究》，中国社会科学出版社，2010，第 90—96 页。

更加凸显了“无事发生”“天下太平”，而此种“太平”尤其得益于“西学”的支撑。然而在“文学革命”高潮期，一篇小说里同时采用文言和白话已然显露出某种判断。从鲁迅用“白话”来构造“狂人日记”来看，他恰恰想说：什么可以发生？——也就是说，“新文学”的白话写作可以带来何种不一样的东西？在这个意义上，《狂人日记》既不是单纯的启蒙之作，也不是简单对于新文化的反讽。过于强调《狂人日记》的自反性或反讽性的读法亦容易流于故作深刻的肤浅，却错失了最为根本的问题。[1] 我想强调的是，狂人的主观世界存在着突入“真实”的可能，从而产生出一种“新”的瞬间。狂人有一个“逻辑”至为关键：“既然可以‘易子而食’，便什么都易得，什么人都可以吃得。”[2] 换句话说，“吃人”只有在狂人的逻辑里才真正“出场”。以前无论是吃易牙的儿子、吃徐锡林（即徐锡麟）、还是吃狼子村捉住的“恶人”，都嵌入某种意义秩序或者说“象征界”，因此“吃人”总会被转写为另一种意义。但是狂人的语言使之发生了转

[1] 在此值得提出，王钦对于“小序”的解读极有新意，其解释重心在于：后来强调“小序”对正文的“压制”（痊愈）而导致的“反讽”——即正文的“呐喊”遭到“否定”（这恰恰是后来的研读者所重视的），恰恰是叙述者的“意图”实现，但这不是鲁迅自身的意图。后者恰恰是要“否定”叙述者的这种“工作”，因此“救救孩子”的“格格不入”是对叙述者“联络”工作的“否定”，正是对叙述者的反讽。因此陷入一般意义上“反讽”思路恰恰会遮蔽我们的思路。伊藤虎丸的研究就是尝试摆脱“反讽”而强调“迫害狂”的治愈过程以及鲁迅告别青春、获得自我的记录。换句话说，伊藤将狂人“赴某地候补”视为“韧”的战斗的开始。于是“救救孩子”也就仅仅成为“在日常生活中去扎扎实实工作”之前的“青春”呼喊而已。不过，伊藤忽略了王钦所指出的叙事维度。

[2] 鲁迅：《狂人日记》，载《鲁迅全集》（第一卷），第 449 页。

化，使“吃人”变得让人不可忍受。换言之，狂人那种剥离“语境”来看待“吃人”的方式具有一种根本的破坏力，他的“谬误”推断恰恰“撕开”了象征界（“才从字缝里看出字来，满本都写着两个字是‘吃人’！”[1]），让“吃人”变成了旧有象征界自身的一个“僵局”。“吃人”无法再被象征化或意义化了，但它也不能简单还原为一系列真实的吃人事件。[2] 以往围绕“吃人”的解释，几乎都是从“象征”角度出发，企图将之转译为另外一些议题。问题在于，“象征”的读法恰恰和狂人的大哥解释“吃人”的方式颇为一致——将“吃人”置入稳定的意义系统，将之局部化。然而，《狂人日记》的文学表达却有别样的激进效果。

当然，这里的悖论在于，当狂人用“吃人”来指出旧有象征秩序的僵局时，“吃人”也变成了一种无法意义化的硬核，变成了一种真正的寓言对象：吃人无法落实在意义秩序之中，其能指与所指之间插入了不可消解的距离。“吃人”的不可穿透性（同时是一种不可交换性）悖谬性地带来一种可变性和滑动性，它构成整部小说的寓言性动力。这就如同上文所提到的鬼魂“再现”（比如呈现为“吃人”）但不“出现”（不知道其起源和本

---

[1] 鲁迅：《狂人日记》，载《鲁迅全集》（第一卷），第 447 页。

[2] 正是在这一点上，我不太同意旷新年的解释：“鲁迅小说作为一种新的意识形态的表意工具，以‘格式的特别’的《狂人日记》为开端，运用狂人思维为自己展开了一片新的意识形态空间，它用狂人叙事使新的意识形态——启蒙思想进入叙述，同时在与常规的统治的意识形态遭遇的情境中，构成了对立错位的小说世界。”参阅旷新年：《〈狂人日记〉、〈药〉及鲁迅小说的潜结构》。“吃人”的发现与其说对应着启蒙意识形态的介入，毋宁说是打开了一个尚未完全被象征化的寓言空间。

真性）。德里达曾用“躲藏在盔甲里的鬼魂向哈姆雷特说话”这一场景来视觉化此种“缠绕”。盔甲是不透明的，而鬼魂在其中到访，还将转换为另外的东西，驻扎在其他地方。鬼魂总是作为某些东西“再现”，但我们从来不能说把握住了它的“出现”或本真的呈现。在某种意义上，“狂人”与“吃人者”的关系亦是如此。

也正是在这个意义上，“吃人”在狂人的视点里呈现为一种神秘的欲望驱力，一种“坏”的无限性，一种“强迫症”。所以狂人看到的是这样一群人：

> 当初，他还只是冷笑，随后眼光便凶狠起来，一到说破他们的隐情，那就满脸都变成青色了。大门外立着一伙人，赵贵翁和他的狗，也在里面，都探头探脑的挨进来。有的是看不出面貌，似乎用布蒙着；有的是仍旧青面獠牙，抿着嘴笑。我认识他们是一伙，都是吃人的人。可是也晓得他们心思很不一样，一种是以为从来如此，应该吃的；一种是知道不该吃，可是仍然要吃，又怕别人说破他，所以听了我的话，越发气愤不过，可是抿着嘴冷笑。[1]

狂人的苦恼在于无法理解他人的欲望（“可是仍然要吃”）。“赵贵翁和他的狗”是极为精妙的一句。乍看之下，这是指人降低

[1] 鲁迅：《狂人日记》，载《鲁迅全集》（第一卷），第 452 页。

到动物的层面。但问题远为复杂：狂人或许可以理解狗的本能，却无法理解赵贵翁的欲望。狗并不吃同类，对于它而言，只是满足吃肉的原始本能；但对于赵贵翁而言，却是为一种吃同类的“神秘驱力”所强迫（并非不吃不能活），而这并没有自身的动物性基础。也就是说，吃人无法简单归因于向“自然”回退。从吃人到不吃人，并不是“进化”之路；反之，也不是简单向动物倒退。

在狂人与其他人之间，我们看到了一种富有深意的对照：狂人的思路反而更为理性（傅斯年早有此说[1]），他所坚持的是“对”而不是“从来如此”。狂人的妄想症比起其他人“吃人”的欲望来说，反而是更为虚弱的变态。狂人曾努力劝说他的哥哥以及其他村民放弃吃人，他告诉他们吃同类的荒谬之所在，而且提到“只要转一步，只要立刻改了，也就人人太平”[2]。换句话说，狂人希望“治愈”他人的欲望，让他们回到“放心做事走路吃饭睡觉”[3]的“正常”状态。可是两者的交流根本无法继续，或者说交流根本没有发生。只有一次，当一个面目模糊的人如鬼魂一般出现的时候，“我”不懈地追问着：

---

[1] 1919年4月，傅斯年在《新潮》第1卷第4号上署名“孟真”撰文《一段疯话》，表述了对于《狂人日记》的阅读感想，这可算是最早对这部小说的思想内涵进行解读的文章。傅斯年明确指出了狂人的理性特征。他认为，所谓“狂”不过是对社会和人生有透彻的认识，见解超出一般世人，因而被“精神健全”——其实是精神停顿——的世人侮蔑为“狂”而已。狂人可谓是启蒙者，是文明的缔造开创者。具体分析可参阅李音：《何种“反封建”？——〈狂人日记〉经典化考论》，《文艺争鸣》2009年第3期。而伊藤虎丸所谓“发狂”等于“觉醒”的看法则提出了另一种把握此问题的思路。

[2] 鲁迅：《狂人日记》，载《鲁迅全集》（第一卷），第452页。

[3] 同上，第451页。

“从来如此，便对么？”

“我不同你讲这些道理；总之你不该说，你说便是你错！”[1]

不再讲理，中断质询。这正是“律法”的真正本质。而在德里达看来，“鬼魂”纠缠某种程度上正是导源于“律法”：“感到自己被某种不可能与之相交的目光所注视，这是一种面甲的效果，其基础即来源于法。”[2] 这一不对称的结构始终在小说中持留着，它也暗示出狂人劝告的挫败。狂人明晰的理由（包括当时普遍被视为“公理”的进化论“常识”）所面对的是一种不作回应的“实体”。不得不说，“从来如此”与“对”之间的对峙，不禁让人联想起几近于“自然”的“习俗”与诉诸“应该”的“理性”之间的对抗。然而，从“狂人”“偏要”对“大哥”及“众人”说出一套“道理”的举动来看，他的“劝转”行动恐怕更多地变成了一种确证自身“觉醒”的主观行为，却无法生成丝毫的客观效果。

在小说结尾处，狂人依旧暗示孩子还是可以拯救的。理由在于他相信他们不是天生就想吃人而是由他们的家长教会吃人。正是在这里，小说的激进指向展露了出来：打断传统，救赎未来。“救救孩子”也就是要从他们身上拿走历史的负担，将他们从旧有的“第二自然”——吃人的欲望无法回溯到人的自然性，只能视为一种“文明”之中的“野蛮”，一种建构的“自然”（因

[1] 鲁迅：《狂人日记》，载《鲁迅全集》（第一卷），第 451 页。

[2] Jacques Derrida, *The Specters of Marx*, p.7.

此不是那动用“除灭”选项的真实自然）——中解放出来。狂人的话语暗示出，“吃人”不是自然本性而是人道“进化”过程中的畸变，因此尚有介入和改造的可能。但是，又是什么维持着此种吃人的“教育”？鲁迅通过小说“形式”真正赋形的是后一个“难题”。神秘的鬼魂依旧在盘旋纠缠，阻碍着“新”的胜利，干扰着真正的转变。鬼魂最终没有回应——没有回答狂人的质问，相反它中断了质问。它依旧没有专有的名称——虽然它已经被赋予了很多名字。富有意味的不是所谓常人无法理解狂人，而是狂人无法把握他眼里的“常人”。[1] 这种“不对称性”，恰恰暗示出鲁迅整个批判构想的深刻性、复杂性和开放性，这不是通过“思想”而是通过“文学”（形式）指示出来的。

在文类意义上，狂人的“劝告”模仿的是察拉图斯忒拉的言说方式。他强调“吃”与“不吃”实则只是“一条门槛，一个关头”[2]，这条门槛区分出两种人的类型。从中我们可以体味到涌动在小说内部的“求新”渴望。然而小说的虚构空间所带来的复杂性在于：狂人的言说本身被一种距离（或许亦可视为寓言性的“时间”距离）所中介了。狂人“日记”的讽喻性在于，狂人发现了“吃人”的秘密，却强化了这种秘密。换句话说，就整个

[1] 注意比照薛毅、钱理群观点：“这使狂人成为常人世界中的不能被理解的巨大不明物，构成了常人世界意识之外的令常人恐怖的潜流。换言之，常人世界/狂人世界的二元对立可转换成常人世界内部的已知与未知、可知与不可知、意识与意识之外、稳定与崩溃等等的对立，亦即常人世界自身的分裂。”见薛毅、钱理群《〈狂人日记〉细读》。可问题在于，文本所展现的却是，狂人同样也无法理解常人。

[2] 鲁迅：《狂人日记》，载《鲁迅全集》（第一卷），第 451 页。

小说叙事的演进来看，并非“无事发生”，但所发生的事情却进一步加强了变革或革命的难度。这里还想提一提文中颇具喜剧性的一个情节。在小说接近结束时，“我”对“哥哥”进行了一番“毋吃人”的劝告，最后点到：“虽然从来如此，我们今天也可以格外要好，说是不能！大哥，我相信你能说，前天佃户要减租，你说过不能。”[1]哥哥作为“地主”对佃户减租的要求说“不”无疑是一个可以被“批判现实主义”拿来大做文章的细节，可在这儿却成为一个局部的反讽设置，这十分耐人寻味。狂人在这儿的姿态可以有两种解释。首先，“我”是有意“讽刺”哥哥，这一脉络里的狂人敏感于封建剥削，但这一“剥削”被更大的“吃人”问题所取代。其次，“我”并未怀疑经济压迫关系，而是在字面上做了一个对比。这一脉络里的狂人与隐含作者的距离更远。无论如何，在狂人的视域里，急迫的并不是现实的经济压迫和剥削。但是，鲁迅的态度又是如何呢？如何理解此种叙事“距离”？《狂人日记》又在何种程度上可以被读解为一部具有“喜剧”性质的作品（比如执拗的“狂人”颇近于古典喜剧主人公）？针对这些问题，可以有各种回应。而在本文中，我所关注的是《狂人日记》的形式所给出的回应。作为“文学”的“狂人日记”建构出全新的“吃人”，撕开了已有整全的意义世界，却同时也付出了沉陷于寓言状态的代价。局部的象征或哲理性论说无法取代整部小说的形式构造。鲁迅通过狂人的白话言说带

[1] 鲁迅：《狂人日记》，载《鲁迅全集》（第一卷），第451页。

来了一种新的经验，但恰恰在白话之中，扰乱新与旧的“鬼魂”得以显形。吃人成为一种寓言要素。或者说，“吃人”这一虚构对象的“发明”铆定了一种渗透到“欲望”的、无法反思的“强迫”。而真正的革命要为之命名，并找到克服之道。《狂人日记》的“形式”打开的是一种希望与绝望并存的“间隙”或“裂缝”。进言之，何谓革命之真正对手的追问不仅尚未终结，而是刚刚开始。或许这一寓言状态就是鲁迅遭遇“革命”时苦恼的历史意识在写作上的呈现，也是需要他用其一生的书写来进行追问、赋形和对抗的对象。而鲁迅后期“左转”并接受马克思主义“科学”的解释，不能不说与重新命名此种对象有着些许关联。

四

《狂人日记》之所以是鲁迅白话文学创作的“起源”，并不仅仅出于实证性的原因，而是说，它创造出了一种表征历史经验以及历史意识的独特形式，鲁迅随后的创作皆可从此种形式经验中找到踪迹。诸如《野草》之中的“无物之阵”及其晚年在上海所写的诸多杂文（比如对于“名称”的批判），都包含着此种“寓言”踪迹。只不过在半殖民地半封建城市上海，鲁迅对于写作有了更强烈的自我意识，面对“洋场”的逻辑和老中国的“鬼魂”，面对充满着寓言元素的城市—资本空间——尤其是各种“名实”之间的分裂，鲁迅的杂文不得不来模仿“敌人”所具有的能量、诡计和多变性。在“革命”看似缺场的情境之中，鲁迅的寓言性写作恰恰暗示出其对于革命的忠贞：一种与对手扭结在一起的否定性运动。现实“寓言”状态的克服需要一场真正的革命，而与寓言性现实缠绕在一起的“写作”则是一种速朽的作品。在革命未实现之前，此种写作就是“希望”在文学上的见证。而在写作《狂人日记》时期的鲁迅看来，中国古旧的秩序与意义已然瓦解，然而新的东西又建设不起来，只有某种黑暗之物不断地往复再生。清晰明了地区分出“新”与“旧”已经变得不再可能。如果全然为此种意识所主，不能不说是一种绝望。可以说，鲁迅历史意识中的某一部分与某种扭曲了的“永恒复归”观念颇有类似之处。这种高度紧张的希望/绝望辩证法（其中又蕴含了“无聊”与“行动”的辩证法[1]）构成了鲁迅历史意识

---

[1] 根据科耶夫的解读，《精神现象学》中“自我意识”一章里主—奴辩证法向斯多葛意识过度的时候，黑格尔谈到了“行动”与人类“无聊”之间的关系（参阅 Alexander Kojeve, *Introduction to the Reading of Hegel*, Cornell University Press, 1980, pp.53–54.）：“人不是那一存在：他是通过对于存在的否定而进行否定活动的虚无。现在，对于存在的否定就是行动。……不去行动，就不能真正地成为人；仅仅还是特定的、自然存在。因此，它会枯萎，变得残酷；这一形而上学真理通过无聊的现象揭示给人类：如物、如动物、如天使一般的人——仅仅是与自身同一，而并没有否定自身——即，没有行动，乃是无聊的。也只有人能够变得无聊。”斯多葛主义信徒是无聊的，因为这是奴隶的意识形态——他们试图说服自己，只要知道自己是自由的，那么他实际上就是自由的。这一意识形态使人放弃行动，只是满足于谈论。对于鲁迅来说，无聊亦使人放弃行动：“我的生命却居然暗暗的消去了，这也就是我惟一的愿望。”见《鲁迅全集》（第一卷），第 440 页。但与之相比，鲁迅的无聊恰恰不是抽象认识取代实在行动的结果，而是外部世界的运转反射到内部的状态，是行动挫败之记忆凝结成主体的虚无之核。然而，“绝望之为虚妄，正与希望相同”，或可读作拉康的“不要放弃你的欲望”。巴迪欧将其解作“不要放弃你自身还未知的部分”，“不要放弃你为某一真理过程所捕获”（参阅 Alain Badiou, *Ethics*, trans.by Peter Hallward, Verso Books, 2012, p.47.）。

的内在特质。其独特性表现在：就是对此种幽暗的历史意识也不得不给予放弃。恰恰是在写作之中，鲁迅尝试克服暗夜。也正是在具体的写作之中，鲁迅需要再一次使心中的黑暗涌出。鲁迅通过写作行动所表明的是绝望的不可能性，也就是无法总是像影子那样纯然地没入黑暗。因为“偏苦于不能全忘却”许多做过的梦。这不仅仅是为了救赎哄骗自己一生的回忆，也是为了某种“尚未生成”的“新”。因此也可以说，正是在鲁迅此种独特的写作之中，我们把握到了鲁迅独特的历史意识。一方面，他拒绝了“历史主义”式的“新”，另一方面又否弃了任何“怀旧”与“复辟”——两者皆非“真实”。在鲁迅看来，中国的“真实”表现为一种不断加剧的“轮回”：

> 其实这些人是一类，都是伶俐人，也都明白，中国虽完，自己的精神是不会苦的，——因为都能变出合式的态度来。……然而这一流人是永远胜利的，大约也将永久存在。在中国，惟他们最适于生存，而他们生存着的时候，中国便永远免不掉反复着先前的运命。[1]

“革命”需要打断此种恶的“轮回”，创造出全新的人，走出“反复”的“运命”。然而我们也看到，缠绕鲁迅的是一种深层的苦恼，而其写作又迸生于此种苦恼：“我觉得许多烈士的血

---

[1] 鲁迅：《忽然想到》，载《鲁迅全集》（第三卷），第 18 页。

都被人们踏灭了，然而又不是故意的。我觉得什么都要从新做过。”[1] 鲁迅承认了此种苦恼的“真实”，承认了革命的吊诡及其寓言式的状态，然而，他也以此弃绝了诸种简单的进步或回退的历史意识与历史观念。他选择站立在那不可抹除的“间隙”与“距离”之中，直面“寓言”的能量与代价，以其速朽之文在毁灭中进行创造，同时在创造中毁灭自身。

[1] 鲁迅：《忽然想到》，载《鲁迅全集》（第三卷），第 17 页。

革命之文

自然历史的“接生员”
——周立波1950—1960年代短篇小说“风格”政治刍议

一、风格里的政治

（一）“风格”不是什么与是什么

从1950年代末到1960年代初，评论家普遍认为周立波此一时期的短篇小说创作体现出一种“新的风格”。其中唐弢写于1959年的《风格一例——试谈〈山那面人家〉》更是不吝使用“成熟”一语，暗示“风格”的生成正是周立波创作“成熟”的标识。唐弢重点评的是《山那面人家》（1957年11月作），但认为《禾场上》（1956年12月作）、《北京来客》（1959年4月作）这两篇共振于不同时势的作品，亦属于同一风格的尝试：“淳朴、简练、平实、隽永”[1]。这些措辞还只能给人以模糊的印象，毋宁说理解此种“风格”的要害落实在一幅画上，即唐所提及的《冬宫

[1] 唐弢：《风格一例——试谈〈山那面人家〉》，《人民文学》1959年第7期。

攻下了》："一个赤卫队员和他的同伴老年士兵，两个人站在散乱着弹片和碎石的冬宫台阶上，点燃起剧战后的第一支烟卷，那么安闲，那么舒畅。"[1]类比之下，可知此处"风格"的要义是间接烘染而非直接描写，是剧烈斗争之后或之外更为"常态"的生活的呈现——落实到周立波笔下即农村风俗习惯的呈现，但又给它们"涂上了一层十分匀称的时代的色泽，使人觉得这一切都是旧的，然而又不完全是旧的"[2]。所谓"有含蓄，饶余味"[3]无非是从中生发出来的感觉。有趣的是，同样聚焦于这几部小说（仅仅将《禾场上》替换为《下放的一夜》）的一篇 1960 年的评论，几乎照搬了唐弢如上判断，更进一步点出了此种风格所具有的"离题"特征："有些象散文，或者说，有些象随笔。兴头一来，信笔写开，有些地方显得离题很远"[4]，但"'闲扯'并不是浪费"[5]，而是能反映"时代的色彩"[6]。不过，这位作者最终还是表达了对《下放的一夜》过于"含蓄"的不满——这是读者误解主题思想的根源，而主题还是要"明确地指点出来"[7]为好。

从第二篇评论中，我们依稀可以触摸到周立波"风格"的对立面是什么。如果回到唐弢这篇评论的创作缘起，这一点则能

---

[1] 唐弢：《风格一例——试谈〈山那面人家〉》。

[2] 同上。

[3] 同上。

[4] 艾彤：《三支社会主义颂歌——谈周立波同志的短篇小说》，《光明日报》1960 年 10 月 19 日。

[5] 同上。

[6] 同上。

[7] 同上。

看得更加清楚。据涂光群回忆，《山那面人家》发表后，编辑部收到的不少来信都指责此文主题思想不明，笔墨严重浪费，游离阶级社会之外，脱离政治。涂将这些否定意见寄给唐弢并希望他对之展开回应，这才有了《风格一例》里有的放矢、针锋相对的论证；[1]更引出了唐弢对于“政治”充满激情的重新界定：“这是政治，这是隐藏在作者世界观里最根本的东西：旧的沉下去，新的升上来。”[2]从周立波写于 1955 至 1965 年间的二十五篇短篇小说来看，《禾场上》等四篇的确有其独特之处：从场景来看，多为截取休息时分的片段，或闲扯或赴宴或治病；从人物来看，多为外来干部或探访者与本乡本土群众群像的搭配。这样的形式虽在周立波后来的短篇创作中常有，但已不再占据通篇篇幅。因此，在上述呈现新旧叠合、含蓄离题的“场景”之外，尚需补入别一维度。依据胡光凡的总结，周立波短篇小说的主题无非两类：农村基层干部与先进人物描摹、农民精神生活展示（含爱情、扫盲、文化娱乐等）。[3]《风格一例》主要针对后者，而我们还需探讨前者。在所谓“前期”短篇创作中[4]，

---

[1] 涂光群：《五十年文坛亲历记》，辽宁教育出版社，2005，第 390—391 页。

[2] 唐弢：《风格一例——试谈〈山那面人家〉》。

[3] 参阅胡光凡：《周立波评传（修订版）》，湖南文艺出版社，2018，第 255—256 页。

[4] 关于周立波农村题材短篇小说的分期，可参阅何吉贤：《“小说回乡”中的精神和美学转换——以周立波故乡题材短篇小说为中心》，《文艺争鸣》2020 年第 5 期。何吉贤以《山乡巨变》续篇的发表为界来划分周立波短篇小说的“前后期”显得过于“形式”了一些。结合“时势”，我个人尝试对之分期如下：1.1955—1959（农业合作化高潮期）；2.1961—1963 年春（后“大跃进”时期）；3.1963—1965（社教时期）。

以人物塑造为中心的篇目主要有《盖满爹》[1]（1955）、《桐花没有开》[2]（1956）、《民兵》[3]（1957）、《腊妹子》[4]（1957），以及1959年同期发表于《湖南文学》的三篇儿童故事。需要问的是，从这些“写人”的作品中能否提炼出一种“风格”呢？或者换一种更迂回与讨巧的问法：这些作品所勾勒的人物性格特征是否会在后续创作中重现？——因为“重现”或可视为作者对于人的独到把握，并且借此投射出相对稳定的政治思考。

《盖满爹》里的盖满爹本有明确的原型[5]，在小说里担任楠木乡支部书记与农会主席，对乡里情况了如指掌，处理诸种事务颇有手段，软硬兼施，不甚教条，关键是留有余地：面对群众砍树的要求，虽政策上说不赞成，但在教育过之后，盖满爹“还是吩咐秘书批了两株树”。《桐花没有开》里，石塘高级农业社大坡生产队队长盛福元与笃信“节气没有到，桐花没有开，泡种必不成”的张三爹发生分歧，但泡种成功后却遏止后生子们嘲讽后者，想到这样会用牛的人“应该争取”。颇有意味的是，以上两篇解决矛盾的方式都依托“自然”。《盖满爹》里的核心冲突是父子矛盾（父先进儿落后），但最后解决方式是含含混混的父子和解：儿子“一听到父亲病了，就把吵架的事丢

[1] 原载于《人民文学》1955年第6期。
[2] 原载于《长江文艺》1956年第12期。
[3] 原载于《人民文学》1957年第4期。
[4] 原载于《人民文学》1957年第11期。
[5] 参阅胡光凡：《周立波评传（修订版）》，第254页。

到了九霄云外”，父亲也顺势上了儿子抬来的轿子——“将来好从容地再劝他们入社”。(这种自然而然的和解同样也体现在儿童故事《伏生和谷生》里。)《桐花没有开》的泡种困难则是直接导源于“天气”；可就在功败垂成之际，“第六夜里，雨终于停了。第七天早晨，太阳出来了”。这样的叙事收束虽然未必令人信服却能呈现一种抚慰。《民兵》一篇亦是如此。订了婚的民兵小伙何锦春为了不让火势蔓延到其他十几户人家那里而奋力扑火，不幸烧伤了脸和手，他的母亲因此担忧起他的婚事来。但小说最终还是说他“头发和眉毛都长起来了，脸上也没有瘢痕，只是火烧的地方，皮肤稍微黑一点”，这大概在叙事上符合于唐弢所归纳的“风和日丽”。如果说盖满爹的“留余地”与盛福元的“止讽刺”都彰显出对于新旧转换中“旧”的一面的留情态度，那么何锦春则以其“做新人却唱旧歌”，直接成为涂上了一层“时代的色泽”的存在。照应着小说一开首“新歌他不会，他唱的是旧的山歌”，结尾有这么一段：

> 村里的姑娘们在塘边洗衣，到园里摘菜，都爱听他唱，但又装做没有在听的样子。为什么又要听，又要装做没有在听的样子呢？因为这支歌，依照那位相当标志的姑娘的“恰当”的评论来说：“难听死了。”“望郎不到砍烧台”，这像什么话？

“要听”却说“难听死了”，蕴含着周立波关于新旧问题至为深刻的体认，也暗示着社会主义生活世界的真实面向。这里看得到“新”的上浮，但也少不了“旧”的缓慢下沉。进一步说，周立波前期农村题材短篇小说里的那些“主要人物”身上承载着极为细微的变动——不是以抛弃旧的方式，而是在旧的肌体上能够相当“自然”地长出“新”来；腊妹子正是如此。这个“心性刚强，逞能的，霸蛮”的十来岁小姑娘考中学失败后领受了除“四害”、打麻雀的任务。用弹弓打野鸟本就是会游水上树的女孩的长项。在个人英雄主义遭到乡长批评之后，腊妹子开始组织孩子们集体行动。可孩子们贪恋玩扑克，“瞅到这光景，腊妹子本来想骂，但她自己打牌也有瘾”，竟直接加入了打牌队伍。直到飞来一大群麻雀，她“才记起了任务，丢了扑克，从怀里掏出弹弓”。最终“她没有责备他们打牌，贪耍，因为她自己也爱这样”。

在某种意义上，社会主义文学中儿童的成长，可以视为更普遍的人之“成长”的寓言。儿童不稳定的情感与控制力的缺陷，也照应着诸方面尚不成熟的人的可塑性。在小说结尾，叙述者“我”一年以后回到清溪乡时正碰上腊妹子，此时“她比以前老成得多，也长高了一些，像个大姑娘”，要到城里“去进会计训练班”了。腊妹子的成长当然脱离不了小说所提到的“全国农业发展纲要草案四十条”等政策的影响，但在周立波的笔下，她的贪耍与逞能构成了成长本身不可抹去的环节；她与其他孩子对于“少先队员”身份的看重，则折射出对于新生活的体认。最后那位作为“祖国第一代有文化的农民”的“晒得墨漆大黑的姑娘”，仿佛是许许多多平凡而又逞能霸蛮的乡村女孩都能变成的样子。如此来看，周立波就算是写人，也不是为了将人物从背景里过分凸现出来，而是努力让人物融进平凡的环境里与共同承受的时势中。写一个人因此也就是写了许许多多同样的人，这个人的命运也就是别一个的命运。因为人物生长在自己的生活世界里，他的许多细碎的行为与惯习就会呈现出来，因此也同样会有某种“含蓄”感。——如果与“含蓄”相对应的是点出“主题”的话。借用某种分析来说，看到明晰的“主题”即确认社会主义现实主义文学的“主导情节”，这些情节往往关乎极为显白的社会主义政教题旨与政策表达。[1]然而，周立波的短篇小说无疑相对偏离于此种取向。就算是他 1963 年以后的创作，亦存在以“风格”来转化“时势”以及对于激进言辞展开潜在抵制的情况。

（二）“减轻她的临盆的痛苦”与自然历史的“接生员”

也正是在这个意义上，值得重新来追问那句“这是政治”，即周立波的风格触及了哪种政治。《禾场上》里，两处看似于情节并非必需的重复性评述或许蕴藏着破解这一问题的线索：

对门山边的田里，落沙婆（周立波注：一种小鸟，水稻

[1] 参阅 Katerina Clark, “Socialist Realism in Soviet Literature”, Irene Masing-Delic ed., *From Symbolism to Socialist Realism*, Academic Studies Press, 2012, pp.419–432.

快要成熟的季节，雌性在田里下蛋，并彻夜啼叫）不停地苦楚地啼叫，人们说：“她要叫七天七夜，才下一只蛋。”鸟类没有接生员，难产的落沙婆无法减轻她的临盆的痛苦。

…………

田野里，在高低不一的、热热闹闹的蛙的合唱里，夹杂了几声落沙婆的幽远的、凄楚的啼声。鸟类没有接生员，难产的落沙婆无法减轻她的临盆的痛苦。[1]

“鸟类没有接生员，难产的落沙婆无法减轻她的临盆的痛苦”一句无疑传递着某种重要寓意，不然作者不会在结尾处重复一遍。胡光凡对之有一“点题”式的解释：“这是作家寓有深意的点染和影射。从作品所描写的生活内容来看，也可以说是农业社‘临盆’时的一种情景：就因为有成千上万像邓部长这样密切联系群众，很会做宣传教育工作的党的干部作它的‘接生员’，才得以减轻它‘临盆的痛苦’。”[2] 这个解读应该说并不算错，但失于太实，且对这里的措辞不甚敏感。乍看之下，鸟类分娩实质上是不可能有人类那么痛苦的，但叙述者所抓住的是落沙婆耗时长久的生产过程以及引人同情的痛苦啼叫，将此种无人介入的自然之呻吟寓言化了。如果我们把鸟类的自然分娩视为合作化之前乃至整个土地革命之前的社会历史发展，那么邓之类的干部所参与的社会主义革命进程——在这里就是合作

[1] 周立波：《禾场上》，《人民日报》1957 年 1 月 15 日。着重号为笔者所加。

[2] 胡光凡：《周立波评传（修订版）》，第 254 页。

化过程——才是真正的“接生员”。之所以如此说，是因为这里的措辞与表达形式，与马克思《资本论》中关于“自然历史”的说法高度相似：

> 一个社会即使探索到了本身运动的自然规律——本书的最终目的就是揭示现代社会的经济运动规律——，它还是既不能跳过也不能用法令取消自然的发展阶段。但是它能缩短和减轻分娩的痛苦。……把经济的社会形态的发展理解为一种自然史的过程。不管个人在主观上怎样超脱各种关系，他在社会意义上总是这些关系的产物。[1]

我并没有直接证据来证明周立波此处笔墨是在模仿马克思的《资本论》。但鉴于他参与革命的资历以及对于革命理论的兴趣，“临盆”（分娩）一语的使用也许并非偶然。如果是这样，那么，恰恰是这句得到重复的叙述者评述可以视为破解周立波“风格”政治的密钥。实际上，《禾场上》所描述的，恰恰是《山乡巨变》正篇与续篇之间省略的部分——初级社转高级社时的动员说服与打通思想环节。因此它亦可视为《山乡巨变》叙事一个必要的补充，其地位不可小觑。更令人好奇的是，虽然涉及山林入社与推广火葬等农民颇为犹豫的做法，《禾场上》本身的气氛则是轻松的，对于相关症结也一一做了回应。但那句“减轻

[1] ［德］卡尔·马克思：《资本论》（第一卷），中共中央马克思恩格斯列宁斯大林著作编译局译，人民出版社，1975 年，第 11—12 页。着重号为笔者所加。

她的临盆的痛苦”却分明凸显的是痛苦：虽然可以减轻，却无法完全取消。一个身体，无法置换。革命只是一种“接生员”，只能在那个旧的肌体身上使劲，而没有另外的对象。革命本身需要尽可能地减轻“自然历史”转型过程中的诸种痛苦，乃至革命也必然是从这一肌体上长出来的。所有的新旧叠影、“当家人”对落后者的软化处理，以及人的成长过程中必然的激情与缺陷的呈现，都以此为基础。

（三）观察、“几微”与时势

说到“痛苦”，亦让人联想起早年周立波与之并不相同但却具备比照价值的看法。在论述艾芜《南行记》（1936）时，他特别强调美丽的自然与丑恶的人间之对比，期待“世界”翻一个身。这种可能源于雪莱与早期高尔基的“革命浪漫主义”[1]在新中国成立后实现了其理想，然而问题却变得更为复杂。自然不再与社会对立，但社会本身成为有待改造的“自然”。在这一偏转的过程中，周立波的美学机制当然同时在经受调整，[2]然而某些根本性设定还是延续了下来，1963 年他在中国作协湖南分会

[1] 关于周立波与雪莱的关系，可参阅邹理所著《周立波年谱》中对于鲁艺时期周立波诵读雪莱的记录。而周立波对于高尔基早年浪漫主义阶段的分析，可参阅《周立波鲁艺讲稿》，从中可以清晰看到周立波对于艾芜《南行记》的评论，在很大程度上相似于关于高尔基“浪漫主义”对峙结构的分析。

[2] 比如有人指出，从《牛》到《盖满爹》，有了摆脱欧化、凸显民族形式的变化。参阅裴显生、张超：《论周立波的短篇小说》，《南京大学学报（人文科学版）》1963 第 1 期。

举办的青年作家和业余作家短期读书会上所作的演讲便是明证，尤其是那段关于1941年古元在延安观察村里各色妇女“方法”的回忆：“古元同志就揭开纸帘，从那窗格里悄悄地观察坐在磨盘上的妇女。这样，被观察的人不知道，谈吐和仪态都十分自然，一点不做作。”[1]这涉及一种捕获“自然”的技术。周立波激赏古元此种隐没了的观察点，因其能完完全全地把握“自然”状态。

相比于延安时期，周立波在1950年代中后期以后是以“回乡”的方式来重新摆放、调整他的“观察点”。这个观察点不再需要隐匿，而是如当时某位评论者所言，他所有的短篇小说——无论是否使用第一人称——都能体会出“作者在群众中”[2]。那种依靠主导情节来结构小说的方式并不是周立波短篇的形式原则，毋宁说是某种准“第一人称”观察点“担负着粘连或扭结细节的任务”[3]。进言之，“他把性格化的语言动作、典型化的日常生活的细节和那活动环境中的浓重氛围等等，直接围绕主题，通过‘我’的观察点，和谐、细密的交融起来，组成了一张张光芒四射、诗意浓郁的艺术之网。它们像生活本身一样朴素、自然，但被生活的自然色彩所点染出来的，却是强烈的时代精神、跳动着的人物性格和鲜明的生活断面”[4]。虽然已经

[1] 周立波：《周立波选集》（第六卷），湖南人民出版社，1984，第500页。

[2] 裴显生、张超：《论周立波的短篇小说》。

[3] 同上。

[4] 同上。

能够与群众“呼吸相通”，[1]早已被认为是“大家中间的一个”[2]，然而作家却如同柳青所言不能完全变成所要表征的对象。这在周立波那里更有一层早已确信的理由。在《观察》（1935）一文的最后，周立波突然提起“一位十五岁起就开始了牛马的工作，直到六十岁了的现在还在做工的老人”，四十几年中经历了乡村和都市二三十种不同的职业，“看到了民国以来上海劳动者的一切动态，参加了五卅大罢工，又坐过牢”，活脱脱是“一部生动的职工生活斗争史”。可是周立波震惊于：“他却没有写一个字！就连他的口头的叙述，也没有一点艺术的意味。”原因在于“社会没有让他有艺术修养的机会，他没有练就文学的观察的眼光，他只能让生活之流照原样的流逝”。劳动者的无言或言而无味不仅暗示着“自然历史”的阶级压迫，也给予了革命的艺术家一种表征的责任。而此种“文学的观察”在周立波看来，涉及对于“几微”的把握：

> 在现实中隐藏多少人间的杰作；那杰作往往是一瞬即逝的，巴尔扎克已经提到这点了。同时，在现实中也隐藏了多少生活的几微；这几微，往往掩在现实的平凡里；只有抓住了这几微，才能在平凡的人物身上涂上典型的特色。[3]

---

[1] 参阅毛泽东：《关心群众生活，注意工作方法》，载中共中央文献编辑委员会编《毛泽东选集》（第一卷），人民出版社，1991，第137页。

[2] 此处套用《张满贞》里群众对张满贞的一句评价。参阅周立波：《张满贞》，《人民日报》1961年10月15日。

[3] 周立波：《观察》，载《亭子间里》，上海文艺出版社，1963，第38页。

周立波所理解的典型性格和典型环境具有一种“微妙的，很难捉摸的，若有若无的特征”[1]。这种对于“几微”的关注，证明了周立波1950、1960年代短篇小说的风格并非没有更早的美学起源。更让人吃惊的是，“几微”或许有着更为深厚的本土哲学支撑。戴震《孟子字义疏证》开篇言“理”为：“理者，察之而几微必区以别之名也。”[2]这是说“理”能够区分极其细微之差别，也可以使人联想到事物的最细微之处联通着真理。“几微”是行动者无法简单观察到并加以把握之处，但“几微”处蕴藏着“理”的要义，从而可以由此窥见转型过程中的真实痛苦与欢乐，文学书写从中亦获得了别样的认知与政治识别能力。这就是“风格政治”成立的形式理由。

周立波1950、1960年代短篇小说“宇宙”的核心线索即在此处。相比于《山乡巨变》，这些短篇并不与重大题材直接对应，而是呈现出“放松”的状态；以一个更长的酝酿与创作过程，携带着作者“回乡”后独特的身心状态，来描写宏大时势之中的“几微”现实。[3]这就导致了这些短篇创作整体上呈现出两个特点。

首先，几乎所有作品都以湖南益阳乡间为基本环境，尽管侧重不同，语境各异，却能形成一种别样的互文性，乃至相互

---

[1] 周立波：《观察》，载《亭子间里》，上海文艺出版社，1963，第38页。

[2] 戴震：《孟子字义疏证》，中华书局，2000，第1页。

[3] 参阅何吉贤：《“小说回乡”中的精神和美学转换——以周立波故乡题材短篇小说为中心》。

连缀的叙事性。正如某评论者指出的那样，“这些小说既是独立成篇的短篇，但不少作品，就其人物关系、小说主题、形式特点而言，又似乎是一个更大结构的构成要素”[1]。而此种特点不仅仅体现在1964年创作的三篇“王桂香”系列当中，毋宁说所有短篇作品已然构成了一种松散的总体：虽然不是如《山乡巨变》那样有着前后相续的人物活动轨迹，但是随着1950年代中期到1960年代中期的时间推移，之后短篇里的人物不妨看作之前短篇里人物“成长”后的状态。这也是那几篇“儿童故事”不可或缺的原因。某种程度上，腊妹子长成为卜春秀；林桂生参军复原也可以变成张闰生；高小学生王大喜和初中毕业生吴菊英之间的感情发展，最终展示为邹伏生与胡桂花的故事；更不用提《北京来客》里精通养猪的大嫂子与爱（艾）嫂子，以及《桐花没有开》里的张三爹同《飘沙子》里的张老倌之间的相似性了。更进一步，无论是盛福元、杜清泉，还是王桂香身上，都有着刘雨生的影子，而都又折射着最初的现实原型曾五喜的一些特征。在这个意义上，所有短篇作品可以看作为一部正在展开而尚未完成的社会主义乡村“人间喜剧”，与结构相对严密、人物更为统一且压实得过紧的长篇小说形成了富有意味的增补关系。

其次，正因为这些短篇作品零星创作于1950、1960年代而又能保持某种相对统一的人物塑造逻辑与风格特征，我们从中

[1] 参阅何吉贤：《“小说回乡”中的精神和美学转换——以周立波故乡题材短篇小说为中心》。

可以把握到文学与时势之间的能动关系。虽然看似“含蓄”，但每篇小说多少都呼应或对应着某种具体的时势，更具体地说，回应着某一时期的政策导向与政教要旨。且不用说或隐或显关涉大办“食堂”风潮的《北京来客》与《割麦插禾》，《禾场上》关系到从初级社到高级社的转变，《爱嫂子》呼应着1950年代末至1960年代“公私并举”养猪指示，从《张满贞》《在一个星期天里》[1]中能清晰窥见“大跃进”之后“整风整社”的痕迹，而1963年夏以后社会主义教育的全面铺开更是决定了《翻古》[2]里讲述革命“家史”，《新客》[3]里为了农业现代化而推迟婚期，以及《胡桂花》中知识青年喊出“在农村里干一辈子”。从中可以察觉出“风格”与“时势”之间的往复拉锯：既有外部的政策变换与时势迁移对于“风格”的修正，[4]但“风格”自身的政治同样也在应对、吸纳、改写、转化政策导向与政教要求。这样我们就能在周立波的短篇小说中至少找到两个相互叠合的层次，分辨出两种“时间性”与“变化节奏”，而那一处在底部而决定着小说叙事最终表达状态的东西，则是我接下来的分析试图着力厘清的问题。

---

[1] 原载于《红旗》1961年第24期。

[2] 原载于《人民日报》1964年2月18日。

[3] 原载于《人民文学》1964年第2期。

[4] 如冯健男论《张满贞》“含蓄”之改变，参阅其论文《从燕子筑巢说起——谈“张满贞”》，《新港》1961年12月号。

二、作为“生”之“态”的社会主义

（一）从风格政治到政治风格：关于“生”之“态”的初步思考

要想进一步破解此种“风格政治”，不得不提到周立波短篇小说所牵涉的“政治风格”。在1960年代公开发表的最后一篇小说《林冀生》[1]中，周立波借那位生病却偏要“乱跑”的——为了看一看湖南乡村现行风俗——市领导之口，单拎出《毛泽东选集》第一卷里的一篇文章——《关心群众生活，注意工作方法》：

> [护士]小李说：“你对于田里、土里、天气、鱼肉和花轿，为什么都有这样浓厚的兴趣？”
>
> 林冀生没有直接回答。他用右臂肘子支起身躯来，伸上左手，拉开床头小柜的抽屉，取出《毛泽东选集》第一卷。他坐起来，背靠床端，揭开书页，指着《关心群众生活，注意工作方法》那一篇，说道：“……毛主席教导我们，‘一切群众的实际生活问题，都是我们应当注意的问题。’……注意群众生活是关系社会主义革命和社会主义建设的成败的大事，断然不是小事啊，小李同志。”

[1] 原载于《北京文艺》1964年第10期。

这种“小大之辩”虽然只在1964年学习毛主席著作的形势下第一次直接进入周立波的文本，却不能不说是他1950、1960年代短篇小说创作始终依赖的“政治风格”。追索一下就能发现，毛泽东在1934年第二次全国工农兵代表大会所作的报告中提及的“生活”几乎涵盖了群众身心的全部方面：

> 从土地、劳动问题，到柴米油盐问题。妇女群众要学习犁耙，找什么人去教她们呢？小孩子要求读书，小学办起了没有呢？对面的木桥太小会跌倒行人，要不要修理一下呢？许多人生疮害病，想个什么办法呢？一切这些群众生活上的问题，都应该把它提到自己的议事日程上。应该讨论，应该决定，应该实行，应该检查。要使广大群众认识我们是代表他们的利益的，是和他们呼吸相通的。[1]

若从上述生活广度与深度出发，无疑就可理解周立波农村题材短篇小说的焦点所在。所谓“采取实际的具体的”“耐心说服的”工作方法，则为把握周立波笔下的基层干部形象提供了基本的政治依托。“风格”与此篇讲话精神的共振，引出了一个迄今为止尚未完全打开的维度，其精义正在于：中国革命的主体力量需要成为“群众生活的组织者”[2]，所要达到的状态是“和

[1] 毛泽东：《关心群众生活，注意工作方法》，载中共中央文献编辑委员会编《毛泽东选集》（第一卷），第138页。着重号为笔者所加。

[2] 同上，第137页。

他们呼吸相通”[1]。“呼吸相通”不仅呼应了周立波早已谈及的“气质”问题[2]，而且提示我们，周立波1950、1960年代的短篇创作可以在一种广义的“政治生态学”视角下加以审读。挪用一下西方政治哲学与政治神学研究的新近研讨，这里涉及的基本问题是“家”“家政”（economy，群众再生产自身的诸方面——包含体制的改造）与“政治”（所有群众生成为政治主体，共同构造未来）之间的往复辩证。[3]同样，这也关系着集体化以后的“齐家”问题与“政治经济学”之间的繁复关系；关联着城乡之间具体的交换关系，以及人类生产、消费活动同外部自然之间的“物质变换”（metabolism）关系；关涉了“家政”与“政治”的矛盾结构中诸种气质、心性、惯习可加塑造与难以塑造的诸方面。当然，最终此种理想希望达成的是“家政”与“政治”之间的“相通”状态。因此，“几微”之处恰恰可能是整个“生”之“态”的关键环节，其意义在惯常的政教话语中则往往隐而不见。

（二）“以小见大”与伦理生态的难题

在这个“小大之辩”的脉络里，周立波在1964年8月中国

[1] 毛泽东：《关心群众生活，注意工作方法》，载中共中央文献编辑委员会编《毛泽东选集》（第一卷），第138页。

[2] 关于“气质”的分析，参阅萨支山：《喜看稻菽千重浪，遍地英雄下夕烟》，《文艺争鸣》2020年第5期。

[3] 笔者尤其从姚云帆的书中受到启发，可参阅其专著《神圣人与神圣家政——阿甘本政治哲学研究》，上海人民出版社，2020。

作协全体会议上会奋起捍卫《扫盲志异》[1]，也就合乎逻辑了。刘剑青称此篇小说没能“以小见大”，周完全不予认同，甚至与他发生了争执。[2] 这篇初创于 1963 年春、定稿于 1963 年 8 月、发表于 1963 年秋的作品，写的是“四年以前”即 1959 年的“扫盲”故事。批评对象显然是新中国成立前卖豆腐出身、头脑里留有“封建”乃至“恐共”思想的何家阿公。若放在当时反修防修与社会主义教育的语境里，就算无视那一被误会的媳妇“偷人”事件，以及篇末何家二子对于新来的扫盲女教师之热络表现，题材与格局也依然显得十分“小”，甚至“旧”。

然而，此篇最值得琢磨的其实是公社党委书记的言行。他在接到何老倌“偷人”举报之后，——后者怀疑中学生扫盲教师与二媳妇待在房间里做出了见不得人的勾当，实际上那句“你睡哪一头”却是为了贴认字的纸。——虽然心里犹疑，但还是杀到了何家，“含笑”搜查了二媳妇的房间。有意思的是，就算抱有怀疑，书记还总是希望“缓和他们中间的紧张的气氛”。真相大白之后，他一笑置之，“从房间里退了出来，拍拍何大爷肩膀，‘不要神经过敏了，老人家’”。但二媳妇并不答应：“你平白无故跑来冤枉人一顿，就走了？世界上没有这么便宜的事情。”随即她喊出：“你毁坏了我们的名誉，你几时看见我们偷人了，老远地跑来捉奸？”照理说，二媳妇这一要求完全合情合理，可小说却写了这么一段对话：

---

[1] 原载于《湖南文学》1963 年第 10 期。

[2] 参阅邹理：《周立波年谱》，第 221—222 页。

> 公社书记本来要讲，“都是你家耶闹的。”但一想到这么一来，定会损害他们翁媳之间的关系，就改口说到：
>
> “哎，算了吧，我们来看一看，有什么关系？又没有宣扬你们的什么。再说，冤枉一下也没揭掉你一块皮。‘偷人’，‘捉奸’，这样难听话，亏你一个年纪轻轻的女人家也说得出口。”
>
> 听了这席话，何二媳妇满脸通红了。

因为新中国的家庭与伦理革命，何老倌旧有的家长身份失势了，媳妇们相比从前更具有主体意识。然而公社党委书记却在某种程度上堪比整个集体的“大家长”，他希望尽可能地维持何家翁媳两代人之间的和睦关系。另一方面，他动用看似陈旧的“名声”来抑制何二媳妇竟也发挥了效力——根源也在于“传播”通道的截断而未使之真正成为一个公共事件。个体、家和社的繁复关联，扩展出了一种远非现代个人道德可以容纳的伦理关系。公社党委书记的举动可谓是一种从现实中“长”出来的“妥协”。

更让人诧异的是他后续的动作：请来“邓姓中学生”，想要全面彻底地了解情况。这在叙事上就造成一种“错位”效果：读者早已知道中学生和二媳妇之间清清白白，因此倾向于肯定两人，但公社书记了解了实情还是盯着这个事儿不放，反而令人不解乃至不满。追根问底，恐怕症结就在于公社书记这一现实的身位。小说一再使他处在一种“中介”“中间”的位置，他对于新旧缠绕有着颇为通透的把握。通过他的言说，“伦理”的现实生态呈现了出来：

> “书记，你该了解我。”
>
> “我了解的。”
>
> “当时，我心里眼里，只是把她当文盲，没有把她看做是女子。”
>
> “我说你是书呆子，你还不服？她本来是个女的嘛，你不把她当女的还行？办任何事情，都得从客观的实际出发，不能单凭主观的热情。”

邓姓中学生虽然主客观上都清清白白，但书记认为他的行为依然不妥，原因就在于他没有顾及老一辈的眼光，以及忽略了何二媳妇“客观”的性别身份。在这儿，单纯主观性的真诚是失效的，有效的是各个主体之间相互看待的眼光，这也是伦理问题超越单纯主观性与单纯事实性的要害所在。

但小说所表达的比这更多。公社书记顺势换了一个女教师去教何家媳妇，没想到结果是：“何家两兄弟，跟两妯娌一起，围坐在方桌的两边和下首，新来的群师端坐在上首，开始教课了。五个年轻人，用心做功课，有时也开一开玩笑，满屋里充满了快乐的空气。”这引发了老人更大的不安与不满，小说在他赌咒般的话语中富有余味地结束了：“‘明天一早，就叫你们滚。’他咬着牙齿盯住他的儿子们。”父子之间是否会引发冲突，扫盲课是否能持续下去，公社书记如何既维持他孜孜以求的扫盲大计又平复何老倌与后辈之间的冲突，引人遐想。这种戛然而止的结尾，仿佛是对所有人的反讽。从何老倌、公社党委书记、何家儿子媳妇，到扫盲教师，没有一个人在此叙事收束中得到抚慰。考虑到写的是“四年以前”，周立波如此设置结局更是让人觉得不可思议。但叙事上的悬置或许期待着更为通透有力的解决方式，而这一看似属于过往的难题，无疑依旧留存在1964年的“当下”之中。

（三）代际和解、代际抵牾与“经验的辩证法”

总的来说，老辈人与后生子之间的代际抵牾是周立波此一时期短篇创作颇爱刻画的场景，但小说亦有表现代际间虽有异但不隔的情形。其中令人印象尤为深刻的是《新客》里吴菊英看似过剩的“笑”所传递出的信息。

> “如今的姑娘多好呵，一来就做事。”郭嫂十分叹赏。
>
> 新客只是笑。
>
> “看着姑娘有味啵，不住停地笑？”郭嫂又说。“要晓得，你还是个没亲事的新客呵。”
>
> 听了这话，菊英使劲忍住笑。过了一会，等到郭嫂她们说些有趣的，或是略为有趣的言语，她又忘记了自己的身分，又发笑了，有时笑得举起她的冷水浸红的手背来遮住嘴角。

吴菊英发笑绝非出于单纯的欢喜或满足，而是有所指的——“郭嫂她们”。引她发笑的正是这些老一辈讲“礼数”、谈“规矩”的老套话。但是这里的笑又没有一点点讽刺的意思；虽然也是针对某种“旧”而发，但没有“笑着向过去诀别”的厚重。毋宁说更符合李希凡评论《张满贞》时使用的“生活中新因素的内在幽默感”[1]一语。“幽默”恰到好处地抓住了此处笑的本质。在弗洛伊德看来，幽默意味着用温和的超我看待自我，自我会显得相对渺小琐碎。但这是一种不施加惩戒的超我，他允许自我的提升。[2]在政治的意义上，如果将集体里的人视为同一个“我”，那么吴菊英此时占据的位置就是温和的超我，而郭妈王妈则是被识别出“愚蠢”的自我。但这种“旧”的“愚蠢”显然是无害的，是被允许与所谓的“新”共存的。

与此种以“笑”为媒介来展开的代际和解相比，周立波短篇小说中出现频率更高的是一种“经验的辩证法”。此种辩证法表现为两个根本环节：其一，老一辈笃信老经验与新一代听从计划安排之间爆发矛盾，造成代际抵牾。其二，叙事对于生产难题的解决，往往又需要借力于另一个老辈人（往往是作田能手或养牛能人）的老经验。《桐花没有开》与《飘沙子》都充分展现了这一点。

“经验”传承维系着代与代之间的纽带，但由于社会主义革

---

[1] 李希凡：《题材思想艺术——谈谈 1961 年的几个短篇》，《人民日报》1962 年 2 月 20 日。

[2] 参阅 Simon Critchley, *On Humor*, Routledge, 2002, p.103.

命与建设又必然带来“新”的要求，因此代际抵牾——尤其是农村生活世界中的代际冲突，实际上也是一种经验的危机。然而周立波以其书写清醒地点出了，新的生成无法抛却旧的肌体，各个环节、各代人之间呼吸相通才是社会主义的可欲面向。社会主义需要抵抗“经验的贫乏”，但又不能不“移风易俗”。相比于城市，乡村世界的“经验”需要重新被“组织起来”，而这亦是在组织“群众生活”。正是出于这种叙事动力，我们看到了《翻古》讲述“家史”的政教任务被放置在悠久的“传统”之中：

> 这种劳动是用手指一粒一粒拣，暂时没有机械化，将来也不一定急于机械化，因为它不占据正经的时间，总是在黄昏以后，临睡以前来进行；并且无需调用全劳力，这是老人家和小把戏们能干的工作；而这又是多么有趣的事情呵。按照传统，小把戏们喜欢要求老年人翻古讲汉，用普通话来说，就是讲故事。

其实，周立波关于集体“家政”中代际相通的思考，早已为“家史”讲述提供了一种更深刻的精神肌体。其中，“老人”与“儿童”是自发地沉浸于“经验”，或者更确切地说，“地方性知识”之中的典型代表。因此，从经验的辩证法出发，我们也能自然而然地抵达更为宏阔的乡村生活世界与“生”之“状态”。这是一个包含了迷信、仪式、传说、药学、动植物、山水风景、乡间气息，总而言之，包含着所有人与非人的世界。

理解了经验、代际与“呼吸相通”之政治生态世界的可欲性，我们也就能够理解，为什么《下放的一夜》里“本来写到大家想办法，用鸡冠血治好伤痛，文章就可以结束了，但人们偏不肯走，‘天南地北，闲扯起来’，从蜈蚣扯到蜈蚣虫精，差不多占了作品的一半”[1]。如果说《下放的一夜》是浓墨重彩地描绘了卜妈为代表的老一辈的“土办法”并未丧失其效能——虽然不得不夹杂着种种妄想。那么，《调皮角色》[2]里那个肚子里装了好多新奇学问、“百样事情，他都晓得”的贫农的儿子身上，则凸显了地方性知识与农民主体性之间无法剥离的关系。以城市为中心的现代知识体系以“分数”为标准，对“调皮角色”林仲鸣的自信心造成巨大打击，但他的语文老师罗淑清却积极地看待他的可塑性。叙事者以一种柔和的口吻展示了“调皮角色”那些有趣的“地方性知识”：“山溜公就不害人。那家伙就躲在山里，藏在烂树叶子里，你要碰它一下子，它弹起来，把人都吓死。实在呢，并不咬人。山里还有青竹飙，一见到人，飙起好高，你要赶紧捡一块石头，往天上撩去，跟它比高低，它输它死，它赢你死。”“调皮角色”最后跟上了功课，但他的奇异世界并没有同时被否定。或者这就是社会主义中国努力转化地方性知识的政治用心所在。比起改革时期作品《人生》中高加林对地方性知识的废弃——背后是以现代西方知识的霸权来取消任

[1] 艾彤：《三支社会主义颂歌——谈周立波同志的短篇小说》。

[2] 原载于《解放军文艺》1963 年第 3 期。

何地方性知识的合法性，[1]《调皮角色》不仅讲述了一个关于“知识”的故事，也讲了一个关于“主体”的故事，更是描绘出一种新与旧、知识与政治、人与自然之间深刻的和解图景。

（四）“与他们呼吸相通”的当家人或治家者的危与机

作为努力营造“呼吸相通”状态的行动者，公社、大队与生产队干部无疑担当起了“治家者”角色。其重要任务便是积极转化出地方性知识，同时使代际间产生有效的互动。譬如《在一个星期天里》，公社党委书记杜清泉因鼓泥虫伤秧而求教于老倌李家大爹，“这些讲究，有的他也早知道，但还是虚心地听着。”随后更是提出让李家大爹向青年们讲一讲秧田之法。从休息日杜清泉的房里总是挤满了来“抽烟、谈话兼喝茶”的各色干部与社员来看，公社呈现出一种高度的有机性与相通性。

但1963年下半年以后，尤其是周立波参加了“四清”运动以后，短篇小说中的当家人、治家者开始遭遇到梗阻，此种障碍也转化为特定的叙事形式。“王桂香”系列中，除了《新客》一篇主要着墨于王大喜与吴菊英，《飘沙子》和《霜降前后》[2]都是围绕枫桥公社红星二队队长用力。前者几乎沿用了《桐花没有开》的模式：王桂香听取养牛行家秦老倌喂牛吃泥鳅的方法，

[1] 对于《人生》中“知识”问题的批判，参阅倪伟：《平凡的超越：路遥与1980年代文化征候》，载《主体的倒影——历史巨变的精神图景》，北京大学出版社，2019，第207—208页。

[2] 原载于《收获》1964年第3期。

将一只“飘沙子”奇迹般地养成了头能产仔的好牛，由此再次呈现了上述经验的辩证法。后一篇里，面对“社员受了别队单干风影响，大家只顾挑水去润自留地”的困境，王桂香虽然生气，却没有“骂人”，而是“摸起扁担，挑担尿桶，立刻去泼队里红薯土”。这走的是切近盛福元的路子。

然而值得注意的是，无论是《飘沙子》还是《霜降前后》，王桂香解决矛盾的方式总是诉诸自己或自己家庭来扛下一切。前一篇里，王队长以“家长”的身份安排儿子二喜自愿放弃工分为集体养牛。这一举动虽使自私的张老倌也不得不叹服其“克己”，但会计却以为“无私”会动摇“按劳分配”这一社会主义原则。《霜降前后》里，王桂香虽以“龙头动，龙尾摆”的方式鼓动了一大帮子青年积极分子，但“耐心说服”的工作却几乎隐去了。

之所以王桂香坚持要买一头“飘沙子”来养，关键还有一层支援受灾的邻近公社的意思。而在《霜降前后》的结尾处，叙述者“我”与运送粮谷的王桂香终于相遇，同伴王双喜当着队长的面帮着小说“点”了题：“不送好谷，队长这一关，我们就闯不过去。他时常说，支援工业，支援城市，是我们的本分。我们把好东西送给城市，城里同志不会亏我们，也会把好东西送下乡来的。”由此看来，“家政”需要不断地与“政治”建立更为紧密的关联，集体需要与其他集体建立更大的“家”的关系，农村公社需要与城市建立自觉的服务关系（虽然被许诺是一种双向的反馈关系）。但在周立波笔下，将“家”外扩，却会遭遇本有的集体之“家”离心的危机。这种离心性甚至不是回退到“单干”，而是张老倌式的“集体”盘算——任何一种集体的损失会分摊到个人身上。同时，社会主义按劳分配原则——表现为认真评工记分，则使得任何无私的举动都会受到质疑：因为“无私”会破坏“等价交换”。这些都是1960年代中国无法回避的政治经济矛盾，也必然影响到众生之“态”。作为个体作家，周立波只能以某种并不完美的叙事解决方式守住自然历史“接生员”的底线，但无疑王桂香的解决方式某种程度上是无法维持的。

（五）城乡物质变换关系的讽喻

若谈及集体与其“外部”，创作于1961年10月的《张满贞》或可视为一部深刻的讽喻作品，也是激进时代到来之前关于城乡物质变换关系的隐微之作，或许也可以说彰显了周立波的某种“先见之明”。关于此篇小说，一种读法当然是以张满贞称呼的改变为标志来体会城市外来者变为农民“中间的一个”的改造过程。另一种读法可能会更加聚焦于张的厂长身份以及接近篇末处“大办农业”的提示，将她的变化读解为政策思路的积极调整：从关注工业但忽视农业到重视农业乃至工农并重。这也都是寓意化解读，但我想扣住的是玻璃这一要素。

李希凡曾以为《张满贞》体现出一种“生活和人物性格中的内在的幽默感”[1]，但我以为，整风工作组组长这一身份，以及

[1] 李希凡：《题材思想艺术——谈谈1961年的几个短篇》。

“脾气很冲的”武装部长对她“穷追猛打”，是另一条隐伏而重要的线索，即一种从外部植入的整顿力量造成了张满贞与本乡本土群众之间一时难以抹消的紧张关系。[1] 在此种政治张力的基础上，“玻璃”成了更为深层的冲突的具象化。小说一开篇，张满贞对于玻璃的鼓吹与其说是“幽默”不如说是“滑稽”，不但与农村环境格格不入——或者说是“美好”但“超前”的，而且对于叙述者“我”也没有吸引力——因为她最初关心的是纯粹的经济性，原料成本不高，玻璃厂能替国家赚很多钱。就算她将话题转移到“日常生活”上——生活里不能没有玻璃，却依旧得不到农村人的认同：“你能拿玻璃来当饭吃吗？”这句故意抬杠的气话，叙述者富有深意地以为是“一个尖锐的问题”。小说里有一场周立波惯用的“闲谈”值得细细绎读。话题围绕“燕子”展开。大家看到公社堂屋里有一双燕子正在筑巢，就燕子一口口衔来的泥丸是如何粘连起来的问题展开了争论，张满贞十分渴望能够参与到当地人的闲谈之中，但是脾气很冲的后生子没有接她的话，而是暗带讽刺地顶了她一句：“它们不会用工具，单靠嘴壳子。”张满贞随后的反应却有些造作。

> “建筑材料也太简陋了，除开泥巴，还是泥巴，不用竹木，也没得洋灰。”工作组长兴致很高，凑趣地数落着燕子的

[1] 关于后“大跃进”时期整风整社的基本做法，可参阅《中央工作会议关于农村整风整社和若干政策问题的讨论纪要》（1961 年 1 月 21 日），载中共中央文献研究室编《建国以来重要文献选编》（第十三册），中央文献出版社，1997。

缺点。

“也没得玻璃，是么？”脾气很冲的角色接口问一句，笑了。他十分得意，以为抓到张组长的话尾了。

张满贞这里明显想与脾气很冲的角色拉近关系，因此顺着他说，竟然没有听出后者前一句话本就藏着讥讽——暗示张满贞来到此地也就是个只懂动嘴巴却不干农活的角儿。更要命的是，张数落燕子的话，太过“城市”了，特别是提及“洋灰”（即水泥），因此被武装部长自然地顺出了“玻璃”。虽然叙述者一直在突出张满贞的好脾气与好修养，但是这一场景无疑让人瞅见了这一人物的尴尬之态，仿佛隐含着叙述者更深一层的批评态度。

后续情节中，张满贞惊喜地在乡间发现了能制造玻璃的石英石，而此刻那个农村的后生子没有说话。张对于靠天吃饭的农业没有很大的兴趣，却意外发现了农村里可能有矿。然而叙事在此抵达了一个转折点。一位社员被玻璃划伤了脚板，而这片玻璃碎渣正是城市倾倒在农村的垃圾。张满贞对于此位受伤社员的关心十分戏剧化地改变了社员们对她的印象，接下来的一切都按照着规定套路展开——张满贞的称呼变了：从组长到厂长，或老张或满姑娘，妇女们开始和她说私房话，觉得她是“大家中间的一个”。她也开始参加劳动——虽然是自上而下的任命，但在上述“拉近”的语境中亦显得自然而然。她甚至开始“发现”风景，主动赞赏“真山真水”。

非常有趣的是，周立波为张满贞所设计的“改造”之路，相似于一个来到延安的城市知识分子一步步与群众打成一片的过程。何吉贤认为张满贞“被乡村景致迷住了”体现了风景与人的“相认”，“对于新的主体而言，产生的是一种新的归属感，这种归属感又归结于一种新的集体主体的确认”[1]。但在我看来，张满贞的被迷住，可能更类似于《朝阳沟》里银环入“沟”时被风景迷住的状态，远未达到周立波笔下“主体”与“风景”之间更内在的关联性。可能是想抑制住这种略显造作的抒情，叙述者马上把焦点转回到“玻璃”上：“对于玻璃，这位从前的厂长还是保持了她的那种特具的职业的敏感。”这种敏感是什么呢？隔壁屋的孩子失手打碎了她送的玻璃杯子。那种玻璃伤人的情形似乎又将上演，这一次的“敏感”是提前防止它伤人。小说是以此来结尾的：

> “你放手，满姑娘，我来，我来，我自己来，叫你费力还要得？”
>
> “这就扫完了。”张满贞把玻璃片子悉数扫进撮箕里，亲自端到屋后山肚里去了。她的用意一眼就看得出来：提防玻璃碎片落到水田里去，去伤害社员的脚板。

这个结尾比较奇怪。翁妈子会不知道好好处理玻璃碴子？难道她看不出玻璃碎片会划伤人？张满贞这一“职业敏感”更像是反应过度或一种神经症。她最后将玻璃碎片特意倒入屋后山

[1] 何吉贤：《“小说回乡”中的精神和美学转换——以周立波故乡题材短篇小说为中心》。

肚亦像是某种封存仪式。就算张满贞害怕翁妈子处理不当造成玻璃碴子落进水田，她也应耐心告知相关危害，而不是以此种孤零零的方式来处理。由此来看，《张满贞》是一部多重寓意叠加的小说。处在最深层的，正是对于一种极为不对等的、单向的城乡物质变换关系的揭示。正如玻璃在乡间毫无所用，仅仅只能带来隐藏的伤害，或仅仅是“装饰”，“城市”给予“乡村”的实在不多。城市尚有待被真正整合进社会主义政治生态世界。

（六）从“风景”到“景气”

张满贞式对于“风景”的赞赏在周立波笔下其实十分罕见。他十分自觉地根据看风景的主体身份来规定他们的视线。除了张满贞以外，《新客》里的初中毕业生吴菊英在草垛子上“忽然看见”开满白色小花的茶籽树，也给出了评价：“你看这一树茶花，开得好漂亮。”[1] 还有就是《胡桂花》篇末胡桂花和邹伏生给军属送柴禾，在路上休息的时候看到了堤上美景，胡说了一句：

[1] 值得注意的是，发表于《人民文学》1964 年第 2 期的这一初版本《新客》与后来收入《周立波选集》（第一卷）中的版本在此处的描绘有很大的不同。《人民文学》版中，吴菊英评价茶籽树花“漂亮”后紧跟了一句“我去折一枝来”，但她的举动遭到了王大喜的阻止与教育：“不要折吧。折去一枝，明年社里就要少收好多的茶籽。”《选集》版则完全删去了茶籽树花相关内容，改为吴菊英坐在草垛子上无意间看见风景并给出评价：“这地方漂亮、幽静。”后续王大喜加以阻止的也变成了吴菊英因为怕地湿而扯队上的稻草（集体财产）来垫屁股这一行为。这一改动颇值得分析：《人民文学》版所呈现的看花—采花—被阻止，是一个“风景”生成却最终被中断的过程；而《选集》版则将吴菊英看风景与她无意间扯出队上稻草的举动切分了开来，“看风景”的状态在此被保持住了。

“我从来没有注意，我们周围是这样地美丽。”而邹伏生点一点头，没有作声。叙述者为他补白道：“他也沉浸在优美的自然景色和同样优美的情怀里。”

吴菊英、胡桂花之所以会对“风景”加以评论，与其相对“外来”的身份有关——两人都不是本乡本土人，且都是初中毕业的知识青年。周立波的叙事传递出一种独特的聚焦意识与相当清醒的感觉分配意识，特别是《新客》里吴菊英“看花”进而想“摘花”的举动被王大喜阻止，“风景”生成机制在此遭到了一种中断。王恰恰是以本地集体经济的理由（即“折去一枝，明年社里就要少收好多的茶籽”）打断了吴菊英颇有些学生气的“审美”活动。然而周立波关于“风景”的看法显然并不停留于上述政治经济与美学的“形式”对立之上。在我看来，邹伏生看到了“风景”却没有作声更加耐人寻味。叙述者的这一处理提示我们，相比于看不到风景，看到而无言可能是更恰切的情状。

因此，若是一味局限在既有的风景—知识主体框架里来想问题，还是无法妥善解释充斥在周立波短篇创作中的风景描写，特别是大量“人在景中”的场景。雷蒙·威廉斯曾以为欧洲尤其是英国“风景”概念的出现，暗示着分隔和观察。劳动者从未想到要看风景，这只不过意味着生产和消费之间的分离。换言之，以纯粹的审美的视觉态度来把握“喜人的风景”，掩盖了土地的阶级划分与占有。[1] 周立波笔下的风景描写究竟是否无意中延

[1] 参阅［英］雷蒙·威廉斯：《乡村与城市》，韩子满、刘戈、徐珊珊译，商务印书馆，2013，第 167—168 页。

续着这种审美意识形态？这是一个值得认真对待的质问。但至少从周立波对于评价风景者身份的审慎选择来看，他是具有反思意识的。我曾经讨论过《山乡巨变》续篇中亭面糊遭遇风景那一细节，认为亭面糊的功利性言说与美景显现之间的“隔”具有一种历史征候意味。但研读了周立波的短篇之后，我却发现完全可以置换一下视角：若从上述“生”之“态”的脉络出发，似乎不必将观看“风景”视为一种纯粹的视觉性机制，风景也不单纯是一种视觉对象。因为“风景的‘风’字，是由气来的，故风景，又云风物、景气”[1]。以下一句话为我打开了重解周立波笔下风景的法门：

> 汉人因气言景，金木水火土与天地日月星辰都是景气，人则可以因气相感，此即构成一“情—景”关系的体察。[2]

如果解放了的农民携带着他们的解放感，充实地劳动于本乡本土，与山水相近，当然会时时看到风景，但与其说是静观式的“看”，毋宁说是更富动态的“感”，这里必有某种难以言传的感受乃至感动。人与环境之间的“相通”是这一宏大的政治生态学中的重要面向，也可以说是一种“呼吸相通”，“因气相

[1] 龚鹏程：《从〈吕氏春秋〉到〈文心雕龙〉——自然气感与抒情自我》，载陈国球、王德威编《抒情之现代性：“抒情传统”论述与中国文学研究》，生活·读书·新知三联书店，2014，第 605 页。

[2] 同上，第 606 页。

感”。这样也就可以理解，杜清泉安排好农活，送走了爱妻，走回公社路上时的那一个举动：

> 田里到处是热闹的蛙鸣；山肚里，阳雀子悠徐地发出婉丽的啼声；而泥土的潮气，混和着野草和树叶的芳香，也许还夹杂了茁壮的秧苗的青气，弥漫在温暖的南方四月的夜空里，引得人要醉。杜清泉放肆吸了一口气，于是加快了脚步。[1]

从“景气”与“气感”角度来看“人在景中”，亦能读出别样的味道：那不再是一个静止的画面，而是透出一种感人的气息。正如《霜降前后》里的那一幕：

> 我走上了一条通往公社的简易公路。晚稻收割了。晴空下远望，沿地平线，横拖一派淡青的柔嫩的轻绡，象是雾气，又象烟霭；平野四望，丛树一束束，乌黑乌黑的；而在近边，割了禾的田里，一把一把金黄的稻草，竖立在那里，间隔得很齐整；发了黄的芋头叶子，迎着小风，在轻微地晃动。我走上了一条通向省城的宽敞的公路。拐弯处，看见一群运送粮谷的农民，放下担子在路边歇气。……他们动身了，一行十七位，一色青皮后生子。背部微驼的中年队长王

[1] 周立波：《在一个星期天里》。着重号为笔者所加。

桂香同志走在他们正当中。在温暖的十月的阳光里，他们挑着一担担十粒五双的黄谷，劲板板地往粮仓走去。

（七）虚拟性与“文化革命”

作为周立波1960年代短篇小说真正的收束之作，《胡桂花》（1964年初稿，1965年改稿）这篇未能发表的作品既嵌入社会主义教育的大势，又传递出作者关于乡村之精神生态及其可塑性的深沉思考。周立波的用心非常直白地由动员胡桂花出来演戏的老卜说出：“你爱人演的刘兰英，把冯老二的土地菩萨也打倒了，这不是革命，又是什么？这叫作文化革命。我们要用正当的、健康的、高尚的娱乐来革低级趣味的命，革菩萨的命，革牌赌的命。”这涉及组织群众生活的关键一环：如何组织乡间的闲暇时间。也可以说是作为“生”之“态”的社会主义生活世界最复杂、最微妙的一个环节。随着1963年以后“千万不要忘记阶级斗争”的宣教，“旧习惯势力”的根深蒂固性与日常生活中“阶级斗争”的错综复杂性不断得到强调。然而在我看来，《胡桂花》展示的却是一种有效的虚拟与现实之间的相互生产。小说用大部分篇幅来写老卜动员胡桂花出演刘兰英以及演出过程中邹伏生负气而走，却也在剩下将近三分之一的内容里重点描绘了演出后人们对胡桂花的兴趣，“演员”胡桂花在群众的眼中好像无法和刘兰英相剥离了：

两个人正要谈些体己话，不料，大门外面人声嘈杂，脚步声越来越近了。夫妻两个同时朝外面一看，只见黑鸦鸦的一片，来了一大帮子人，有男有女，女的占多数，有老有小，小孩占多数。有几个调皮孩子已经飞进邹家的灶屋，站在桂花面前了。后续部队跟着进来了。到处站满坐满了；水缸架子上也坐好几个，有个年轻堂客首先开口说：

“我们是来看一看，你下了装是什么样子。”

接下来“来客们”的“闲谈”既评论胡桂花演得好，也诉说着各自的心事。当一个翁妈子说起自己的媳妇不像刘兰英，以为自己出众而闹离婚时，“大家都叹息，议论，痛贬那个不爱农村，想要离婚的堂客，赞佩戏里的刘兰英，也就称许了生活里的胡桂花”。

胡桂花因饰演刘兰英而获得了一种双重人生，而这人生的叠影不正是社会主义政教—摹仿美学机制的具体实现吗？花鼓戏《补锅》里的刘兰英爱上了补锅匠，生活中的胡桂花愿意跟随邹伏生在农村干一辈子，通过在舞台上获得虚拟的身份，她同时被群众辨识为刘兰英（美的典型）与胡桂花（现实中的一个），她获得了肯定，也肯定了自己的选择。更关键的是，邹伏生也感受到了胡桂花身上已然无法剥离的虚拟性与更为完美的一面。这里包含着“社会主义现实主义”美学至为深刻的一面。

胡光凡曾认为此篇与《扫盲志异》是姐妹篇，从主题上来说确有相近性。但从内容设定与人物配置来看，其实也很接近《在一个星期天里》。首先是两篇作品都触及了文艺活动，但对于杜清泉来说，画画属于自己的兴趣爱好，是自己的“气质”问题；但对于胡桂花来说，演戏是一种“文化革命”，是自我的趣味、特长与“组织群众的生活”相统一，是塑造更普遍的“气质”的实践。其次，杜清泉与王俊兰在小说结尾处肩并肩地沿着山边的路径往城里走去的场景，与胡桂花、邹伏生为军属龙妈担柴禾而同行的样子也有着某种相近性。但后一幕更加充盈着新气息，包含着一种亲密无间的夫妻伦理实体向外部拓展其力量的意味，乃至成为一种真正意义上的“社会主义风景（气）”：

> 两人再度上路。他们挑起担子，踏着秋天早上的露水，浴着金黄色的太阳光，轻松、舒畅地往军属龙妈家走去。

三、结语

今天来看，为何这一单纯的场景仍能传递出一种巨大的感染力？是因为在此，劳动、自然、博爱、爱情、家政、政治之间能够“呼吸相通”。这可能是对于周立波1950、1960年代农村题材短篇小说创作最恰切的审美收束，也是其风格政治的凝缩表达。那些活在“自然历史”向“真正的历史”转型中的平凡而伟岸的人们，因为周立波细腻的笔触而拥有了一种“回视”

我们的机会。在“接生员”式的革命思路中，“以小见大”中折射的伦理难题，代际和解与代际抵牾，“经验的辩证法”，当家人治家的危与机，城乡物质变换关系的讽喻，“景气”范畴的激活，以及别样“文化革命”思路，构成了作为“生”之“态”的社会主义生活世界及其难题的动人再现，勾描出一个从生产劳动、生活组织、伦理—政治关系，到知识转化、经验传承、感性重铸等诸方面贯通起来的总体世界。这些曾经努力生活着的灵魂也期待着我们在新的历史条件下，将作为“生”之“态”的社会主义生活世界的可能性去完全测绘与打开。

字里行间的“时势”
——研读李准

一、“时势”与“文学”：以李准为方法

相比于赵树理、周立波与柳青，研读李准显然更为艰难。那种企图抓住某种形式或风格进而解开社会主义经验“褶子”的方式，乍一看无法直接运用到李准身上。比如说，我们可以从“新颖”的赵树理小说技艺出发来思考革命现代性，以周立波笔下的“风景”为焦点来一窥农村集体化进程中主客体转型的踪迹，从柳青将叙述的文学语言与人物内心独白的群众语言协调在一起的努力中，触摸到赋形新人内心生活的可能性。[1] 但是

[1] 关于赵树理小说所展示的革命现代性特征，可参阅贺桂梅：《村庄里的中国：赵树理与〈三里湾〉》，《文学评论》2016 年第 1 期。关于周立波笔下的“风景”问题，可参阅何吉贤：《“小说回乡”中的精神和美学转换——以周立波故乡题材短篇小说为中心》；以及拙文《“社会主义风景”的文学表征及其历史意味——从〈山乡巨变〉谈起》，《文学评论》2014 年第 6 期。关于柳青文学叙述的特征分析，可参阅贺桂梅：《“总体性世界”的文学书写：重读〈创业史〉》，《文艺争鸣》2018 年第 1 期；以及拙文《柳青的“抵抗”》，载《长安学术》（第十二辑），高等教育出版社，2018，第 25—29 页。

李准的创作似乎缺乏那种攫住注意力的鲜明的形式要素。面对这样的作家，阐释者难免会遭遇方法论上的无措感。

不过，切入李准写作的合适方式，早已有人提示出来，而真相或许并不可爱——至少对今天的我们来说并不可爱："李准同志一直是在配合政治任务的，而且配合得好。"[1] 当时批评界的强势声音即认为，李准的创作同现实结合得很紧，总是能及时地创造那些代表社会主义方向的新人物。中肯地讲，任何一位社会主义作家原则上都应具备这一特质，但无疑李准表达得特别明显与"及时"。这应该与他的写作起点有关：作家李准的诞生，与新中国第二次文代会之后的文艺导向紧密相关。[2] 李准的创作由此具有一种别样的认知意义，而这也逼迫阐释者在一定程度上调整已有的阐释路径。概言之，政治任务、政策与文学的关系在此得到自觉而具体的展示；而李准文学创作的"文学性"或结晶化历史难题的能力，亦需放在这一前提下才可获得恰当的理解。在这个意义上，李准的创作反而成了一种基础性的社会主义文学装置的典型案例。因此在多大程度上能够充分打开李准的创作，也意味着在多大程度上能够找到一种把握中国当代文学的方法。

为了激活李准式写作的潜能，我尝试引入"时势"概念。这

[1] 为群：《新中国妇女的颂歌——谈李准同志的三篇小说》，《人民文学》1960年第6期。

[2] 参阅李准：《培养文学上的接班人》，《长江文艺》1956年第4期。李准在此文中明确提及自己是在第二次文代会后加入作家队伍的新兵。

一古典概念在汪晖的解释中，意味着儒者对历史断续的理解，以及对于天理之时间特质的把握。所谓“势”尤指“支配物质性变化的自然的趋势或自然的力量”，“这种自然的趋势或自然的力量固然总是落实在促成其自我实现的人物、制度和事件的身上，却不能等同于物质性过程本身”。[1] 亦有治中国哲学者认为“势”的概念既涉及特定的行动背景，也体现了现实存在的普遍内容；既基于当下也展现了事物的未来趋向；既包含与行动直接相关的方面，也兼涉间接影响行动的因素；既内涵必然之理，也渗入了各种形式的偶然性；由此展现为具有综合性和系统性的实践背景。[2] 此种古典概念当然无法化约为历史唯物主义视野中的“第一自然”与“第二自然”，或列宁所谓的“形势”及葛兰西笔下的“力量对比”，但并不等于不能在此做一番“翻译”。“时势”概念，尤其是“势”的概念，包含着重新组织所谓历史规律、政治理想、集体实践与主体决断之间的辩证关系的可能性。后设地看，如果将中国社会主义革命与建设的政治理想视为“天理”一般的存在（或至少处在此一位置之上），那么，历史实践的展开本身即为时势。而社会主义文艺工作者的表达，更是深刻的时势的产物，每时每刻彰显出关联着“理”的权衡与决断。这一概念有助于打破将李准的作品理解为“遵命文学”或追随政策而进行的简单复制的误区，从而敞开一种对于文学创作能动性的新理解。“时势”

[1] 汪晖：《现代中国思想的兴起》（上卷　第一部　理与物），生活·读书·新知三联书店，2004，第 57 页。

[2] 参阅杨国荣：《说“势”》，《文史哲》2019 年第 4 期。

概念的优势，正在于能把政治理念、政策及其落实以及人的改造皆囊括在内，进而凸显出历史断续的辩证法。

李准的写作给人最为直接的印象或可表述如下：他非常主动地将具有普遍化潜能的实践经验处理为叙事要素，以此方式使自身的写作成为时势的一部分。比如《李双双小传》的核心事件“办食堂”，就关乎“大跃进”时期公共食堂的兴起以及相关政策推动；特别是河南经验一度得到中央肯定，《李双双小传》几乎一一再现了上述经验的诸多要点：改革炊具、讲究卫生、清洗食堂人员中的不纯分子、强化领导力量（领导积极介入）等。[1] 但需注意的是，虽然政策—事件（以实践形态展开的政策）可以为文学人物行动设置某种边界，人物的行动、性情与性格特质却无法从政策—事件中完全推导出来。毋宁说社会主义文学人物系统的铸造拥有一种相对独立的操作方式。从李准创作李双双形象的准备工作中就可以看出，“李双双”的最终成形，是他对几次下乡落户时了解到的不同先进妇女形象进行整合的结果：如贴“小纸条”的龙头村妇女队长、与多占工分的落后妇女吵架的小组长、自告奋勇述说自己事迹的女炊事员、揭发落后妇女而遭报复的女共青团员、因公不因私而推荐自己丈夫的女会计、帮人打离婚官司的妇女社长。[2] 人物形象所承载

[1] 参阅《中共中央对于加强公共食堂领导的批示》（1960 年 3 月 18 日），载中共中央文献研究室编《建国以来重要文献选编》（第十三册），第 80—88 页。

[2] 参阅李准：《我喜爱农村新人——关于写〈李双双〉的几点感受》，《电影艺术》1962 年第 6 期；李准：《向新人物精神世界学习探索——〈李双双〉创作上的一些感想》，《人民日报》1962 年 12 月 16 日。

的时间线索，与政策—事件的时间线索之间，并不是完全平行的。在此意义上，人物形象具有一种相对的自主性，并不一定随政策事件的改变而速朽，这也就解释了为何李准能在 1960 年代初迅速将“办食堂”的小说改编为“评工分”的剧本。

由此看来，所谓文学中的“时势”，或许包含以下三个层次的问题：一，政策方向与更为具体的政策—事件成为叙事前提或直接化作情节；二，人物形象尤其是人物之间的搭配——比如李准所喜用的“夫妻档”家庭冲突成为新旧斗争的微缩化表达——与更为持久的社会主义革命相关，也与生活世界的变动轨迹有关；三，人物行为与内心的边界、叙事的边界也反过来测度出社会主义政治与伦理的边界——“理”的历史世界的边界的浮现，以及“时”之真正转型的征兆。也就是说，作为整体的“时势”，自身包含着多重时间特质，在这里至少呈现出三种不同的变化节奏。更为重要的是，时势本身是一个断与续、变与不变相交织的进程。李准的写作不仅关联着第一层的政策的时间性，也关联着第二层的人物变化的时间性，更因为他的文学生涯贯穿了 1950 年代至 1980 年代，因此也触及了第三层即时势之内乃至时代之间的辩证断续。

从上述视域出发，我尝试择取李准在不同的“时势”中创作的几个文本展开分析：“双百”时期的《没有拉满的弓》（1957）、“大跃进”时期的《李双双小传》（1960《人民文学》、1961 小说集两版）、“大跃进”结束后的剧本《李双双》（1962）与农村改革初步完成时期的《瓜棚风月》（1985）。从可资比较的抽象主题要素来看，这些作品都涉及基层农村集体单位中的劳动与物质利益问题；同时也呈现出历史进程中的数种“自发性”[1]，以及几种可资比较的个体与集体的关联方式。因此，本文也是将这些既有关联又有差异的文本，视为一部不断将时势吸纳在内的总体作品。李准创作的形式感，将在字里行间的时势中彰显出来；而当代文学顺势而为的基本机制也将同时得到展示。

二、《没有拉满的弓》与“社会主义经济人”的寓言空间

《没有拉满的弓》原刊于《长江文艺》1957 年第 5 期，1981 年李准将之编入自己的小说选集（更名为《冬天的故事》），可见他对之颇为重视。此篇作品与《芦花放白的时候》《灰色的帆篷》都可算作“双百”时期的产物，但似乎未受到当时的评论界重视，甚至连批评也没沾到什么边。的确，与《芦花放白的时候》《灰色的帆篷》相比，《没有拉满的弓》虽然笔头也流露出讽刺与批评，却更少“干预文学”腔调，反而承续着李准更早时

---

[1] 在社会主义文化语境中，“自发性”与“自觉性”构成一种重要的对举关系，也是一种提升的关系。“自发性”往往指向的是未经革命政党介入的群众的意愿及其表达，而“自觉性”则是指受到革命理论洗礼、革命政党领导后的状态。因此，“自发性”往往关联于群众旧有的思维与行动习惯，本文中所要讨论的算计的自发性即可归入此一序列。但在马克思主义者眼中，群众的自发性中亦蕴含着巨大的革命潜能，“自发势力”在某些语境中并不是一个贬义词，反而关乎群众的创造力以及他们迎向新事物的积极性。本文论及的某些案例亦与此一相对褒义的自发性相关。

候农村书写的基本“问题”感觉（如《冰化雪消》）。略做一些横向爬梳，便能发现李准依旧以1950年代中期的农村基本经济政策为叙事前提，特别是1956年9月《中共中央、国务院关于加强农业生产合作社的生产领导和组织建设的指示》中强调的发展副业对于巩固合作社的重要性。搞好副业成为情节发动要素，或多或少与此相关。更为关键的是，1957年上半年中共中央关于“民主办社”的要求——其中“社和队的决定要和群众商量”[1]一条尤为重要，或可看作小说直接秉承的政策精神，亦成为情节矛盾展开的思想依托。这也是“双百”时期的民主化取向在此篇作品中的具体呈现。在这一严格意义上的语境线索之外，小说显然还关乎如何教育群众与发动群众这一更为恒久的政治文化议题。这也就涉及了对于1950年代基层合作化组织中的干群关系的反思。但更有意味的是，这部小说启用了一种实验性的叙事策略，展示了某种颇成问题的人性理解对于干群关系的损害。

《没有拉满的弓》的主要人物是十七年文学中相当少见的一种类型，或可暂且命名为“社会主义经济人”。此种形象的基本特征为：在社会主义集体框架内将人际关系化约为基于需要的经济交换关系。[2]主人公五里台高级社副社长陈进才在社员群众

[1] 《中共中央关于民主办社几个事项的通知（1957年3月15日）》，载黄道霞等主编《建国以来农业合作化史料汇编》，中共党史出版社，1992，第424页。

[2] 关于传统的“经济人”（homo oeconomicus）概念，参阅［法］米歇尔·福柯：《生命政治的诞生》，莫伟民、赵伟译，上海人民出版社，2011，第200页。

口中是个机灵人、能干手，他的威信来自对经济活动不可思议的把控能力（“曾经给社里买过七个牲口，没有一个不是便宜几十元到一百多元”），县委蓝书记称他为“一根钱串儿”。他对于任何可以转化为钱的东西极为敏感。正社长炳文在他眼里虽然直爽厚道，但却“太老实，不够机敏”，甚至有点婆婆妈妈气。

叙事的实际展开是在农历十月，地里农活较少，农民相对空闲，腾出了足够的空间进行副业活动与商业交换。而社里一把手炳文赴地委党校学习，则给了陈进才的算计理性与治人方法以充分的“实验”空间。陈进才拥有经营农副业的惊人本领与“管理”社员的狡黠手段，对付年龄不同、脾性各异的社员，颇能分而治之。小说第一小节的“取钱”场景即是此种“人学”的展示。陈进才有着一种很少呈现于社会主义文学叙事中的超乎常人的“投资”眼光，与供销社、银行营业所、土产公司的干部混得极好，他消息灵通，对诸种业务皆有兴趣。陈如此“能干”，小说进展到快一半时，眼看着就要将“弓”拉满了：在社务委员会上，陈进才通报了“已经有十三种副业可以搞”，“从磨豆腐说到养猪，从养猪说到做木器家具，最后一直说到做变鸡蛋，做麦芽糖”。

但他的跌落也正在此刻。在炳文的视点中，陈的毛病被一一拎出：爱用小聪明，学习很少，不相信群众。陈对于“人”的预设极低，对于身边的帮手也要反复考验，生怕他们有私心；同时，对于任何动员性的、具有一定政教意味的“开会”，则抱有厌恶。这与他对于人性的理解相关：“社员们要的是什么？是工分，是钱，是粮食。他多做十分，他就能多分，他不做，就没有。”这种近乎理性经济人的预设，充斥在陈进才这位“改革式”管理者的脑海中，也成为他开展工作的基本前提。针对此点，小说后半部分启用了一种相当戏剧化的反噬逻辑。一旦陈进才想只通过利益与奖惩来“卡”社员群众，群众就可以将这种算计逻辑释放到溢出五里台高级社的程度：所有人都奔着更有利可图的活儿去，比如割干草卖给运输公司而不参与社里组织的副业劳动。最具反讽性的场景是：当陈进才少见地给运输公司戴了政治“帽子”，而后者不得不与农业社签订代收干草合同时，依旧没有一个人来帮社里整烟叶。“因为有人说城里胶轮大车要干草，运输公司将来总得来收，有很多妇女就把干草放在家里。”陈进才的做法可以归入后来毛泽东所批判的“见物不见人”的政治经济学脉络，他的举动所呈现的正是经济理性脱嵌出社会主义“精神”的难题。

陈进才对群众自发性的预判及其最终的失控，形成了一种高度寓言化的叙事结构。然而有趣的是，作者的叙述口吻却始终在讽刺与不过度批判之间摇摆，即一方面用“没有拉满的弓”的寓言，将陈进才的做法问题化；另一方面又在诸多段落里凸显陈进才并不自私（对自己家庭没有特别照顾，也颇能以身作则）。叙述者数次强调他一直在意的是搞好集体，比如一开始点出的那只为了方便边吃边办事而到处端着走的“大碗”。让人好奇的是，陈进才一心为集体的动力何在？小说里有一些暗示：每当他为合作社节约下开支或为社里的副业发展找到门路后，总会从心里浮现出高于所有其他社员的得意。这种隐秘的优越感建立在陈进才的经济才能之上，他仿佛觉得自己才是这个集体唯一的主人。在陈进才眼里，其他人都是“经济人”，只有他讲“社会主义”。但此种“社会主义”实质是一种变相的优越论或等级结构。李准对于陈进才动机的纯化，使之具有了寓言性。陈进才也确实表现出了寓言式人物一条路走到黑的偏执特点。作为正确观点发表者或者说政教题旨暗示者的社党分支书记银柱多次提示他去发动群众，稍有头脑者都会采纳这一扭转颓势的方法，但进才却没有。

然而，作者也不愿意使小说过分流于寓言化。他启用了一种以后反复出现的“夫妻档”人物搭配。甚至可以说，陈进才的妻子、第三队妇女队长玉梅颇有后来李双双的影子。小说用不少笔墨描摹夫妻两人的情感关系，这样一种对于日常现实较为严肃的模仿，使人物不至被拖入滑稽讽刺的境地。这就是《没有拉满的弓》所展示的歧义性：一方面以寓言化的方式构造叙事与人物，将陈进才的品性极端化，使故事呈现为不可控的反噬过程；另一方面却又不愿意让陈完全陷入反面人物的境地。

李准为何对陈进才留有余地？这是溢出显见主题之外的关键问题。陈进才与乔光朴在某些地方十分相似。缺失一种更为现代、更聚焦于人心的管理术，成了更为激进的改革者批评乔光朴的基本措辞。[1] 但陈进才若“进化”为更懂得“情感”动员

[1] 对于乔光朴管理方式的批评，可参阅鲁和光：《谈现代管理科学——从两本小说谈起》，《读书》1983 年第 1 期。

的管理者，就能催生出良性的干群关系吗？答案恐怕是否定的。因为陈进才隐秘的优越论依旧无法得到处理。正是在尝试动摇这一优越论等级的意义上，李准的叙事与改革时期关于管理的思路极大地拉开了距离。

小说本身隐约提供了另一种可能性。通读全篇，一个现象十分刺目，小说没有用阶级来划分人群。阶级话语的缺席在此具有一种叙事上的必要性，是陈进才管理实验得以成立的前提。而在小说末尾，炳文对“政治经济学”的兴趣，似乎意味着阶级视野的真正来临。因此，《没有拉满的弓》也是一次不以阶级斗争而以经济建设为中心的叙事实验，是一篇单纯“见物”式管理之不可能性的寓言，也宣告了“社会主义经济人”内在的矛盾及其破产。但除了陈进才与群众相互算计的情形之外，在小说末尾，还出现了一群“觉悟高”的无名社员，他们自发地来看望病中的进才，并表达出对于集体的关心。就在炳文“政治工作是一切工作的生命线”话音刚落，他们便到场了，表达出另一种“操心”：“平常倒不觉得，进才害了病，我担忧起来。说的是社，其实和自己家一样，要说比家还重要。你想，地、牲口、我这几口人的嘴都交给社了，也就是说把命也交给社里了，谁不操心哪！”听到这些，进才“忽然伏在被子上哭起来”。这一场景明明白白地呼应了青年银柱对进才的批评：“你认为群众就不会有积极的一天了，就得和他们玩手段，比心眼！这是合作社，有人家一份。他们是给自己干，不是给别人干。”当时进才的反应却是一气之下想撂挑子，因为他觉得银柱贬低了自己的能力。但此时，“给自己干”的社员在场，才真正触动了在经济上遭到重大挫败的陈进才。当社员们自己表达出社是我的社时，陈进才的“经济人”思路才会趋向瓦解。他那种高于其他社员的优越论才会被松动，因为这种优越论所以觉得只有自己有资格代表集体的幻觉才有了消散的可能。

小说以此种方式结尾，宣告了一种净化、纠正的可能，也暗示陈进才在领导集体生产上依旧可发挥作用，从而有了成为“新人”的可能。李准最后的叙事选择——那群无名社员动情的表态，而非单纯炳文的政教言辞——也表达出作者对于问题核心的把握：社是大家的；政治无法脱离经济，经济里蕴含政治。但是《没有拉满的弓》点出却无法在个别叙事中回应的更大的问题是：杂糅了物质鼓励与政治措辞的“教育”，同实际的管理术之间，究竟能达成何种良性的关系？“见人”与“见物”究竟如何共存？如果说社会主义经济人在叙事上必然会遭遇自我瓦解的僵局，那么政治、伦理与经济之间究竟应该达成何种有效的联通与互动而不至于滋生单纯的算计心与建基于能力之上的优越论？这是《没有拉满的弓》中显现的历史难题。当然，很快，小说的许多叙事前提将不复存在，特别是1958年城乡户籍管理制度实施之后，在叙事上，许多群众的相对落后的“自发性”将事先被抑制住，而这也将变换文学本身的色彩。但无疑，《没有拉满的弓》对于干部、群众心性的刻画，创造出了一个溢出政策事件乃至人物系统的寓言空间。

三、时势中的“李双双”

与《没有拉满的弓》所诞生的时势不同，《李双双小传》能够出现，无疑得益于大办公共食堂的契机。但李双双形象之所以成立，源于李准1950至1960年代几段颇为深入的落户生活，特别是他在登封县金店公社马寺庄几乎亲历了整个“大跃进”过程。李双双的诞生还呼应于1960年“三八”国际劳动妇女节五十周年纪念，刊载《李双双小传》的那一期《人民文学》同时发表了《种子》《一点红在高空中》《孙孙的名字》等歌颂劳动妇女的作品。从李准的创作谱系来看，对于“新妇女”的关注早有踪迹。[1] 但是，1960年第3期《人民文学》版的《李双双小传》与更早时期的作品相比，更为彻底地将时势内化为一种叙事，将三重主题容纳在一个文本之中。

一是妇女解放，特别是“大跃进”条件下的“跃出”。在这个序列里，曾经没少挨喜旺打的双双获得了“正名”的机会；她努力学习文化，尝试走出家庭，摆脱落后丈夫的束缚，这些都联通到了之前的文学传统上（如赵树理的《孟祥英翻身》）。1961年茅盾对于此版的读法便主要着眼于此序列，他点出小说开头“脱胎于”《阿Q正传》无法为主人公命名的情状，而且尤其看重小说前半部分的回叙，认为写出了妇女地位的变化。[2] 而小说第二小节确实交代了双双的“脾气”是逐渐变大的。

---

[1] 参阅李准：《河南一农村》，《人民日报》1954年11月22日。

[2] 茅盾：《一九六零短篇小说漫评》，《文艺报》1961年第4期。

二是“大跃进”技术革命、文化革命。如小说最后一节聚焦于双双、桂英等改造孙有的水车，进行“炊具机械化”实验，包括调到养猪场的喜旺吹着唢呐驯导小猪。这些较为奇观化的“大跃进”情景在1961年小说集版中被大量删减。

三是社会主义文艺始终关注的公私斗争与思想改造议题。首先是富裕中农孙有及其儿子金樵的落后举动被归结为阶级本性使然，此版有一句话“不会上那些富裕中农和坏蛋们的当了”[1]尤可注意。个别的落后人物不但与李双双形成交锋，而且私藏水车败露后“群众纷纷起来和孙有展开了辩论”[2]，而金樵怀疑红薯能变出花样的“促退派”思想也立即遭到气愤的群众的批评。在这里，群众一改《没有拉满的弓》中落后的自发状态，变成助手般的自觉的形象。[3]其次，改造喜旺成为新旧转型主题更为重要的表达，但《人民文学》版在表现喜旺“转变”时显得缺少过渡，关键还是那张由匿名群众写就的大字报发挥了作用——揭穿孙有拿捏喜旺弱点而揩油食堂：“初上来人们还在风言风语的估猜，后来就有人干脆在食堂贴出了大字报。喜旺是个胆小的人，一见大字报，

[1] 李准:《李双双小传》,《人民文学》1960年第3期。文末标注“一九六零年二月七日深夜，郑州”。

[2] 同上。

[3] 但需注意的是，1961年作家出版社出版的《李双双小传》小说集所收录的版本（文末标注“1960年8月31日四次修改”）明显弱化了阶级对抗，比如“不会上那些富裕中农和坏蛋们的当了”被改为“不会上有些落后思想的人的当了”。批判孙有的群众大会被删去，且使金樵更早地消失而以喜旺来代理这出关于红薯的辩论。

先吓了一跳。”[1] 在经受双双一番批评后，喜旺主动去写大字报进行自我批评。不过，喜旺的转变之所以“顺”，恐怕也关系到阶级性判断（“他原也是个贫苦出身”[2]）。广义的思想改造尚有第三个面向（虽然小说表现得还比较模糊）。李双双的直来直去、见不得人占集体的便宜，与喜旺的随和、胆小、迁就之间的对照，引出了一种新的乡村伦理关系的构想。其实，《没有拉满的弓》在反思干群关系的同时，已触及了集体内部应该形塑何种人际关系的问题，而《李双双小传》里尤为凸显的，则是对于原有以血缘、亲疏（喜旺与孙有是本家）为基础的人际关系的替代，即强调人的集体身份的优先性。

正因为有这三重主题序列，“李双双”在时势变换中成为一个“可写”的文本。1961 年小说集版最重要的情节变动出现在最后三节。李准有意拉近李双双与喜旺之间的叙事距离：将原来喜旺、双双分别在食堂与养猪场搞“技术革命”，改为两口子双双进食堂；在第八节中放弃了对于孙有水车的“征用”，且将快速摊煎饼的煎饼灶发明权匀给了喜旺（《人民文学》版中是双

---

[1] 李准：《李双双小传》，《人民文学》1960 年第 3 期。

[2] 喜旺的阶级定位在《李双双小传》中以一种未加点破的方式发挥着作用，而剧本《李双双》则把这一点明明白白表述出来，在双双与公社刘书记的对话中，她主动区分了喜旺与孙有的阶级属性：“孙有可不一样，这个人鬼主意太多，他不是无产阶级，我们家[那位]是无产阶级。”（李准：《李双双》，《电影文学》1962 年第 12 期）。有趣的是，剧本虽然彰显了阶级身份的差异，却在叙事中对孙有更加留有余地，尤其是电影版还直接呈现了孙有一家最终的转变，喜旺的无产阶级属性也不再是转变的显见动因，双双与喜旺之间的情感—教育关系成为关键点。

双发明了这种煎饼灶），因此既稀释了技术革命的浓度，也弱化了妇女解放的面向。特别值得注意的是，1961 年版将喜旺的转变过程拉得更长，凸显出一种落后者与先进者之间的激励机制。煎饼灶的发明正起源于这场新增的对话：

> 喜旺说："你看你如今县里也去开过会了，报上也登过了，广播里三天两头表扬你，我只能拉马缒蹬，永没有出出头那一天！"
>
> 双双听他这样说，噗哧笑了。原来喜旺也想跃进跃进呢，可是他这个看法却不对。双双就对他说："我去开会，是代表咱们孙庄食堂去的，这里边也有你一份。再说去开会是为了交流经验，改进工作，怎么能算去出出头？你真是想要去'出出头'，这个会还不敢叫你去开呢！"她这么一说，喜旺脸红了。双双急忙又说："什么事情，不能从个人想起，要为大家。你只要好好劳动，想办法把群众食堂办好，不要说县里，省里，北京你也能去！可是你心里就没有把食堂办好这一格，还想着要出出头，那当然不会有那一天。"接着双双又向他讲了几段劳动英雄故事。
>
> 喜旺仔细听着想着，觉得双双的话有道理。照他原来想着，如今人不为钱了，还要为个名。可是照双双讲的，这图个名也是不光彩。只能是为工作，为大伙，为社会主义。喜旺想到这里，觉得和自己结婚十多年的这个老婆，忽然比自己高大起来，他不由得嘴里溜出来一句话：

“劳动这个事，就是能提高人！”[1]

这段话显然是李准深思熟虑后添加的政教表述，不仅彻底翻转了双双与喜旺的地位，使双双真正成为喜旺的教育者与仿效对象，而且触及了社会主义之人的深层动机问题，即对物欲与功名的双重否定。“这里边也有你一份”则是对《没有拉满的弓》最后出现的群众自发的集体关切心的续写：强调在集体性前提下，任何凸显出来的个体成就总已表征着更大的集体成就，因此也是对上述新型集体性伦理关系的落实。1961 年小说集版既做了减法，也做了加法，使一篇具有浓厚“大跃进”气息的作品转变为更适应社会主义思想改造议题的文本。

相比于小说，电影剧本版李双双的故事无疑流通更广。[2] 据说，电影摄制组 1961 年夏天到河南林县体验生活时恰逢“食堂要散”的大势，本来准备好的“办食堂”剧本不能用了，但李准十分顺利地将核心事件替换为“评工记分”。[3] 这一替换也是顺势而为，从 1961 年上半年中共中央批转的多个文件中都可以看出，“散食堂”几乎成为当时中共核心领导层的基本共识且有

[1] 李准：《李双双小传》，作家出版社，1961，第 45—46 页。

[2] 就笔者目力所及，1962 年以后，在电影剧本情节基础上所作的各种文艺形式的改编包括：赵籍身、杨兰春改编《李双双》豫剧（1963）；高琛改编《李双双》评剧（1963）；邵力改编《李双双》话剧（1964）；陆仲坚改编、贺友直绘《李双双》连环画（1964）；浙江省曲艺队集体改编、施振眉执笔《李双双》评弹（1978）。

[3] 姜忠亚：《活力的奥秘：李准创作生涯启示录》，中原农民出版社，1989，第 149 页。

群众基础。[1]同时，“社员群众迫切要求恢复到高级社时评工记分的办法，但是已有发展。办法是：包产到生产队，以产定分，包活到组。这样才能真正实现多劳多得的原则”[2]。由此而言，《李双双》剧本无疑是一个回退的文本，这从“工折”这一细节就可见出。小说一开始仅仅处于从属性叙事地位的“劳动日”与“工折”（“在高级社时候，很少能上地里做几回活，逢着麦秋忙天，就是做上几十个劳动日，也都上在喜旺的工折上”[3]），在这里成为组织叙事最为核心的政治经济学要素。发放工折这一事件，成为新的叙事开端。因而也就不难理解，小说鲜明的时间标志（1958 年春节后）被剧本模糊化了。那个自发要去修渠并受到挑灯夜战的集体劳动感染的双双，变为冷静地思考如何使更多劳动力出工的双双。这样就将原本更为激进的妇女解放及技术革命议题，转换为按劳分配原则基础上的制度设计议题，将对李双双主人翁式劳动姿态的热烈赞扬，转换为对劳动者残留私心的批判。此种“回退”在“广播”的缺席中亦可得到见证。在《小传》里，正是广播里的通知激励着双双展开更为积极的行

[1] 周恩来：《关于食堂和评工记分等问题的调查（1961 年 5 月 7 日）》，载中共中央文献研究室编《建国以来重要文献选编》（第十四册），中央文献出版社，1997，第 318 页。

[2] 参阅《中共中央关于讨论〈农村人民公社工作条例（草案）〉给全党同志的信（1961 年 3 月 22 日）》《中共中央转发毛泽东批示的几个重要文件——胡乔木关于公共食堂问题的调查材料（1961 年 4 月 26 日）》，载中共中央文献研究室编《建国以来重要文献选编》（第十四册），第 221—228 页、第 300—315 页。

[3] 李准：《李双双小传》，《人民文学》1960 年第 3 期。

动。在小说里，广播的不同内容分别对应于公共传播（双双爱听新闻报告）与私人闲暇活动（喜旺爱听梆子戏），但剧本却将这一个体性与公共性的联结媒介略去了，而用剧团下乡演戏的方式，把喜旺的私人趣味直接转化为一种集体娱乐活动。这样一种弱化宣教的做法，与“政治挂帅”措辞的消失，构成了富有意味的呼应，再次证明了叙事重心的转移。

叙事的政治经济学基础的变动，带来了风格转换的要求。剧本集中体现了这样几种变化：一是通过重组桂英形象，以及引入她与二春的恋爱事件，带出了农村知识青年出路何在的政教议题，其成功的先例即《朝阳沟》。此外，桂英被设置为孙有之女，在一定程度上用代际对抗取代了阶级对抗，模糊了原本泾渭分明的阶级区分。二是重组金樵的形象，并增加其妻——落后妇女大凤——的改造情节。这一方面使落后干部及其改造的问题复归，另一方面大凤的改变也呼应了一个农业合作化文学叙事常用的装置——用劳动来改造落后妇女，使之从“对手”变成“帮手”，这在周立波《山乡巨变》里的张桂贞及后来《艳阳天》里的孙桂英身上都可看到。第三，也是最关键的，是李双双夫妻关系得到了浓墨重彩的表达，特别是强化了“深情”[1]。从1961年小说集版拉近双双与喜旺的距离开始，李准便在构造一种密度更高的夫妻关系叙事。李准曾回忆自己是逐步发现了双

[1] 剧本不但用了“深情”一词（“双双走过去，夺过包袱，深情地看着喜旺……”），也多次提到双双对喜旺充满感情的注视，如“喜旺向门外一看，发现双双站在车院门口，瞪着两只水灵灵的大眼睛，嘴抿得紧紧的，在期待地望着喜旺”。见李准：《李双双》，《电影文学》1962年第12期。

双与喜旺关系的重要性：

> 我进一步研究这个作品的主题，研究双双和喜旺这两种性格冲突的本质，我发现了使我自己吃惊的东西，这个主题上还蕴蓄着更加重大的东西，那就是这一对普通农民夫妻中的关系变化，反映了我们这个社会的变化。……沈浮同志听了很兴奋，又和摄制组同志们帮助我们设计了那几场双双和喜旺中间反复的“拉锯”斗争的戏。[1]

在《李双双》的剧本中，喜旺几乎与双双在叙事上拥有了平等的地位，或者说两人被结合成一个叙事单位。李准曾明确宣布喜旺也是“农村新人”[2]。这种新风格的起源究竟何在？或许我们可以将剧本叙事要素划分为两个大的序列。一是评工记分制度及其完善。当双双发现落后者单纯为了工分而劳动，不讲究劳动质量时，想到的是还得再变变制度。双双劳动自然不是为了赚工分，但受“时势”影响而形成的叙事逻辑决定了双双会通过完善工分制度来限制落后者。第二个序列即婚恋、情感序列，突出特点在于对家庭情感的强调。甚至在电影版中，喜旺第三次“出走”——去教育金樵时落泪，也是因为“我对不起你双双嫂子”。评工记分制度化与夫妻—家庭深情化达成一种结构性

[1] 李准：《向新人物精神世界学习探索——〈李双双〉创作上的一些感想》，《人民日报》1962年12月16日。

[2] 李准：《我喜爱农村新人——关于写〈李双双〉的几点感受》。

的互补关系。小说版公共食堂以及相关的制度设计（如福利院、托儿所乃至“大跃进”时期一度流行的“十三包”设想），客观上会改变旧有的家庭生活习惯，乃至重塑人们的伦理感觉与情感态度。但是评工记分及其制度增补，却无法从根本上改变人们固有的心性与习惯。正因为按劳分配本身的不稳定性，才会有1958年的相关论争。[1]由此，家庭与恋爱要素，夫妻之间的情感强化（“先结婚后恋爱”）可以视为对无法及时到来的根本性文化变革的叙事填补。

正是在“大跃进”落潮之“势”中，李准最终将所谓的“重大发现”落实为一种伦理—美学。双双与喜旺的反复拉锯，引出的是《李双双小传》已经暗示出来但湮没在其他意义序列之中的新“情理”议题。双双是“情理不顺”就要管，针对孙有、金樵的“私”，敢于扯破面皮积极介入；而喜旺则是“老几辈都是好人”，不敢得罪人，金樵的干部身份外加发小身份尤其成为障碍。电影实际完成版可以说更为强化“情”的面向。尤其是上文提及的喜旺劝说金樵，话音落在“对不起你双双嫂子”上，高度煽情的瞬间凸显出的是喜旺转变的完成。他的悔意证明了双双的“新情理”已经入了他的心。同时，因为喜旺没有完全变成另一个双双，也可以说在很大程度上保留了自己的个性，因此，双双那种情理不顺就要管在喜旺这里得到了一种软化或者说下

[1] 关于“按劳分配”的论争，可参阅拙著《社会主义与“自然”——1950—1960年代中国美学论争与文艺实践研究》，北京大学出版社，2018，第372—380页。

降，反使之更具现实性与共情感。因此，再次“恋爱”塑造出一个伦理单位，且尝试通过这个单位扩展出一种集体伦理关系，这是对评工记分制度更为积极的情理增补。喜旺同双双的情感，与新旧情理之间的转换构成互动关系。因此，家庭这一基本伦理单位在电影剧本《李双双》中不可或缺，但李双双与喜旺的家庭又绝非传统的乡村大家族而更像是城市中的三口之家。电影中的李双双与喜旺只有一个女儿小菊，电影对喜旺与小菊之间父女情的精心呈现强化了家庭单位的分量，也使电影有了一种超越农村情境的普遍指向。

从《李双双小传》到《李双双》，三重主题的交织转变为两种主题的共振，甚至妇女解放的面向也让位于家庭成员间的情理之争。如果说《没有拉满的弓》凸显了经济在场而政治缺席，那么《李双双小传》则是用政治挂帅来重构伦理与经济，但剧本《李双双》却以伦理来牵动政治与经济，由此形成了叙事中心从经济到政治再到伦理的转变轨迹。李双双与喜旺的美学形象之所以成立，恰恰是时势变换所致，是评工记分制度所无法涵盖的政治—伦理维度的内在要求。但当时势再度转换时，特别是当经济—政治—伦理内在的联通开始发生某种结构性裂变时，李准的相关书写将抵达更为深刻的历史悖论。

四、“法”“权”缝隙中的《瓜棚风月》

《瓜棚风月》与《李双双》等前三十年文学书写的可比性，首先建立在一种看似否定性的关系之上，李准的创作从早先及时的顺势而为，变为需要艰难地去体认与赋形新的时势。《瓜棚风月》是李准改革时期为数不多的能够接续上述农村书写的小说，但似乎并没有在 1985 年发表后引发什么反响，零星的提及者也以为它不甚成功。[1] 引发注意的，反而是由此篇小说改编的电影《失信的村庄》（李澉编剧，王好为导演，1986）。在 1980 年代中后期浓厚的新启蒙氛围中，电影改编在影像方面进行了一些吻合于新启蒙意识形态的处理。摄制团队放弃了李准所建议的外景拍摄地点——“具有江南秀色的南阳地区”，而选择了古都洛阳附近的乡村，以豫西的天井窑院、出水窑院为人物活动的重要空间场所，“古拙而浑厚，在视觉上给人一种封闭感”，“配之以很深很窄的院落、黄土沟壑、古刹以及淹没在庄稼地里的巨大的宋陵石刻，都造成一种古老的历史感”。[2] 此外还特地三次展示黄河，“在影片的首尾都用了一组奇异的黄河泥沙积淀的特写”[3]。果然，当时的评论对这种影像表达产生了符合创作预期的共鸣。有评论者兴奋地指出：村庄民宅建在凹地上犹如坐井观天，与高墙夹道一起象征着深受封建思想和小农意识束缚的农民的狭小眼界。取之于古都洛阳附近农村的实景，以及片头片尾的黄河淤泥空镜头，“使人联想到传统文化中落后一面的心理积淀，是何

[1] 参阅宝光：《失落之余的反思——〈失信的村庄〉座谈简记》，《电影艺术》1987 年第 4 期。

[2] 王好为：《我拍〈失信的村庄〉》，《北影画报》1987 年第 1 期。

[3] 同上。

其厚重”[1]。但即使如此，这部电影也无法让当时的观众满意。有人指出根本问题在于李准的原作：它反映的是承包初期的问题，“到今天来看有过时感”[2]。李准似乎对“现在的农村不熟悉，没有跳出一贯的思维模式，还是善善恶恶、公与私的矛盾”，主人公丁云鹤“还是个英雄人物，而不是真实的人物”。[3]可见，从核心问题焦点到人物描摹方式，《瓜棚风月》都处在不新不旧的尴尬位置。从1950—1960年代那个能够“及时”配合政策来写作的李准，变成了“过时”的李准。这无疑提示出，那种使李准的创作得以可能的结构发生了变化。

此时李准的思想底色究竟处在何种光谱中，十分耐人寻味。他在1980年曾自述对生产责任制落实后农村的两极分化颇有顾虑，[4]但很快便确认了联产计酬责任制是一个结束有史以来人数最多怠工现象的“精灵”，而它坚定的是“人们对社会主义的信念和希望”[5]。这种改革初期对农村改革的高度认同，到了1980年代中期，势必面临贫富分化以及所谓社会主义物质与社会主义精神难以同步等现实问题的困扰。有一位评论者相当粗暴的影评，反而可能点出了李准隐秘的创作动因：“(下乡承包瓜田

[1] 高歌今：《“财神”为什么被赶走了?：评影片〈失信的村庄〉》，《红旗》1987年第6期。

[2] 宝光：《失落之余的反思——〈失信的村庄〉座谈简记》。

[3] 同上。

[4] 参阅李准：《初春农话》，《人民日报》1980年4月22日。

[5] 李准：《一个“精灵”的出现——河南省西华县农村见闻琐记》，《人民日报》1980年3月21日。

的丁云鹤）有了钱还想留下个美名，送给辛庄彩电、图书等等，这也符合时下某些‘万元户’的思想境界。”[1] 正正不错，《瓜棚风月》对丁云鹤诸多德性的细致描绘，仿佛让我们忘记了，他首先是一个当时先富起来的人，一个万元户。

李准的小说完成于 1984 年，回看 1983—1984 年这一时期，政策层面的措辞依旧还是强调集体经济的，但整个中国农村正处于政社分开的巨大转型之中。[2] 与《瓜棚风月》相关，当时的农村经济政策一是提出在稳定和完善生产责任制基础上，提高生产力水平，疏理流通渠道，发展商品生产；二是鼓励技术转移与人才流动。[3] 丁云鹤应是在这股潮流中下乡的。改革之后强硬的经济计划的相对退场，[4] 决定了小说叙事的松弛化，自由市场要素的出现，群众算计自发性的释放，都取消了原有社会主义文学摹仿—政教机制 [5] 的可行性，反而是双百时期的暴

---

[1] 李准：《一个“精灵”的出现——河南省西华县农村见闻琐记》。

[2] 参阅《总结、完善和稳定农业生产责任制情况调查（1983 年 9 月）》，载黄道霞等主编《建国以来农业合作化史料汇编》，第 1018—1019 页。

[3] 参阅《中共中央关于 1984 年农村工作的通知（1984 年 1 月 1 日）》，载黄道霞等主编《建国以来农业合作化史料汇编》，第 1103—1107 页。

[4] 参阅《国家农委印发〈全国农村人民公社经营管理会议纪要〉的通知（1980 年 3 月 6 日）》，载黄道霞等主编《建国以来农业合作化史料汇编》，第 921—924 页。

[5] 在笔者看来，前三十年中国社会主义文学最重要的特点之一就是“摹仿—政教”。简言之，文学担负着从思想上改造和教育人民的任务，而其使命的达成则倚赖人物的塑造，尤其是新人的塑造。书写先进典型，随之而起的摹仿、学习与改造，构成了社会主义文学的一条“红线”。由此，必然需要使文学感知与生活行动进行有效联通，同时也会导致对于文学表达中的“过剩”与“冗余”展开反思、进行处置。

露—批评的叙事机制有了复活的可能，但也变了调子——出现了对犯错群众的指认。另一方面，小说叙事虽然仍凸显生产队、生产大队，甚至是“公社”的存在——这在小说中仅有一处鲜明痕迹，当黑墩捉奸失败后，郑仙女说出的是：“你给我栽赃，咱们上公社！走！”[1] 但作为集体组织架构，其政治—伦理功能已经相当弱化了。

《瓜棚风月》开篇以“拜菩萨”与“相亲”开篇，就是上述变味的证明。这里的关键是辛庄社员辛老乖只有他爹爹给的二十元钱作为相亲见面礼。借相亲介绍人他大姨的口，小说点出了辛庄人不会干副业，而干部（指大队支书张米贵）也不往上面使劲，因此穷而缺钱。“钱”非常明确地成了小说的基本叙事要素，但它不再着落于集体（如生产队的资金积累），也不是着落于经由集体中介（工分制）的个人身上，而是直接落在个人身上。倒不能说《瓜棚风月》与《没有拉满的弓》《李双双小传》完全切断了联系。小说中为数不多的正面人物，在辛庄推动种植西瓜业务的生产队长辛老灵“脑子特别好使”，这与陈进才形象颇有一些承续性。小说中最重要的女性角色，那个为下乡的丁云鹤提供食宿的寡妇郑仙女有着说不完的话，那张嘴巴也可以说继承了李双双的某些特点。黑墩这样完全负面的二流子形象在李准以前的小说里是几乎见不到的，不过张栓、洪祥之类好逸恶劳的形象或可算其前身。但实际上，李准笔下的人物系统

[1] 李准：《瓜棚风月》，《人民文学》1985 年第 2 期。

已然发生了一次裂变。人物的意义无法再安放进前三十年的政治—伦理—经济联通结构当中，这从小说中与丁云鹤构成敌对关系的大队支书张米贵的形象上看得尤为清楚。他“二十来岁就当大队干部，从解散食堂以后当大队支书”，因为九皋山水库的修成（但叙述者没提张米贵是否支援了水利建设），粮食年年丰产而成为当地广播里的名人。“米贵”这个名字使人联想到“以粮为纲”，叙述者可能在暗示他未能摆脱“文革”后期的农村经济思维：一开始看不惯责任制与大包干，觉得搞副业是不务正业，又怕社员吵着没钱，只能死板地决定发展棉花。政治与经济之间发生了一种结构性偏移，张米贵形象正是这种偏移在文学上的表现。

小说中张米贵买瘸腿驴的场景让人联想起李准的《两匹瘦马》（后改编为电影《龙马精神》）里韩芒种的遭遇，但在这里是个彻底的讽刺桥段，还被村里几个小青年编了快板。这里快板的功能与《李双双小传》及《李双双》电影剧本里的大字报可作比较。快板仿佛是褪去了政教负担的大字报，但还是具有某种监督与批评功能，虽然更流于讥讽、调侃与自娱。往前追溯，快板早已出现在李准文章之中。时值“大跃进”高潮，他在《遍插红旗遍地开花》一文中曾细数自己落户的河南登封县群众文艺运动实绩，尤其点出快板这一传统的通俗文艺样式已成为普通语言，“夫妻吵架，群众互相批评也用”[1]。相比于有着确定历

[1] 李准：《遍插红旗遍地开花》，《长江文艺》1958 年第 7 期。

史起源的大字报，快板似乎更为“自然”与“自发”，而且相比于大字报对于“字”或“文”的强调，快板更凸显出难以掌控的声音的弥散力量。

张米贵对快板相当在意，可生产队长辛老灵却不是，这是一个极为重要的新因素。小说提到，当张米贵认定那个讽刺他不懂科学、盲目给瓜田追肥的快板源于丁云鹤时，辛老灵为了缓解曾经因右派身份而受到冲击的丁云鹤的焦虑，主动提出移花接木的方法：将自己名字换上去，叫他们随便传。辛老灵的“不在乎”，暗示着一种新的社会机制诞生的可能。在鲍里斯·格罗伊斯看来，以苏联为代表的社会主义社会有着一种将社会所有层面语言化的倾向，因此任何批评或自我批评都显得非常刺目。而资本主义社会与之不同，它不追求语言化，而要求将一切货币化，后者总能在显在的语言与符号层面之下收获补偿。[1] 在这个意义上，辛老灵的不在乎，已经透露出整个社会摆脱语言化逻辑及某种“准”市场社会到来的征兆。

但丁云鹤因为政治创伤——这位铁路职工因为说了一句“读《毛泽东选集》和读《红楼梦》一样吸引人”而成为反右派斗争扩大化的牺牲品，对于快板这类批评机制依然十分敏感。他将快板辨识为曾经的政治化—语言化机制的留存。右派这一身份看似是对改革初归来者文学的呼应，但其实蕴含着更大的叙事玄机。小说第八节有一段关于丁云鹤经历的补叙为我们复原出这

---

[1] 参阅 Boris Groys, *The Communist Postscript*, trans.by Thomas Ford, Verso Books, 2010.

位万元户的前史。正因为这种颇为屈辱的右派身份，丁云鹤在1958年参加了挖河的“大跃进”工程，体验了前所未有的超强劳动（因此他如今下乡不惧亲身力行干活）；在1960年困难时期被转到劳改农场，与猪为伴而发现了野地红薯；又因这红薯而得到了同宿舍老知识分子孙荫山的知识亲传，并开始进入一种痴迷的学习状态。最终他在字面上证明了“知识就是力量”，成了一位土专家。这里的丁云鹤仿佛是黑格尔所谓“主奴辩证法”结构里的奴隶：在主人忙于政治与生产斗争时，奴隶静悄悄地占据了科学的维度，最终发现了主人亦无法摆脱而不得不求诸的力量。在此意义上，丁云鹤是一位迥然不同的新人。他在以往政教叙事机制破裂开的缝隙中，充分释放出自身求知—积累的自发性与能动性。

聚焦个体必然也同时带出群体形象的问题。群众在此部小说中主要出现在如下三个场景：一是丁云鹤下乡同有意选种西瓜的农户开会，讲解种瓜的技术要求和合同内容；二是西瓜成熟后村头瓜棚下的乘凉聊天会，那“很像一台多口相声”；第三个场景则在形式上接近此前的群众大会，但会上讨论的焦点，却是张米贵召集种瓜户，决定不按合同原定的“八二开”分配，而按百分之十的比例只给丁云鹤八千多元。在此之后，小说便转入对“道德”的讨论，表现了种瓜户们的内心挣扎，他们受到传统的“失信”观念的折磨，这段情节由此弥散出相当浓厚的道德情感氛围。但是，张米贵的一句话却不可不加注意：“这是立场问题！咱社员们黑汗白汗干了四五个月，叫他拿走一万多块，这算什么？这是剥削！”

从叙事内容看，张米贵的发言并不真诚，他的行动表明自己根本不是那种单纯而教条的“讲政治”者：他看到种瓜有利可图，早已抛掉了公社的种植要求，自己也与丁云鹤签订了种瓜合同。虽说如此，但这一发言却可以从言说主体身上分离出来，成为一种幽灵般的回响。张米贵表面为集体实质为私利的虚伪作态，并不能完全取消马克思主义政治经济学的追问。更何况，张米贵言辞内在的分裂性与虚伪性，本就诞生于改革初期个体利益的正当化进程。辛庄大队的集体性已然丧失了逻辑上的优先性，集体丧失了真实的肉身，仅仅是一个个利益个体的汇合而已。在这个意义上，张米贵的言说无法逃避的“双声性”不仅是个人的问题，更是集体组织自身的裂隙的呈现。而在 1980 年代这一时刻，剥削措辞恰恰也只能在革命公利向私利转换的瞬间才能现身，一旦法权—契约确立，剥削问题就会隐匿。

但在“经济”得到正当化的大势中，小说迅速转化了这种提问的可能性。这里的核心叙事要素是合同的遵守。丁云鹤不但代表了科学技术与生产力，而且代表了遵守契约精神的一方，辛庄的绝大多数人则为违约方。因此，是否遵守合同、守护契约精神，在某种程度上置换了“剥削”问题。可在小说末尾，县法院，那个丁云鹤所以为的“讲理的地方”——在丁的理解里，“讲理”首先需落实在合同的遵守上，却没有给他满意的处理。法院吴推事特别提到：“前天赵书记还在广播上批评这个事哩，说有一个人在辛庄干了不到半年活，拿走一万多元！”将“广播”与“法律”对举，无疑对应的是改革以来文学叙事中很常见的“权”与“法”的冲突，并折射出整个宣传生产责任制时期对于“平均主义”的不懈批评。最终，合同的遵守与更具道德感的“守信”牢牢结合在一起，成为叙述者施加叙事惩戒的根由。小说最后对辛庄失信村民给予了惩罚：老丁已经请不来了，他去郑州搞了西瓜基地，直送香港。

李准无疑在丁云鹤形象上倾注了很多心血，将其摆放在可媲美于前三十年文学正面人物的位置之上。他传授技术，农活亲力亲为，赚得多，但也处处肯让利。特别是小说设计了寡妇郑仙女与他形成某种搭配，这种情感维度的叙事补充使丁云鹤的形象更加可爱。当然，丁云鹤与郑仙女的恋情并未真正发生，但这种情感关联有些类似《朝阳沟》那种将地方性依恋带入的机制，郑仙女之于丁云鹤或可类比于栓保之于银环。可丁云鹤最终还是“脱域”了，他消失在背景中，成了更大的未知的神秘网络的一部分。这种结局对于前三十年的农村题材小说来说是不可思议的，那个由市场所表征的无边的网络却为之提供了一种现实性。李准的态度显然比电影改编者更为复杂，至少那种呵斥小农意识与封建心理的新启蒙思路，他是隔膜的。李准为电影最初设计的拍摄地——“具有江南秀色的南阳地区”——便是明证。他至少不准备将《瓜棚风月》抽象化为对于所谓民族文化心理的批判，反而在风景的美感上尝试接续《李双双》传统。在这个意义上，也可以说《瓜棚风月》烙印了不同时势的叠影。李准更在意的是丁云鹤这样的“新人”如何撬动已经丧失活力的集体惰性，带动地方，实现一种为社会主义服务的新方式。困难在于，经济契约与道德表达在丁云鹤身上难以真正统一，技术的独一负载者与传播者也已然标示出了一种新型等级关系，丁云鹤与辛庄的伦理联结因此只能成为一种形式上的而非实质的关系。《没有拉满的弓》里虚构的经济绝对性在这里似乎以一种彻底的方式现实化了，但那一能够将经济回收到政治与伦理之内的结构已经衰颓下去。李准最后的道德化与情感化处理，不禁让人联想到路遥《人生》最后的道德化处理。这只能被视为一种征候，是对那个巨大的时代隐痛的转移，而那以否定的方式表达出来的幽灵之声，才是时势最深层的秘密在文本中的表达通道。

五、结语

时势的改变，尤其是计划经济向其自身否定面的转化，是造成李准的文学叙事发生变化的根本原因。但这里还需要分殊出一些不同的层面。首先是李准从学徒期即深入其中的社会主义政教机制已然呈现瓦解趋势，由经济计划的透明性与阶级区分的政治性所带来的清晰位置感都失势了。随之而来的是群众形象发生了改变，教育与改造的前提发生了动摇。因此我们也就看到，李准从总是能够及时地顺势而为，变成了过时与迟滞。如果说政策转型尚可积极跟从，那么人物形象所携带的政治伦理要素，以及时势内部诸要素不平衡的变化节奏所导致的抵牾，则需要一个较为艰难且漫长的适应、协调与转化过程，甚至可能导致文学书写之不可能。在这个意义上，《没有拉满的弓》《李双双小传》《李双双》与《瓜棚风月》不但呈现了可资比较的社会主义农村生活世界的变动，更凸显出李准式写作所发生的位移。字里行间的时势之变，远远大于政策之变，也不止于人物形象之变与美学风格之变，而是这一切的总和。字里行间的时势将提示我们历史时间内在的多质性与差异性，更能不断勉励我们在有待展开的未来中，去为那尚未实现的过去赢得机会。

革命韵脚、政治血气与社会主义英雄人物的感性显现
——《雷锋之歌》新诠

一、解释的困难与契机

相比于十七年时期的叙事性作品——譬如柳青《创业史》、周立波《山乡巨变》等，以贺敬之《雷锋之歌》等为代表的政治抒情诗不易在当下激活研究兴趣；诸如“社会史视野”之类的观照，似乎也难以应对此类文本。诚如冷霜所言：“在20世纪五六十年代文艺实践的研究中，突破则较多集中在小说、戏剧戏曲领域，一些研究者通过内在地理解这一时期的政治、经济、社会、文化实践，并将文学领域的实践视为共和国建立整体实践中高度有机的一部分，从而对这一时期重要的作家作品和文学现象做出了更贴近对象本身的解读，而这种情况在诗歌研究中还不多见。”[1] 他敏锐地看出，之所以“社会史视野”难以简单运用于诗歌，一是源于诗歌文本本身的因素，更深层的原因则

[1] 冷霜：《“后革命”语境与当代诗歌研究的“断裂”》，《汉语言文学研究》2022年第1期。

是绝大多数当代研究者（他们往往有从事诗歌写作的经历）基于文学自主性观念，“对20世纪五六十年代主流诗歌形态均持批判乃至否定态度”[1]。这提醒我们政治抒情诗研究之难或许既源于对象，也源自主体。研究主体的自我批判乃至“历史化”暂不是本文的工作，[2]而“政治抒情诗”乃至更广泛的“革命诗歌”的探究，则需在双重意义上回到“历史”。（事实上，这一问题的澄清，也可算作对于研究主体反思的开启。）

“社会史视野”的“历史化”工作强调“再嵌入”，[3]这意味着恢复文艺对象得以产生的周边经验环节与特殊的历史情势，从而进一步辨析文艺独特的历史效能。与之相比，我想强调一种更微型的“再嵌入”。原因很简单，贺敬之所创作的新歌剧、政治抒情诗指向着卓越的文类开拓，但需结合其完整的媒介形态和“现场性”来加以把握；若将之化约为文本形态，便已然是“去历史化”了。就算是叙事意义极为丰富的《白毛女》，若抹去了它的音响效果，亦会错失其完整的美学力量。譬如其中非常著名的七十七曲（“太阳出来了”），“do do ⌒ la do re sol”这一起调及其展开，带出了强大的音乐力量；[4]这才使之拥有了真正

[1] 冷霜：《“后革命”语境与当代诗歌研究的“断裂”》。

[2] 关于研究主体的“历史化”，可参阅贺桂梅：《书写“中国气派”——当代文学与民族形式建构》，北京大学出版社，2020，第550页。

[3] 参阅程凯：《社会史视野与当代文学经验的认识价值》，《文艺理论与批评》2019年第5期。

[4] 参阅延安鲁艺工作团集体创作，贺敬之、丁毅编剧，马可、张鲁、瞿维、焕之作曲：《白毛女》，新华书店，1949，第178页。

的“现场性”。而对于政治抒情诗来说，其“现场性”就铭刻在形式当中，郭小川关于“楼梯”形式的解释正是证明：“如果把二十个字排成一行，那读者（尤其是朗诵者）一定会感到难念。所以，我大体上按照念这些句子时自然而然的间歇，按照音乐的变化作了这样一种排列，多少也想暗示读者：哪里顿一下，哪里加强一些，哪里用一种什么调子。”[1] 的确，革命文艺无法排除私人性的阅读，但它更愿意奔赴超越文字本身的集体实践。在这种集体的活跃状态当中，文字本身的特征也将被改写。抗战时期的朱自清早就从朗诵诗那里捕捉到了这一要义：“这种朗诵诗大多数只活在听觉里，群众的听觉里；独自看起来或者沙龙里念起来，就觉得不是过火，就是散漫，平淡，没味儿。对的，看起来不是诗，至少不像诗，可是在集会的群众里朗诵出来，就确乎是诗。”[2] 所谓微型“再嵌入”即恢复此类诉诸听觉和集体性的文艺实践的各个环节，凸显其复合效果。

然而，朱自清的话却也可以引出另一重“历史化”，即诸如朗诵诗之类的实践可能会随着历史形势的变化而衰弱（所谓“时移势易，战争不再”[3]），因此，就算能够恢复其完整的美学效果，却还需回应此类文艺实践因历史变动而失去效能的可能性。这的确是一个正当的追问，也促发了第二重“历史化”：回

---

[1] 郭小川：《几点说明》，载《致青年公民》，作家出版社，1957，第 129 页。

[2] 朱自清：《论朗诵诗》，载吴晓东主编《中国新诗总论二（1938—1949）》，宁夏人民教育出版社，2019，第 515 页。

[3] 梅家玲：《战火中的文学声音：战争时代的“诗朗诵”与“朗诵诗”》，载陈思和、王德威主编《文学·2019 春夏卷》，复旦大学出版社，2020。

到贺敬之诗歌所植根的历史机制当中，尤其是一种独特的革命文艺机制当中——我暂将之命名为“真理—政教—美学”机制[1]。随着这一机制自身的调整与转型，政治抒情诗便丧失了它诸多前提条件。“真理—政教—美学”机制所蕴含的“真理”和“教育”环节在改革时代遭遇了诸多挑战。因此，这第二重历史化与第一重历史化构成了某种张力关系。一方面，我们需要尽可能地回到政治抒情诗完整的呈现方式与落实状态；但另一方面，也要对此种“落实”本身进行“历史化”，既在“真理—政教—美学”机制中把握其独特性，也在这一机制的转型中直面它的困境。辩证的地方恰恰在于，正是因为确认了不再可能拥有政治抒情诗曾经拥有的那些周边环境和思想前提，关于它的当代阐释才是真正有力的。而且从“抒情诗”的文类规定来看，其区别于叙事性作品的关键点便在于：它本身是话语事件而非对事件的再现，是一种记忆性的书写，在读者那里被重新激活，被重复，被分享。[2]因此，一方面需要细察贺敬之的政治抒情诗如何深深植入历史之中，得其滋养；另一方面则要解放出那一溢出狭义历史的力量，让“政治抒情”真正拥有一种当下生命。伽达默尔曾说：“正如所有的修复一样，鉴于我们存在的历史性，对原来条件的重建乃是一项无效的工作。被重建的、从疏异化

[1] 关于这一机制的具体讨论，可参阅拙文《“中国式现代化”与真理—政教—美学机制的转型》，《现代中文学刊》2023 年第 1 期。

[2] 参阅 Jonathan Culler, *Theory of the Lyric*, Harvard University Press, 2015, p.37.

唤回的生命，并不是原来的生命。”[1]我们需要辨析的，正是《雷锋之歌》此种新生命。

这样一种预先澄清为讨论《雷锋之歌》做好了必要的准备，但我们还需要进一步点明阐释将面临的更为具体的困难。首先是“政治抒情”本身的困境。与“抒情”问题在当下文学研究中的泛滥相比，“政治抒情”却成为一个难以穿透的对象，乃至迅速被打入历史冷宫，仿佛无法逾越文学史的“定论”：所谓“强烈的感性抒发与政论式的理想表达”、“理性思辨和激情宣泄”的综合。[2]换言之，找到理解“政治抒情”的新途径是破解阐释困局的钥匙之一。其次，《雷锋之歌》作为政治抒情诗的特殊面向在于，它聚焦于具体的英雄人物，因此关联起了社会主义文艺书写英雄人物的谱系。然而，从1950年代到1980年代，英雄人物议题经历了几重变化后最终式微；这无疑成为我们接近《雷锋之歌》“政治抒情”的基本障碍。1950、1960年代的中国鲜明地提出“创造新的英雄人物是文学创作的重大任务”，背后存在着社会本体论的支撑：“社会发展规则是在这种变革中的矛盾和斗争里显示出来。新的力量对于旧的力量的征服，就是推动社会前进的决定因素，新的英雄人物就是推动社会前进的新的力量的代表人物。”[3]也可以说此种号召体现了“真理—政教—

[1] [德]汉斯-格奥尔格·伽达默尔：《真理与方法》(上卷)，洪汉鼎译，上海译文出版社，1999，第218—219页。

[2] 参阅洪子诚：《当代文学概说》，广西教育出版社，2000，第119页。

[3] 绿由：《关于创造新英雄人物》，《文艺报》1952年第11—12号。

美学”机制的要求：强调新的力量的引领作用、感染力与可仿效性。同时我们会看到，在英雄和普通群众的关系以及是否一定需要通过英雄来施加教育等问题上曾产生过激烈的争论。[1]雷锋式英雄的出现，则激活了“既平凡又伟大，……是人人可学，是高而可攀”[2]这一塑造与模仿机制，又通向了1960年代关于英雄和“常人”“一分为二”还是“合二而一”等论辩[3]。1980年代初虽然依旧提倡塑造英雄人物，但社会主义文艺体制本身的转型还是带来了诸多不确定性。“人性”议题的扩张与关于文艺作用理解的变化，包括商品化与社会变革带来的冲击等情境，最终催生出如下批评：“我们的文学艺术难道真的需要强调写英雄人物？这种‘需要’是我们文艺的幸运还是不幸？”[4]此种“滑落”的确是我们不得不面对的历史前提，但是，将此种“英雄”到“凡俗”的转变简单把握为线性进化的轨迹则是错误的。我们不仅可以看到，已有学者尝试在长时段历史和当代思想危机中重新阐释雷锋；[5]而且更为重要的是，“英雄”问题本身就不是可以轻易取消的议题，只是需要我们做一些“转译”。

[1] 参阅冯雪峰：《英雄和群众及其他》，《文艺报》1953年第24号；唐挚：《烦琐公式可以指导创造吗？——与周扬同志商榷几个关于创造英雄人物的论点》，《文艺报》1957年第10号。

[2] 开桂：《谈塑造雷锋式英雄形象的问题》，《电影文学》1964第9期。

[3] 参阅新建设编辑部编《关于周谷城的美学思想问题》，生活·读书·新知三联书店，1964年。

[4] 王春元：《关于写英雄人物理论问题的探讨》，《文学评论》1979第5期。

[5] 参阅贺照田：《如果从儒学传统和现代革命传统同时看雷锋》，《开放时代》2017年第6期；《如何让历史文献更充分向我们敞开……——从雷锋一则日记的读解说起》，《开放时代》2021年第6期。

当“摹仿”的“政教”要求松动的时候，反而更能看清楚“英雄”在社会文化中必要的位置。如何塑造英雄，说到底关乎“如何做（中国）人”，关乎文化认同的普遍性。[1] 英雄问题涉及人的卓越性，也可以说，是对于人的理想性的重新探讨。人的卓越性问题并不随着时势变换乃至社会结构的变化而轻易消失（只是“卓越”的标准会不断被重新定义），而人的“形象”与人相互间的认同、影响和引领亦不会消失（只是“引领”的方式会变得更为隐秘、更个体化，或者不愿意被承认而已）。正是在这个意义上，“学习雷锋”与“雷锋精神”一次次被唤出、如同仪式般得到重复，不但暗示“真理—政教—美学”机制的某些形式得到了留存，更是潜在地在呼唤关于“英雄”或卓越之人更加有效的当代解释。其中的要害正在于某种情感中介。《雷锋之歌》的独特性也于此凸显。既有“英雄”叙事的惰性或许表现为仅仅满足于将英雄的“故事”再讲述一遍，而作为政治抒情诗的《雷锋之歌》则展示了一种“情感”的运作机制。这首诗不只具有单纯的“追忆”“缅怀”乃至“祭祀”的意义，而是在“社会主义教育”大潮中直面“感情的熔化”[2] 的任务。它通过拟想朗诵这一集体活动，在字里行间将“雷锋”形象转化为一种抒情性存在。有待我们破解的，正是这一独特机制。

[1] 关于“文化认同”的普遍性问题，参阅张旭东：《全球化时代的文化认同——西方普遍主义话语的历史反思》，上海人民出版社，2021。

[2] 这一表述出自贺敬之《谈提高作品的思想性——给 ×× 同志的信》，载安徽大学中文系编《中国当代文学研究资料 · 贺敬之专集》，1979，第 15 页。

二、政治抒情的复活

《雷锋之歌》或许应该被看作贺敬之一系列文艺创造的环节之一，而且他对于此种创造的难度与可能性有着理论自觉。在《谈十年来的新歌剧》一文中，贺敬之可谓触及了社会主义文艺实践的核心难题，即如何超越“不犯错”：

> 但是政治上没有错误，思想上没有毛病这是首先的要求，却也是初步的要求。实现了这一点，不能说就已经是政治性强、思想性强了。不错和强是两回事。艺术作品要求的不仅是不错，而且是真正深刻强烈的政治感情，这种政治感情不是用标语口号谱成的“流水板”和“朗诵调”，不是政策条文的“二重唱”和“三重唱”，而是要通过活生生的完整的艺术形象表现出来的。……说“优越性”也不能使它［新歌剧］在这一点上“偷巧”，仿佛只要发挥歌剧特有的威力（大合唱、管弦乐、男高音、女高音等等），就能把概念公式“处理”成政治思想性强的东西。[1]

贺敬之在此虽然谈的是更具有“形式”辨识度（如涉及种种“威力”——大合唱、管弦乐等）的新歌剧，但其核心论点却牵涉社会主义文艺的“要害”：即如何超越“不犯错”这一文艺创

---

[1] 贺敬之：《谈十年来的新歌剧》，《戏剧研究》1959 年第 4 期。

作的惰性机制，以及如何使“深刻强烈的政治感情”充分“形式化”。或许正因为“新歌剧”这一对象极易被处理成“正确”的政治思想“加上”丰富的音乐“形式”，反而挑明了社会主义文艺更为棘手的难题：如何克服“形式”的外在性，如何使真正的“政治”找到其独特的感性形象，从而生成真正的统一体。事实上，正是因为不少文类有着所谓的形式“优越性”，“形式”相对于“内容”的外在性就会不断阻碍新“思想”的落实，乃至使旧的感觉和观念“暗渡陈仓”。贺敬之此处的思考恰恰真正回应了毛主席“讲话”里至为关键的那句“沿着无产阶级前进的方向去提高”[1]，而不是提高到封建阶级或资产阶级那里去。这一思路无疑为我们把握《雷锋之歌》内容与形式之间的关系提供了关键线索。首先，的确有必要廓清“政治抒情诗”的“形式”，更加具体细致地理解“政治”与“形式”之间的关系——特别表现为这一诗歌类型的格式以及这一格式的语境性含义。就此而言，“声音政治”[2]的思路是颇有助益的。其次，回到贺敬之对于“政治感情”的强调，我们需要找到“内容”对于“形式”的规定，并以此为标准来探讨《雷锋之歌》是否实现了某种“活生生的完

[1] 毛泽东：《在延安文艺座谈会上的讲话》，载中共中央文献编辑委员会编《毛泽东选集》（第三卷），第 860 页。

[2] “声音政治”这一问题的提炼，可参阅梅家玲对于抗战时期朗诵诗问题的理解：“‘朗诵诗’蔚兴于抗战烽火之中，借由音声传播之便，被赋予了宣传教育的任务。这使它从一开始，便以‘战斗’的姿态出现……而它的书写又多得配合声音的展演，因而衍生出‘声音政治’的特质，并因此内蕴着‘（朗诵的）声音’与‘（文字的）诗’之间的互相颉颃。”见梅家玲《战火中的文学声音：战争时代的“诗朗诵”与“朗诵诗”》。

整的艺术形象”的创造。

就现代诗歌形式所包含的“声音”问题而言，李章斌曾点出“跨行、空格、诗节分段等空间上的布局”[1]都在指引诗歌的特殊“节奏”。对于政治抒情诗所喜用的“阶梯”形式，他也给出了一种具体的“节奏分析”：“总体上呈‘三步走’的节奏过程也给诗歌带来了一种节奏上的同一性，自然也不乏‘韵律感’。这种节奏虽然气势昂扬，却失之于单调和模式化，无法表达太复杂的情感及节奏的变化。”[2]李从“阶梯诗”的“节奏”中读出了“同一性”，或许后者亦指向了某种集体性以及情感律动的呈现方式。然而，他却以为这种节奏是不适合于表达复杂情感的。不过，与其在能否表达复杂情感这个问题上纠缠（事实上这一判断可能已经隐含了一种价值预设），不如直面“左翼”文化实践究竟想要通过诗歌的“节奏”与“声音”抵达何种情感，形塑何种身体，以及最终召唤出何种政治。正是在这一点上，康凌关于“左翼抒情主义”的讨论颇具启发性：

> 左翼抒情主义在根本上是一种关于身体、声音及其兴动性（affectivity）的抒情主义，它所指向的，是以人的生物—生理性存在（以及社会—政治历史对它们的组织与塑造）为基础、以位于语言与前语言之间的、不断游动的声音为媒介、以人们的感官体验为平台，在大众的身体之间所建构起

[1] 李章斌：《书面形式与新诗节奏》，《南方文坛》2022年第1期。

[2] 同上。

来的一种连带与团结。在这里，抒情终究无法被放逐，大众的身体之间的血肉关联与声息相通，他们在身体与感官层面所共享的被剥夺与压迫的经验，将在左翼抒情诗的音响节奏中被唤醒、动员、成为构造集体的革命主体的肉身基础。[1]

且不论此种“左翼抒情主义”的言说是否过于光滑，康凌的理论化紧紧抓住了“连带与团结”“被剥夺与压迫”乃至“革命主体”这些左翼命题同以“朗诵诗”为代表的诗歌实践之间的自觉联系；从而不再流连于“复杂情感”命题，而是赋形了特殊政治时刻（对于朱自清来说就是抗战时刻）某一种情感获得表达与“生产”的状态。他特别提到朱自清关于朗诵诗态度改变的那一案例，并认为这是左翼诗歌的音响节奏影响工农阶级之外听众的证明。这就勾勒出了左翼诗歌溢出狭义阶级身份的可能性，指明了某一种“集体性”的节奏也能生发出更为普遍的认同。而朱自清一开始对待“朗诵诗”的态度，正可类比于如今对于政治抒情诗庸俗的“后见之明”。朱自清在抗战中获得了理解的契机，而今天的我们则需要更多的“前提”“澄清”乃至“移情”才能重新理解那一书写实践。就此而言，诉诸“听觉文化”或“声音政治”是一个重要且必需的环节，但还不够。我们需要有勇气进入“政治”的核心内容之一，也就是深入贺敬之明确提及的“深刻的强烈的政治感情”，或真正的“政治思想性强的东

[1] 康凌：《有声的左翼：诗朗诵与革命文艺的身体技术》，上海文艺出版社，2020，第155—156页。

西”当中。正如黑格尔所说，诗所特有的外在客观因素并不是音调，而是内心中的观念和观感，是“精神性的媒介”而非“感性的媒介”。语言本身的声音特质也有意义，但已经是精神性的了。[1] 事实上，早在抗战朗诵诗阶段，“文字”意象或意义会在某种程度上左右“声音”的演出效果，也已被人点破。[2] 声音政治的思路看到了语言的时间性展开本身的声音特质，然而反过来说，政治抒情诗的探究则需要再次在广义的“声音”中辨识出精神性的力量。所谓“激情宣泄”不应是模糊不定的东西，如何恰切地理解“政治抒情”成为关键问题。

如果我们认为洪子诚曾提到的“激情宣泄”不是自发的个体情绪的表达而关乎某种“政治”；那么，西方古典政治哲学关于“血气”（thymos /spiritedness）的讨论恰可作为“他山之石”澄清一些关键问题。在这一视域中，所谓“血气”指的是人对何谓正确、何种东西带来尊严与荣耀的精神感受，而人类共同体在一定程度上有赖于凭借“血气”捍卫财富与名誉的分配。在这个意义上可以说，“血气”是“政治的”。但是，“血气”对正义或合法性的要求从来不能得到满足，因而在古典政治哲学家眼中，

[1] 参阅［德］黑格尔：《美学》（第三卷下册），朱光潜译，商务印书馆，1981，第 9—10 页。

[2] 参阅梅家玲：《战火中的文学声音：战争时代的“诗朗诵”与“朗诵诗”》。“（时间里）语言声音要求，规范了（空间里的）诗作文字琢磨；‘诗’必得要经由‘朗诵’，才得以完成。然而，‘炸药桶’‘导火线’较诸‘轴心’‘堡垒’‘巨绳’更适合于朗诵的事实，却又提醒我们：文字意象或意义，是如何左右了‘声音’的演出效果。”

“血气”是需要节制的。[1]我们是否可以说，政治抒情诗触及不是一般意义上的激情、情欲与情绪，而是希望唤出“血气”，并且同时施加一种政治上的“节制”与引导。更有意思的是，哈维·曼斯菲尔德特别指出了“血气”植根于自然又超越自然的特征：一方面“血气”如同动物发怒一般，保卫着身体、周围的环境和领地；但另一方面，为了实现这一目的，“血气”抒发者需要将身体置于危险之中，甘愿牺牲身体。[2]“血气”涉及人身上的两种“自然”——自发的与反思的[3]；既抵抗外来侵犯，又对自己的同类表现出同情，因此同时是敌意与友爱的基础[4]。正是凭借超越现代资产阶级哲学的“自然”理解（18世纪以来多指向“自发性”，而自发的自然以“自利”作用于人）[5]，“血气”与社会主义文化所理解的“政治情感”具有了可比性乃至亲和性，甚至补充了一个既往理解未加凸显的维度：一种植根于自然而又超越自然的强烈情感何以可能。在这个意义上，雷锋那句“对待同志要象春天般的温暖……对待敌人要象严冬一样冷酷无情”[6]正是一种政治“血气”的表达。

然而，我们还要面对一个基本的阐释难题。政治抒情诗的

[1] 参阅刘小枫、陈少明主编《血气与政治》，华夏出版社，2007，第1—2页。

[2] 参阅［美］哈维·曼斯菲尔德：《男性气概》，刘玮译，译林出版社，2009，第284—285页。

[3] 同上，第252页。

[4] 同上，第268页。

[5] 同上，第251页。

[6] 雷锋：《雷锋日记》，解放军文艺出版社，1963，第15页。

真正效能是否会束缚在历史语境当中呢？如果“时移势易”，如果任何阐释都无法真正带回“作品”的周边世界及它得以产生的伦理世界，[1]那么我们面对作品究竟能指望读解出何种东西呢？在一定程度上丧失了“形势”的时候，我们将如何面对“形式”？这或许需要一种方法论上的阐发，一方面，如上文所言，作品在当下的“新生命”与其“旧生命”相关但并不相互重合，这在根本上源于我们自身的历史性；另一方面，虽然“时移势易”，但作品恰恰因其必然会脱离原有肌体，而能使其内在的普遍性展示出来。如同阿多尔诺所说，美学解释能够释放作品的社会意义，但“除了作品中的东西，除了属于作品本身的特有形式的东西，没有任何东西能够为查明作品内容所代表的社会意义提供一个正当的基础。这种判断要求的是从作品内部获得的知识，当然，也要求对外部社会的知识。”[2]这种既考虑到“外部社会”，同时又从“内部”获得的知识，才能真正转化为当下的知识与意义。《雷锋之歌》也应作如是观。

三、《雷锋之歌》的三重韵脚与自我—集体姿势

沿着上述思路，我们必须追问：《雷锋之歌》这首长达 1200 余行、共分六章的长诗是否拥有一种统一的形式？这种形式如

[1] 参阅［德］汉斯－格奥尔格·伽达默尔：《真理与方法》（上卷），第 219 页。

[2] ［德］特奥多·阿多尔诺：《抒情诗与社会》，载夏凡编译《阿多尔诺基础文选续编》，浙江大学出版社，2022，第 228 页。

何呈现“深刻强烈的政治情感”？那就让我们先来看看诗歌的开篇是怎样奠定基调与基本格式的：

假如现在呵
我还不曾
不曾在人世上出生，
　　假如让我呵
　　再一次开始
　　开始我生命的航程——
在这广大的世界上呵
哪里是我
最迷恋的地方？
　　哪条道路呵
　　能引我走上
　　最壮丽的人生？
面对整个世界，
我在注视。
　　从过去，到未来，
　　我在倾听……
八万里
风云变幻的天空呵
今日是
几处阴？几处晴？

亿万人
脚步纷纷的道路上
此刻啊
谁向西？谁向东？
哪里的土地上
青山不老，
红旗不倒，
大树长青？
哪里的母亲啊
能给我
纯洁的血液、
坚强的四肢、
明亮的眼睛？[1]

首先映入眼帘的，便是所谓“贺敬之楼梯式”[2]或“交错式”[3]楼梯形态，它一般被视为是对于苏联楼梯诗的民族化，显得更有规律，更整齐，也便于读者阅读或朗诵时把握诗的节奏。这开篇部分形成了“三、三、三、三、二、二、四、四、四、五”的诗行交错排列，总体上显得规整，但其中又蕴含着节奏

[1] 贺敬之：《雷锋之歌》，载《放歌集》，人民文学出版社，1973，第155—156页。着重号为笔者所加。

[2] 段登捷：《论贺敬之的诗歌创作道路（下）》，《山西师大学报（社会科学版）》1982第3期。

[3] 吴开晋：《贺敬之的诗歌艺术》，《社会科学战线》1984年第3期。

变化，远非机械划一的“步伐行进”。这些诗行数量的变化最终应是决定于表意与抒情的需要。第二个不难辨识出的形式特点是诗歌的韵脚，即几乎每一“楼梯”单元的末句在“eng”（生、程）、“ing”（听、晴）和“ong”（东）三种韵脚之间切换。当然，这一转韵规则没有固定格式（因此《雷锋之歌》只是自由诗的一种），而是随表达需要来调整；但是这三重韵脚却贯穿于整首诗歌当中。随后我们就会看到，规定如此用韵的，恰恰是贺敬之想要凸显的三个核心概念——“雷锋”“革命”和“英雄”。诗中同韵的关键词还有“人民”“弟兄”“群众”等；而《雷锋之歌》为了照应 1960 年代社会主义教育与培养“革命接班人”潮流，又连接了（如何）“生”与（如何）“行”这两个触及个体选择与行动的词语。韵脚的选择不但从雷锋这一专名中找到了确定性，而且编织出一张观念之网，从而形塑出了《雷锋之歌》的“主导动机”。另一方面，韵脚的声响特征本身也沉淀着某种特殊的感觉与意味。借用汤炳正对于语言之起源的分析，“eng”“ing”“ong”三韵以元音加上鼻腔共鸣，形成洪亮的声响状态，指向宏大乃至光明之事物。[1]

从抒情主体的特征来看，“我”的位置是沉下来的，使自己虚拟性地陷入一种“重生”与“选择”之中，但视域却极为开阔、灵活，可以不断伸缩。作为标题所指示的主人公——雷锋，在诗的整个第一章里并没有出现，甚至也未被呼唤。在第一章中间

[1] 参阅汤炳正：《语言之起源（增补本）》，三晋出版社，2015，第 8—10 页。

部分，在交错式楼梯“三、三、四、四、五、四”的展开中，那五句一组的最后一句点明了抒情主体的感觉重心与姿态所在：“看步步脚印……/望关山重重……/有多少英雄呵/都在我们/行列中！”[1]“行列中”单列一行，凸显了出来！而“行列”正是贺敬之诗歌的原初意象之一。1940 年他便创作了《我们的行列》一诗，在《放声歌唱》（1956）中，更有具体的姿势描绘：“来！我挽着/你的手，/你挽着/我的胳膊，/在我们/如花似锦的/道路上/前进呵……在我们亿万人/肩并肩、臂挽臂/前进的/行列里！”[2]手挽手，肩并肩，这种“行列”行进构成了“集体”的肉身及其基本姿势。《雷锋之歌》延续了此种姿势，由此也赋予了“雷锋”别一种形象。

第二章以“呼唤”雷锋开始：“让我呼唤你呵，/呼唤你响亮的名字，/你——/雷锋！”[3]此处抒情依旧是个体化的——“我”而非“我们”的呼唤，而抒情诗的“呼语”威力在此彰显。“雷锋”在此成为被呼唤的名字。这一声音性的存在超越了叙事的“过去时”特性，将雷锋转化为一种当下此刻的存在。第三章延续着第二章的“呼唤”，但更强调“你的名字”的伦理—政治意义，关乎普通人所能抵达的卓越性：“你的名字/竟这样地/

[1] 贺敬之：《雷锋之歌》，载《放歌集》，第 157—158 页。本文中，“/”表示诗行分行，而“//”表示一组楼梯诗行与另一组交错（第一次出现为缩进，第二次出现为前提，第三次出现又为缩进，以此交错），特此说明。

[2] 贺敬之：《放声歌唱》，载《放歌集》，第 38 页、第 69 页。

[3] 贺敬之：《雷锋之歌》，载《放歌集》，第 160 页。

神奇，/胜过那神话中的/无数英雄……”[1] 虽然贺敬之提及了雷锋的“日记本”，但他并不详细展示日记的内容；虽然他发问：“呵！雷锋！/你是怎样地/怎样地/长成?！……”[2] 但他并不急于给出答案，甚至使回答延宕。这正是贺敬之的文学决断。在这一章的最后，三重韵脚中最为重要的两个代表汇聚在了一起，在指向着“你”（雷锋）的激烈情绪中，迎向了“一九六三”的“我们”所面临的抉择：

呵，念着你呵
——雷锋！
　　呵，想着
　　你呵
　　——革命！
一九六三年的
春天
　　使我们
　　如此地
　　激动！——
历史在回答：
人，
应该

[1] 贺敬之：《雷锋之歌》，载《放歌集》，第 164 页。

[2] 同上，第 165—166 页。

怎样生？

路，

应该

怎样行？……[1]

第四章变换了一下上述三章的情绪状态，开始讲述“十分遥远”的“雷锋”成为“雷锋”之前的故事。但这种受压迫与残害的故事却又不只是雷锋一个人的故事，抒情主体讲述的其实是普遍的阶级故事，召唤的也是普遍的阶级情感。这一章的要义根本不是对于雷锋个人经历的回忆，而是对1960年代某种普遍情绪的回应：“‘我们在听、在听……/但那到底/已是过去的事情……’//少年人眼前的/大路小路呵，/仿佛本来/就是这样/又宽、又平……”[2]针对“天下太平”的社会情绪乃至告别“人民”与“革命”的“催眠术”，抒情者动用了“禁止”语，用否定式凸显了纯粹的阶级认同：“忘记过去吗？/不能！/不能！/不能！//因为我是/永远不会忘本的/‘饥寒交迫的奴隶’——/中国的/革命的/士兵！”[3]“雷锋”由此再次被唤出，成为一种代表，一种普遍的姓名，主韵关键词再次汇合：“让我们说：/‘我爱雷锋……’/这就是说：/‘我爱/真正的人生！’//让我

[1] 贺敬之：《雷锋之歌》，载《放歌集》，第167页。

[2] 同上，第170页。

[3] 同上，第173页。

们说：‘我爱雷锋……’/这就是说：/‘我要/永远革命！’”[1]《雷锋之歌》里的“雷锋”首先是一个名字，一个被呼唤的声音。雷锋不作为叙述主体而存在，他静默无声，却经由弥漫在整首诗里的呼唤，如同“神”般存在。然而，第四章里却出现了静默的雷锋的肉身，这一肉身嵌入了贺敬之所喜爱的“行列”意象：

来啊！让我们
紧紧地挽住
雷锋的
这三条刀伤的手臂吧！
　　让我们
　　把雷锋日记的
　　字字句句
　　在心中念诵……
……
呵，雷锋！
我紧挽着
紧挽着
你的手臂呵，
　　我把它
　　紧贴在

[1] 贺敬之：《雷锋之歌》，载《放歌集》，第175页。

我的前胸……[1]

《雷锋之歌》令人印象最为深刻的正是这一自我—集体姿势。雷锋作为巨大的背景性存在，如同“神”一般弥散在新中国的一切角落。这是一种“虚”像，但正因为“虚”，才摆脱了实证性、局限性的经验。但抒情主体又能触碰到雷锋的肉身——那带着三条刀伤的手臂，这又是一种实像——具有古典雕塑般的质感。雷锋由此汇入了“我们”的“行列”。手臂联结手臂的形象，正是同志之爱和革命友谊的显现，是“自我”汇合成“集体”的感性显现。而这与《雷锋之歌》所拟诉诸的集体“演绎”方式——朗诵方式——也是一致的。进一步说，此种姿势不止是在暗示展演这首诗本身的恰当方式，而且也是在召唤一种集体性的感性生活。当手臂挽在一起的时候，“情动”会先于“反思”生效，“血气”——即赞成与憎恶，以及勇于捍卫与勇于反对——会涌现。而此刻的“雷锋”既在行列当中，又不完全在行列当中：与“英雄”之间的必要“距离”与“差异”，因为雷锋名字的普遍性与纯粹性而得以保留下来。第五章开篇“你出发了……”一句则又将雷锋还原为一个行动的个体，因此才会格外感人；雷锋的一些生平碎片也在此得到呈现。雷锋在这里成为了高尚的镜像，映照出了每一个人灵魂中高贵的自然：

[1] 贺敬之：《雷锋之歌》，载《放歌集》，第 175—176 页。

……可老战友们
总还习惯叫你
“小雷”呵——
　　你只有
　　一百五十四厘米
　　身高，
　　二十二岁的
　　年龄……
但是，在你军衣的
五个纽扣后面
却有：
　　七大洲的风雨、
　　　　亿万人的斗争
　　　　——在胸中包容！……
你全身的血液，
你每一根神经，
　　都沸腾着
　　对祖国的爱，
而你同时
在每一天，
每一分钟，
念念不忘：
　　世界上还有

千千万万

受难的弟兄！……[1]

第五章的最后已经明确回应了“生”与“行”的追问（“这就是／我们的大地／我们的母亲／以雷锋的名义／给历史的／回应——／／人呵，／应该／这样生！／／路呵，／应该／这样行！……”[2]），因此在结构上已经抵达了某种完整性。那样一来，第六章便成了抒情中的抒情，是整个提问—回应过程完成之后政治情感的纯粹激发。一种“当下时间”一开始就被标明：“呵，现在……／雷锋——／请你一千次、一万次／走遍／祖国的大地吧！”[3] 一种动态性的“跟从”呼应了 1960 年代“六亿神州皆舜尧”的表征装置[4]：“看，站起来／你一个雷锋，／／我们跟上去：／十个雷锋，／百个雷锋，／千个雷锋！……”[5] 在这最后的抒情当中，雷锋作为“背影”而存在的特征再次得到了凸显，但“背影”的辩证意味也由此展示了出来：“我不能／远远地／望着你的背影／把你赞颂，／／——我必须／赶上前来！／／和你／一起呵／／奔

[1] 贺敬之：《雷锋之歌》，载《放歌集》，第 188—189 页。

[2] 同上，第 190 页。

[3] 同上。

[4] 譬如在 1964 年贾六、王德瑛等编著的《雷锋（六场话剧）》中，前五幕较为细致地呈现了雷锋参军、激励落后战友、匿名支援公社等事迹，但在最后一场“寻找雷锋”的剧情里，雷锋却是缺席的。意料之中的是，雷锋的战友个个都成为了无私的雷锋，被“错认”为雷锋。参阅贾六、王德瑛、靳洪、吴振军、刘斐：《雷锋（六场话剧）》，中国戏剧出版社，1964 年。

[5] 贺敬之：《雷锋之歌》，载《放歌集》，第 192—193 页。

向这/伟大的斗争！”[1] 英雄或卓越者的“背影”暗示着“差距”，也激起了“模仿”与“同行”的渴望——因此，“背影”将被扬弃；然而，“我们”又并不只是与个体雷锋相遇。在这最后的抒情当中，抒情主体表达出了一种奇异的主动性，这种主动性与积极性展示为一种“被动性”，也恰恰是这种“被动”不断生产出“雷锋”的魅力，一种不断挑动“我”的激情的“距离”。这种“被动的主动”特征表达为“带我去吧”这一句式：

呵，雷锋，
带我去，
带我去吧！
　　——让我跟上你，
　　跑步入列！
　　听候每一次的
　　队前点名……
让我像你
一样响亮地
回答：“到！”
　　——永远站在呵
　　我们阶级的
　　行列中！……[2]

---

[1] 贺敬之：《雷锋之歌》，载《放歌集》，第 196 页。

[2] 同上，第 197—198 页。

这一“带我去”在随后的诗行中不断重复，不断加强，随着“呵，雷锋……/我不是/一个人呵，//我在唱/我们亿万人民/内心的激动！”[1] 这一合理的转折，“雷锋之歌”成了集体的合唱：“呵，雷锋/就是我们！//我们/就是雷锋！……”[2] 在这一转折之后，抒情主体彻底成为“我们”，集体的合唱也抵达了最终的高潮，三重韵脚、三大关键词汇合在了一起：“前进呵——/我们的/革命！//前进！——/前进呵！//——我们的弟兄！！/我们的雷锋！！！……”[3]《雷锋之歌》的结尾以密集的“eng”韵收束，回到了“雷锋”这一“伟大的姓名”本身，而这一“姓名”也属于“我们”：“我们——/雷锋；//雷锋——/保证：//敌人必败！//我们必胜！//我们必胜呵！/我——们——/必——胜——！！！”[4] 最后对于胜利的宣告，与其说流露出一种盲目的自信或单纯的赞颂，不如说是“雷锋”这一普遍之名所激发起的政治情感的最终释放，同时也是整首《雷锋之歌》的抒情机制完成了一次循环；而此种情感循环的完成，也将是一次集体性的感性生活方式的展演。

四、结语

可以说，《雷锋之歌》展示了“真理—政教—美学”机制里

---

[1] 贺敬之：《雷锋之歌》，载《放歌集》，第 200 页。

[2] 同上。

[3] 同上，第 205 页。

[4] 同上。

“政治抒情”的真正强度。它不诉诸英雄的事迹，不求将政治上“正确”的言说植入诗行，甚至将雷锋转换为某种“背影”或背景性的存在。然而这一存在却活跃在抒情者的呼唤与声响当中，由此获得了一种弥散性的普遍力量。“雷锋”没有对我们展开说教，他在诗中的形象甚至静默无声，但诗中抒情者的手臂却能挽住他那有着三处刀伤的手臂，由此，一种手挽手、肩并肩的集体姿势得以产生。1960 年代关于“生”与“行”的抉择之追问，经由“雷锋”这一“伟大的姓名”的中介，经由“带我去吧”那一追随卓越者的激情，得到了富有强度的回应。这也可以视为一种政治血气的唤出——对于所要捍卫之人与物的再次确认。

“雷锋/人生”“革命/人民”“英雄/弟兄/群众”，这些由“eng”“ing”“ong”三重韵脚所构成的“革命”语汇在诗歌的字里行间不再显得空洞抽象，它们编织出了一张巨大的精神之网，凭借交错式楼梯诗行的顿歇控制，凭借这种既富有行列整齐感又蕴含变化的节奏，获得了根本性的政治抒情力量。社会主义英雄人物借此获得了独特的感性显现方式，乃至一种相比于叙事更能促动当下集体性情感重生的方式。朗诵诗歌的时刻虽然不是改造现实的时刻，但是这一时刻却伴随着身体、情感与声响的参与，“集体”与“我们”就刻写在诗歌的形式当中，因此具有生成新的集体性与生活形式的潜能。

当代的考古

后革命时代的历史意识
——读解《白鹿原》形式的“内容”

在 1990 年代的长篇小说之中，《白鹿原》无疑具有无可撼动的至高地位——不但得到了文学评论界的褒奖，也赢得了图书市场的青睐；不但获得了体制内文学大奖（茅盾文学奖），也赢得了各方媒体的追捧。[1]《白鹿原》一炮走红，可谓时势造英雄。从 1990 年代初的社会思想语境来看，《白鹿原》携带了太多的兴奋点——从“反思激进主义”到“反思现代中国历史”，从“性的问题”到“儒学的复兴”，似乎都可以从中看到自身的镜像。陈忠实写的是清末民初到新中国成立之初这段历史，然而，内在规定小说形式的却是“当代”的社会与思想现实。正如某位评论者指出的那样，《白鹿原》对历史事件的重新编码，对这段模式化的历史重新言说，使自身能够在现实的意识形态背景下，与重述历史

[1] 2007 年，电影《白鹿原》筹拍再次搁浅的消息又一次吸引了媒体的眼球。早在 1993 年，西安电影制片厂就已经开始筹拍《白鹿原》，然而，版权归属、导演、演员的选择上的困难等问题使得影片一再难产。整整十四个年头，在“重大题材”与“大片”的双重压力下，《白鹿原》终究还是没有和观众见面。2007 年又传出制作方之一上影集团已经退出这部电影的制作与投资。电影的一再难产，从一个侧面表明了这部当代长篇小说的“神话”地位。

的阅读期待发生共鸣。[1]不过，仅仅指出小说与当前历史的“共谋性”还稍显不够。我感兴趣的问题是：以写集体史为诉求的《白鹿原》如何在形式层面有意或无意地再现 1980 年代末 1990 年代初的精神张力？换句话说，经由小说形式（首先是叙事安排）的中介，文学批评可以捕捉到何种历史意味？

《白鹿原》扉页上“民族秘史”的措辞定下了重写“历史”的基调，而历史观的重构则是这部小说的根本兴奋点。“秘史”的背面是“正史”、“革命史”、“阶级斗争”的“历史”，而“秘史”仿佛重新聚拢起所有被遗忘、被压抑、被忽略的破碎叙事，从而形成某种对于历史动力的新认识。在整体性日趋破碎的时代，《白鹿原》号称要重新找回“历史的真实”或“历史的本质”。[2]仿佛在一次次“政治折腾”后，历史本然的面貌呈现了出来：

> 一个民族的发展充满苦难和艰辛，对于它腐朽的东西要不断剥离，而剥离本身是一个剧痛的过程。我们这个民族在本世纪上半叶的近五十年的社会革命很能说明这一点，从推翻帝制——军阀混战——国共合离这个过程看，剥离是缓慢而逐渐的。……我们几千年的封建制度，许多腐朽的东西有很深的根基，有的东西已渗进我们的血液之中，而最优秀的东西和新生的东西要确立它的位置，只能是反复的剥离，所

[1] 参阅董之林：《神谕中的历史轮回》，载人民文学出版社编辑部编《〈白鹿原〉评论集》，人民文学出版社，2000，第 167 页。

[2] 参阅陈忠实：《〈白鹿原〉获茅盾文学奖后答问录》，载人民文学出版社编辑部编《〈白鹿原〉评论集》，第 418 页。

以，我们这个民族就是在这样一种不断饱经剥离之痛的过程中走向新生的。[1]

“剥离”[2]的隐喻与“现代化”主题具有内在的关联性，对于“腐朽”之物的慢慢剥离，构成了一个艰险重重却直线“进步”的过程。在后革命时代如何重新书写集体史，正是作者的冲动所在。[3]然而颇为反讽的是，《白鹿原》一问世，诸如“多元复合的历史观”[4]，真实“历史过程的混沌”[5]等褒奖便劈头盖脸地袭来。这种强调多种历史观“众声喧哗”的批评话语或明或暗的对话者正是原来占主导地位的革命史观，小说文本似乎也为此种解读提供了足够的支撑——不再是共产党一家唱主角，“儒”“匪”与国民党都热热闹闹在历史舞台上过了一把瘾。然

[1] 陈忠实：《〈白鹿原〉获茅盾文学奖后答问录》，载人民文学出版社编辑部编《〈白鹿原〉评论集》，第 420 页。

[2] 陈忠实在《寻找属于自己的句子——〈白鹿原〉创作手记》（上海文艺出版社，2009）一书中，还特别提到了“剥离”一词：“我后来才找到一个基本恰当的词儿——剥离，用以表述进入上世纪八十年代我所发生的精神和心灵体验。”事实上，“剥离”一词也体现出曾经亲身参与农村合作化运动的陈忠实在改革初期的某种矛盾性体验。

[3] 对于“秘史”一词，陈忠实自己的解释是归于所谓“文化心理结构”。但是这种典型的 1980 年代话语事实上更多的是一种能指。更大的问题是追问在革命之“变”背后是否有某种“不变”的东西——比革命史具有更高的普遍性、更多的必然性。

[4] 参阅赵祖谟：《多重视角下的历史脉动》，载人民文学出版社编辑部编《〈白鹿原〉评论集》，第 114 页。

[5] 参阅黄国柱：《给历史注入生命和灵魂》，载人民文学出版社编辑部编《〈白鹿原〉评论集》，第 157 页。

而，仅仅停留于此，作者所谓“历史本质”的追问并没有得到解决。值得进一步追问的正是：强调多元历史观的批评家们是否真正触及了《白鹿原》书写集体史的要害？在这个意义上，我们需要先将那些为“众声喧哗”叫好的批评“放入括号”，重新进入对于文本的细读之中。这里的关键是在小说叙事内部重新来捕捉集体史叙述的内在动力。作为革命历史叙事破碎之后的产物，《白鹿原》当然包含了某种多元性，这种多元性特别明显地表现在对于传统儒家生活世界的重新肯定。不过问题的关键在于，小说恰恰是通过“叙事”重新组织此种多元性。我将此种多元性首先界定为历史意识或者说时间意识，它规定着某一群体对于过去、现在及未来的想象，其关于历史动力的认识，以及关于“变化”的思考。我试图用“历史意识”组织起所有对于人物、情节及叙述的分析，最终通过小说“形式”（所呈现出的独特叙事安排）本身来反观“（历史）时间之斗争”的最终结果，并反思此一结果背后更为复杂的动因。

一

有学者已指出：由“族长”白嘉轩及其精神导师朱先生所代表的乡绅阶层实为中国基层乡村自治的关键结构要素。[1] 这

[1] 参阅袁红涛：《“白鹿原”何以坍塌？——“国家与宗族”关系视野中的〈白鹿原〉兼及一种文化批评》，载《“中国当代文学六十年”国际学术研讨会论文集》；《宗族村落与民族国家：重读〈白鹿原〉》，《文学评论》2009 年第 1 期。

种社会史分析的指向是将人物重新摆放到现实的社会结构当中，在某种程度上是把小说人物读作“现实行动者”。这一分析在知识上没有太多问题，但是忽略了小说人物必须在整个叙事演进中得到定位。也正是因为有意无意地忽略了小说的“形式”，以社会史来解读（实际上是“穿透”）文本的读法虽有启发性，但是无法触及小说真正的自我意识与无意识。白嘉轩、朱先生这类“乡绅阶层”如何作为整个小说叙事的必要环节得到把握，则是我关切的问题。而我的出发点则是他们的历史—时间意识。这从某个更为抽象的层面呼应了社会史分析的结论，然而另一方面，历史意识本身的未来指向又规定了个人/集体斗争的最终视域，从而构成小说叙事的根本纠结之一。在我看来，白嘉轩、朱先生的历史意识指向的是一种循环时间、一种“前现代”的古典时间。这一时间体现着小农经济的乌托邦理想，并且具有坚固的政教、伦理本质。儒家的宗法礼教规定了内在的伦理规范与价值，天道往复，百世不变。这一时间能够应对外部的冲击，形成自身的诠释机制。在“反正”（民国取代清朝）之后，白嘉轩问朱先生没有皇帝的日子怎么过，朱立即用“乡约”消解了白的焦虑。[1]儒学“顺时利世”的能力只是用“天道”的时间重新处理历史社会巨变中的混乱，用“治乱交替”来回应“革命”，以期在社会构造的崩溃过程中最大程度地保有原来的情感结构与伦理秩序。在白嘉轩听闻黑娃“办农会”，在原上掀起“风搅

[1] 参阅陈忠实：《白鹿原》，人民文学出版社，1993，第91—92页。

雪”、高喊“一切权力归农协”时，他“充分预感到了愈逼愈近的混乱，同时也愈来愈坚定地做好了应对的策略”：

> 处乱不乱。他不抢不偷，不嫖不赌，是个实实在在的庄稼人，国民党也好，共产党也好，田福贤也好，鹿兆鹏和鹿黑娃也好，难道连他这样正经庄稼人的命也要革吗？[1]

然而，这种时间的现实性随着儒家伦理实体性的逐渐解体而衰弱下去（在乡村秩序的崩溃这一点上，社会史的分析早已为我们做出了出色的诠释）。早在“交农”事件之时，白嘉轩抱着“信义”之心到县政府“自首”，想以此换回被抓走的七个“起事”的“兄弟”，却碰壁在“民主”与“法”上。民国的官员告诉他：

> 而今反正了，革命了，你知道吧！而今是革命政府提倡民主自由平等，允许人民集会结社游行示威，……不犯法的。那七个人只是要对烧房子砸锅碗负责任。你明白了吗？[2]

白嘉轩“并不明白”，而且“愈加糊涂”，因为他听不懂新兴的“法律”话语，他所深信的伦理实体性在这种情境中完全失去了正当性。意味深长的是，在小说的末尾，白试图救出已经“学为好人”的黑娃，却再次遭受到了挫败。他“愿意担保黑

---

[1] 陈忠实：《白鹿原》，第 208 页。

[2] 同上，第 106 页。

娃”，儿子白孝文——白县长却回得他无话可说：“新政府不瞅人情面子，该判的就判，不该判的一个也不冤枉。”[1] 白嘉轩又一次在“现代”之“法”的面前溃败下来，只有悲哀地说出自己的心里话：“这黑娃学好了。人学好了就该容得。”[2] 这种“忧郁”同样体现在朱先生身上。这一状态不仅指明所珍爱对象的失落，更猛烈地转向自身，掏空自我。[3] 第六章中朱先生只身以“天理”与“时势”退清兵，这是因为朱与方巡抚共有同一个伦理性的生活世界。然而到了抗日战争时期，“八老先生抗日救国”在政治斗争旋涡中就成了摆设。在这个意义上，朱先生修县志的举动不可小觑。通过修史，朱先生试图保留住属于他们的历史意识（值得注意的是，这一修史举动有其原型）。史家的“春秋”笔法通过褒贬世事保住了自身的历史意识，它不仅形成了

[1] 陈忠实：《白鹿原》，第 677 页。

[2] 同上。

[3] “忧郁”（melancholy, melancholia）在西方文化传统中是一个重要的观念。“melancholy”的希腊语由两个词 melas（黑色）和 khole（胆汁）组成，在古典传统中，“忧郁”事实上指体液，尤其是脾、胆异常。这一看法随着现代医学兴起而式微。另一方面，自文艺复兴之后，特别是在浪漫主义之中，“忧郁”也是核心的文化观念，指向过剩的创造性，或者是悲伤状态。弗洛伊德对于“忧郁”的定义则是划时代性，从而“忧郁”更多地成为临床性的心理疾病范畴。在《哀悼与忧郁》一文中，弗洛伊德如此定义“忧郁”：忧郁比起哀悼多了自我嫌恶。忧郁的主体对所失落对象并不十分明了。在哀悼中，是世界变空。而在忧郁中，自我变空。一般来说，“哀悼“指的是对于失落能够承受下来，得以“扬弃”这一失落，因而是“正常的”；而“忧郁”则坚持自我对于失落对象的自恋式附着，因而是病态的。“忧郁”在后弗洛伊德时代，大大超越了临床医学范畴，成为重要的文化概念。本雅明、克里斯蒂娃等对之贡献良多。我在这里主要挪用了弗洛伊德经典的“忧郁”定义，来指涉某种处于“失落”当中的主体状态。

历史与记忆，而且通过再现历史将循环时间重新施加给这个世界。然而悖谬性的事实却是：此种历史意识在县志中的再生却对应着它在外部世界的衰竭。

相比之下，鹿子霖与总乡约田福贤却有着另一种历史意识。[1] 这是一种空洞、无本质的时间，主体将之理解为机会与时运。朱先生谓之“鏊子”，田福贤在国民党清党之后重回白鹿原权力顶峰，得意地搬出了“鏊子说”：

> 鏊子是烙锅盔烙葱花大饼烙饦饦馍的，这边烙焦了再把那边翻过来，……这白鹿原好比一个鏊子，黑娃把我烙了一回，我而今翻过来再把他烙焦。[2]

由于缺乏根基性的伦理本质（或者说“天道”），这样的时间就成为一种“坏的无限性”，也就是说，田福贤将世事变化看作单调重复，这构成一种无尽的线性时间，其中根本不存在道德与天意（或其他实体性的因素）。[3] 鹿子霖一生的执念在于

[1] 当然，这并不是说鹿子霖完全脱离了白嘉轩的古典世界，他依旧是一个农民（富农），分有着许多白的意识。然而，我在这里想说明的是鹿所具有的独特的历史意识，这在白等人物身上无法找到，由此显出了独特的意味。另外值得一提的是，社会史分析将鹿子霖视为“盈利性经纪人”的典型，这正是清末民初转型中的产物。

[2] 陈忠实：《白鹿原》，第 250 页。

[3] 参阅［德］黑格尔：《逻辑学》，梁志学译，人民出版社，2002，第 183—184 页。在黑格尔看来，真正的无限性是圆圈，即回到自身的轨迹。亦可参阅 Georg Lukacs, *The Theory of Novel*, trans.by Anna Bostock, The M.I.T. Press, 1971, pp.80-81.

“人还是不能装鳖！”[1] 在他看来，白“除了祠堂还能弄啥？他知道祠堂外头的世事么？”[2] 然而在夜晚，鹿子霖却会遭遇到虚无感：

> 鹿子霖躺在炕上久久难以入眠，屋梁上什么地方吱嘎响了一声，前院厦屋什么地方似乎有坜土刷刷溜跌下来，他就有一种天毁地灭的恐惧。那种短暂的恐惧感从心头缓缓退净以后，便是无尽的孤清冷寂。那时候，他的心里连一丝力气也焕发不出来，觉得整个世界整个白鹿原整个白鹿村都没有一处令人留恋，整个熟人生人包括白嘉轩父子、田福贤和岳维山等等，也一下子变得十分可笑十分没意思了，和这些人争斗或交好都变得没有必要了。在那种心绪里，他甚至安静地企盼，今夕睡着以后，明早最好不要醒来。[3]

这种“现代文学”的“内面”形象出现在鹿子霖身上，十分耐人寻味。无本质的、空洞的时间带来了无家感（homelessness）。鹿子霖的时间意识并不属于白与朱的世界，在那一刻，鹿子霖仿佛拥有了一种现代的虚无感，一如卢卡奇论现代文学时所提到的“完全的无方向感”[4]。

---

[1] 陈忠实：《白鹿原》，第 605 页。

[2] 同上，第 480 页。

[3] 同上，第 658 页。

[4] 参阅 Georg Lukacs, *The Theory of Novel*, p.122.

然而，斗争的时间也能克服空洞性。这集中体现在鹿兆鹏这一优秀的共产党员身上，[1]同时也体现在鹿的对头国民党滋水县党部书记岳维山身上。鹿与岳的较量是“政治”的较量，他们共同分享着某种类似的历史意识。这是一种真正的“敌我”斗争，他们都想重新建立同质的总体世界。小说没有将岳维山脸谱化，借鹿子霖老婆之口，反而突出了岳“反英雄”的色彩：“整个滋水县凡我求拜过的神儿，只有岳书记是一尊吃素不吃荤的真神。”[2]这并非像某些评论者所说的“共产党和国民党都是人”[3]，而是显现出主体对于政治的忠贞，只是在两种指向“未来”的政治斗争中，国民党败得一塌糊涂：“一个靠绳索捆绑士兵所支撑的政权无疑是世界上最残暴的政权，也是最虚弱最无能的政权……”[4]鹿的历史意识具有巨大的转型力量，并且体现着坚贞的政治意志，显现着对于更为平等、更为民主的世界之憧憬。在这种历史意识面前，朱先生的时间无力抵抗、无话可说：

> ［鹿兆鹏］去拜望朱先生时就向先生宣讲共产主义。朱先生笑着问：“你要消灭人压迫人人剥削人的制度，这话听起来很是中听，可有的人甘愿叫人压迫，叫人剥削咋办？”鹿

[1] 白灵亦是如同鹿兆鹏似的主体，有着相似的历史意识。

[2] 陈忠实：《白鹿原》，第 600 页。

[3] 参阅黄国柱：《给历史注入生命和灵魂》，载人民文学出版社编辑部编《〈白鹿原〉评论集》，第 162 页。

[4] 陈忠实：《白鹿原》，第 588—589 页。

兆鹏说："世上哪有这号人呢？"朱先生举出例证说："在润河上背河的人算不算？你好心不让他受压迫、可他挣不来麻钱买不来烧饼。"鹿兆鹏说："人民政权会给背河的人安排一个比背河更好的职业。"朱先生说："要是有人背河背出瘾了，就专意想背河，不想干你安排给他的好工作，你咋办？"鹿兆鹏急了："人民政权就给河上搭一座桥，车碾人踏都不收钱，背河的人就是想背也背不成了。"朱先生笑了："你的人民政权的办法还真不少……"[1]

鹿兆鹏构想中的未来维度使朱先生默认了辩论的失败。有趣的是，在陈忠实所再现的那个时代中，许多小说家的作品都体现出这样的历史意识。小说所划出的时间轨迹，与真实历史发展的轨迹具有同构性。在这个意义上，小说就不是静止地再现现实，而是体现历史运动的方向。比如在柳青的《种谷记》中，最有意思的并不是作者将陕甘宁边区大生产运动的面貌再现了出来，而是小说使得历史时间——具有转型力量的时间——显性了：农民逐渐摆脱了小农意识，组织了起来，生成了更完满的主体性。[2]

最后但并非最不重要的是，黑娃媳妇"小娥"昭示出一种生存的时间、欲望的时间，其为情绪与冲动所填满，既具有真

[1] 陈忠实：《白鹿原》，第 433 页。

[2] 参阅柳青：《种谷记》，人民文学出版社，1951。

实性（本能），又缺乏本质（情欲冲动仅仅是空洞与抽象的）。[1]这种历史意识凸现出 1980 年代“主体性”与“人道主义”热潮在小说形式上的变相投射，也显现出后革命时代将“欲望”普遍化的话语冲动。这一历史意识本身或许也可以被视为对于革命叙事最为坚挺的反抗——建构出平常生活、体肤之感的本真意义。虽然陈忠实认为自己关于这一人物的灵感得自“许多荡妇淫娃的传奇性故事”[2]，然而他的供认无疑又流露出小娥的“诞生”全然来自一种当下的建构[3]。问题的关键倒不是说自古以来不存在这样的人物，而是陈忠实用“现代”的价值为田小娥这样的人物落实了“意义”（小娥这样的人物在古典世界中根本没有“意义”）。

在《白鹿原》中，主体性与其所占有的历史意识密切相关，然而，无论是白嘉轩和朱先生，鹿子霖和田福贤，还是鹿兆鹏（白灵）和岳维山，几乎都封闭在自身的历史意识之中。作者在朱先生身上倾注了巨大的心力，这个人物也得到评论界一致好评，然而，经历过“革命文学”与合作化实践熏陶的陈忠实“诚实地”意识到，朱先生的时间不可能“再一次”生成为现代中国

---

[1] 情感往往被我们作为最丰富、最本真、最切合人性的东西。然而，在黑格尔看来，却纯粹是主观感动的一种空洞的形式。参阅［德］黑格尔：《美学》（第一卷），朱光潜译，第 61 页。

[2] 陈忠实：《寻找属于自己的句子——〈白鹿原〉创作手记》，第 72 页。

[3] “在《白》书尚无任何人物和情节构想的情境下，田小娥（当时尚未命名）这个人物便冒出来了。一个没有任何机遇和可能接受新的思想启迪，纯粹出于人的生理本能和人性的合理要求，盲目地也是自发地反叛旧礼制的女人。”见《寻找属于自己的句子——〈白鹿原〉创作手记》，第 72 页。

的现实历史。另一方面，1980 年代以来保守主义话语、“现代化”话语、欲望话语同革命叙事之间形成了竞争性关系，这种局面投射进了小说之中，所以，无论是鹿兆鹏所代表的革命的时间、还是朱先生代表的儒家的古典时间，都仅仅成为多种历史意识中的一种。正是因为这些人物基本闭锁在自身的历史意识之内，他们互相之间具有竞争关系却无法带来叙事上真正的“解决”。从小说形式上来说，真正经历“冒险”的主体其实是黑娃与白孝文。因为他们接受了不同的历史意识的“教诲”，使叙述的动力性展现了出来。[1] 在这个意义上，他们是真正的小说“英雄”（hero，即“主人公”），他们的行动实现了小说“传记式”的内在形式。[2] 也正是经由他们连接各个异质元素的行动，宣告着小说“形式”之“内容”。

[1] 巴赫金关于“成长小说”的论述，与我此处的讨论具有一定的相关性。在巴赫金看来，成长小说也可以分出两种类型：在第一类中，人的成长被置于静止的、定型的、基本上十分坚固的世界的背景上。……作为经验、作为学校的“世界”，基本上还是静止不动的、已然就绪的现实。在第二类中，“成长”已不是主人公的私事。他与世界一同成长，他自身反映着世界本身的历史成长。他已不在一个时代的内部，而处在两个时代的交叉处，处在一个时代向另一个时代的转折点上。参阅［俄］巴赫金：《巴赫金全集第三卷 · 小说理论》，晓河译，河北教育出版社，1998，第 232—233 页。如果说我们将“成长”把握为“人”与“世界”的双重改变的话，由此，我们可以看到《白鹿原》中的人物会有这样几种类型：人的时间意识与意识中的世界皆不变，如白嘉轩与朱先生；人的时间意识不变，而“世界”在变，鹿兆鹏和鹿子霖都是如此；第三，就是人的时间时间意识在变，世界也变，这就是白孝文与黑娃。这就使小说生成了一种内在的动力结构，白孝文与黑娃的变化与世界之变处于一种什么样的关系之下，成为小说意义的重要表征。

[2] 参阅 Georg Lukacs, *The Theory of Novel*, p.80.

二

黑娃是白家长工鹿三的儿子，跟父亲不同，他虽然敬畏白嘉轩（甚至连名字都是白给取的），可看不惯“嘉轩叔腰挺得太硬太直”和“神像似的脸”。鹿三永远驻留在了“仁义主儿”的世界之中，而黑娃的意识开始有了裂缝。他对温情脉脉的主—奴关系不以为然，由此拥有了冒险的契机。黑娃的旅程是从白嘉轩的历史意识中走出，然后遭遇到小娥的生存（欲望）时间，在农协运动中又与鹿兆鹏的历史意识相遇。国共合作失败后，黑娃经历了短暂的从军生涯，随即当了土匪，被鏊子式的空洞时间所捕获。最后他却重回原上，拜倒在朱先生门下，拜回祠堂，“学为好人”，重新拥抱白与朱的历史意识。

另一方面，作为“长子”与继任“族长”的白孝文无法主动走出白嘉轩的时间，只是因为鹿子霖所设的陷阱，他才走进了小娥的时间。在经受了惩罚之后，白孝文成了“游民”：“不要脸了就像个男人样子了！”[1]在大灾荒之中，白孝文经历了命运中的又一次转折——由鹿子霖与田福贤保荐去了县保安团，从此占有了鏊子式的历史意识，无论是剿杀共产党，还是起义，他都将之视作机会。白最后也拜回了祠堂，然而他真正进入的却是鹿子霖的历史意识——他抓住机会将鹿子霖从他手里夺走的土地全都买了回来。起义时白孝文将自己的上司张团长灭了口，而在镇压反革命运动中又杀了副县长黑娃。

---

[1] 陈忠实：《白鹿原》，第 315 页。

黑娃和白孝文的行动显现了各种历史意识的对抗。他们的“成长过程”可以视作小说由混沌走向清晰的过程。在这个意义上，我并不完全认同《白鹿原》价值观混杂、历史观“众声喧哗”的判断。小说的伦理意义（或政治意义）并不仅仅静止地体现为价值的直接呈现，也呈现在小说的叙述过程与艺术解决过程之中。[1] 黑娃的行动划出了一个圆圈，但他仅仅获得了主观上的和解，儒家伦理秩序的现实性事实上已经解体，“道”的时间被剥夺了真理性。在被提审时，恰恰是这种垂死的时间观使他迷茫不已：“我后来就学为好人了呀？”[2]“学为好人”最终撞死在了法律所要求的“证据”之上。[3] 白孝文虽然也经历了出原返回的过程，然而他最终拥抱的是不具实体性的历史意识。白孝文的行动轨迹彰显出历史意识空洞的一面，白的命运让我们看到一种无实体性的时间获得了“时间斗争”的胜利（至少在小说叙事层面上，白孝文没有创造出什么“新”东西，他只不过使鏊子式的意识具备了建构现实的力量）。这种焦虑感在小说的结尾处达到了最高潮。白嘉轩见神物（类似于白鹿的异草）、与鹿家换地是整部小说的“神谕”，然而，漫长的叙述过程打开的却是诸多异质的世界。白嘉轩在异质的时间性面前感到了无法消解的忧郁。在小说的最后，白嘉轩看着疯了的“老对手”鹿子霖，想起了那块换来的风水宝地，生出了忏悔感：

[1] 参阅 Georg Lukacs, *The Theory of Novel*, p.115.

[2] 陈忠实:《白鹿原》，第 675 页。

[3] 同上，第 676 页。

> 白嘉轩看着鹿子霖挖出一大片湿土，被割断的羊奶奶蔓子扔了一堆，忽然想起以卖地形式作掩饰巧取鹿子霖慢坡地做坟园的事来，儿子孝文的县长，也许正是这块风水宝地荫育的结果。他……盯着鹿子霖的眼睛说："子霖，我对不住你。我一辈子就做下这一件见不得人的事，我来生再世给你还债补心。"[1]

白用"风水宝地"之说来抚平内心的忧郁，事实上却向另一种时间力量与历史必然性低下了头。在我看来，一种试图将"革命史"消解在自身之内的叙述并没有真正抵达新的、同质的世界，却无意识地释放出了空洞的历史意识，形成了一种"坏的无限性"——无休止的斗争本身是历史真相。白孝文的"胜利"无疑是个巨大的反讽，整个叙事的展开与"收束"在历史"本质"上投下了暗影。陈忠实的焦虑与其说来自"封建"（很快就被替代为"民族文化心理结构"一说，从而转为积极）的"残留"，毋宁说源于一切"坚固"的东西（儒家伦理、革命道德）分崩离析。白孝文不但挑战了革命的时间意识，也毁破了传统的历史意识（除非你非历史地将"鏊子"历史观视为人类本性中"恶"的反映），真正蕴含其中的是一种虚无的力量，而这种"虚无"，是"现代化"观念本身无法消解，甚至是由其催生的。悬搁实体性的目标，诉诸手段与效率，这些"改革"观念与

[1] 陈忠实：《白鹿原》，第 682 页。

白的时间意识在“结构”上其实是同一的。然而，值得关注的是这种意识的“力量”及其现实化的能力。相比于黑娃最后的“归依”，白孝文的“成长”轨迹显然更加“有力”——因为他身上充盈着“否定性”（比鹿子霖更为彻底）。《白鹿原》的叙事在这个意义上，不仅是关于古典世界的哀歌，更是改革中国展开的“寓言”——虽然陈忠实自己想要寻找的是改革/现代化自身的实体性的救赎力量（即原来革命“本本”主义之外的历史本质）。这一“寓言”不仅充满了哀悼，同时我们不能忘记它也充满着力量（因为它就源于这个“现”时代），重新施加着对于人心/性的“教养”。更为有趣的是，在小说叙事中，伴随着解放、建国这些革命“事功”的，却是黑娃乌托邦式的回归古典和白孝文愈演愈烈的不择手段。黑娃的“死”与白孝文的“活”就像两枚“种子”深埋在“革命”的土壤里等待着发芽，《白鹿原》悲剧性的结尾似乎微妙地呼应着改革时代“喜剧”的展开。当鹿子霖依然在夜晚感到虚无的时候，我们不知道白孝文会不会拥有同样的感受，但可以肯定的是，他会更少“束缚”。这种自利而又勇于否定一切的主体之成功，宣告了革命历史意识与儒家古典历史意识的终结，同时也暗示出，鹿子霖—白孝文从根本上就是依据“现代”经验来建构的人物，他们的胜利，只不过再一次说明了“后革命”的虚无已经在“经验”上战胜了“革命”及一切具有实体性的东西，虽然这也带来了巨大的困惑。

三

《白鹿原》的叙述尚未抵达所谓“后现代”“多元性”的狂欢——各种意识形态握手言和，构成虚假的和解（事实上是与商品内在的抽象性构成了微妙的“共鸣”），也已不具备后革命时代最初几年的“同质性”特征。后者充分展现在陈忠实写于 1970 年代末与 1980 年代初的小说之中。在“乡村”系列里，“发展生产”取代了“阶级斗争”，但并没有消解早先的总体性与同质性，反而从中获得了力量。也就是说，改革开放初期的情感结构中还保留着诸多革命时代的集体意志。“现代化”命题与集体意识紧密地结合为一体，从而使小说构成了同质的总体性。陈的主人公大多为村干部，小说主要讲述他们在新历史条件下的“蜕变”（特别注意这种“变化”过程），以及对于历史“真理”的重新认识。[1] 正是因为陈忠实师法柳青的小说形式（正如《创业史》中试图创小家立小业的梁三老汉走向了“社会主义”，“乡村系列”里的农村干部从“革命”走向了“改革”），他才能够在新的历史条件下呈现出某种“史诗性”[2]。另一方面，《蓝袍先生》

[1] 参阅陈忠实：《乡村》，陕西人民出版社，1982。有趣的是，陈忠实近年重提这一过程时，将其描述为“剥离”原有本本主义（即对革命之忠贞）的过程。问题是，这种“剥离”事实上却继承了革命的诸多遗产，可参阅《寻找属于自己的句子——〈白鹿原〉创作手记》。

[2] 这里笔者所言的“史诗性”有着具体的内涵。一直以来评论界对于“史诗性”的理解显得相当空洞，“史诗性”往往被解作“史”（历史事件）与“诗”（艺术性）的结合。不同于这种形式化的“史诗性”定义，卢卡奇关于“史诗”及“小说”讨论颇具启发性。在他看来，艺术形式与历史哲学有着内在的关联。史诗时代是幸福年代（特指古典希腊时代），主体与世界尚未产生（转下页）

可以看作《白鹿原》的精神前史，其中凝结着类似的焦虑，并已有了总体性破裂的征兆。陈忠实试图走出柳青的阴影，这种焦虑感来自以下一点：柳青的形式已经在新的历史现实面前丧失了正当性。或者说，当现代化本身开始释放出越来越多虚无性力量的时候，总体性叙事开始变得不可能了。初看起来，《蓝袍先生》似乎具有“反思文学”的问题意识：将政治折腾归因于封建因素。[1] 然而，小说形式最终却呈现出某种暧昧感。作者首先将立足于小农经济的儒家伦理世界处理为一种压抑人的力量。“蓝袍先生”徐慎行在爱情的鼓动下褪去了“蓝袍”，大胆追求恋爱与婚姻自由，生成为新的主体。叙事的转折出现在反右运动时期徐在“鸣放”中批评校长“好大喜功”，被定为“攻击党的领导”。在批斗后，他精神恍惚几近自杀，父亲到来，又以“慎独”诫之。叙述者的自我反思（小说的主体部分采用徐第一人称叙述）突然扭转了线性的时间意识：

> 我在进入师范学校进修以后，父亲自幼给我心理上设起的防护堤，被新的生活的浪潮一节一节冲垮了。我既不慎言，也不慎行了。教师和同学们都说我从封建桎梏下脱胎成

（接上页）无法弥合的分裂。这是一个拥有总体性的时代，一个同质的世界，人经历冒险后最终会回家，其行动的轨迹划出一个完满的圆圈。正因为小说希望在一个没有总体性的世界寻找总体性，所以卢卡奇认为小说亦是伟大史诗的一种，这一“史诗性”可视为小说追求同质的总体性时所体现出的特征。

[1] 参阅陈涌：《关于陈忠实的创作》，载人民文学出版社编辑部编《〈白鹿原〉评论集》，第 196 页。

> 一个活泼泼的新人了。现在，父亲以毫不疑惑的语气说的话，证明了他的正确和我的失败。[1]

虽然父亲最终未能"说服"我——虽然在1980年代现代化想象的指引下，作者并没有退回到"古典世界"中找寻意义与出路，《蓝袍先生》还是隐秘地动摇了"政治折腾"与"封建残余"之间的关联。暧昧之处正在于：政治悲剧是封建性的问题，还是现代性本身的问题？小说叙事隐秘地暗示出：传统的伦理秩序具有某种实体性，让人找到了安身立命之所；相反，在政治运动之中，实体性的价值解体了，人堕落为投机分子与无"良心"的狂热分子。在我看来，这种焦虑意识延续到了《白鹿原》的酝酿与写作之中。简单拥护或批判《白鹿原》对于传统儒家文化的依恋，都未能抵达小说的内在意识。《白鹿原》"返古"行为体现着对于历史的焦虑——对于缺乏实体性历史意识的焦虑。这种焦虑恰恰是整个后革命时代的自我镜像。"革命"转向"改革"（以农村合作化结束为典型）对于陈忠实来说是个既定"事实"，可用直感经验来锚定。根据陈忠实的自述，作为一个曾经的农村基层干部和柳青的崇拜者，他亦焦虑于当代中国乡村现实的巨变——甚至是遥想柳青如果活着会有的"焦虑"。[2]然而，他的"剥离"和自我说服，最终却建立在简单的直感经验之上：

---

[1] 陈忠实：《蓝袍先生——陈忠实获奖小说选》，作家出版社，1994，第96页。

[2] 参阅陈忠实：《寻找属于自己的句子——〈白鹿原〉创作手记》，第97—98页。

“打麦场上堆着好多人家的粮袋，也是等待明天晾晒，我能听到熟悉的同样是守护自家麦子的乡党的说笑声。我已经忘记或者说不再纠缠自己是干部，是作家，还是一个农民的角色了，心头突然冒出一句再通俗不过的话，何必要在一棵树上吊死？”[1]不过，当陈忠实对“作家”身份有着自我意识的时候，当他要谈论民族命运与历史本质的时候，直感经验的“教诲”就变得不够了。当“革命”在日常生活中逐渐消弭下去的时候，它还会如幽灵般在文学叙事中反复纠缠——只要你想“叙述”历史，就不得不面对历史的断裂与连续。

可以说，陈忠实试图在一个新时代重新找回总体性，然而小说形式却宣告着这种找寻的失败。《白鹿原》并非真正尝试构筑一个儒家乌托邦，正如我们在上文所看到的，儒家古典时间的现实性早已颓败。《白鹿原》有意无意地呈现出了对于后革命时代的茫然无措。在1990年代初的社会思想语境中，《白鹿原》或许无力真正聆听中国革命的实体性意义，同时也不想将革命的历史意识拓展为小说最终的时间原则（就像他所热爱的老师柳青那样）。然而，这并不是作者的失败，而来自时代自身的不确定性，来自革命实体性瓦解之后的纷乱与迷离。从某种程度上说，小说形式的历史意义正体现于追求史诗性在后革命时代无法避免的失败。正是在这种失败之中，我们可以重新思索如幽灵般萦绕不去的问题：现代中国的历史起源到底在哪儿产生？

---

[1] 陈忠实：《寻找属于自己的句子——〈白鹿原〉创作手记》，第99页。

现代中国的根本历史动力又是什么？这意味着我们需要离开历史的“恶”——坏的无限性，找寻真正的实体性的历史意识，并重新开始讲述关于我们民族命运的故事。

悬置移情的写作与上海经验的呈现方式
——关于《繁花》的琐思

关于《繁花》，我想先从现当代文学中的“上海经验”谈起。但不加反思地谈论经验，其实蕴藏了某种危险性，因为如今只要一谈“上海”，诸种刻板印象便扑面而来，堵塞住了我们的思维通道。比如怀旧的半殖民地都市景观，又或是作为新的全球都市领军者之刺破苍穹的“高度”。当然，关于上海的描画，也不断涌现出更为全面的“空间测绘”：弄堂里的“日常生活”、历史中的棚户区状况、工人新村曾经有过的热闹、边缘城郊地带的特殊面向……此种城市经验的“加法”，虽有助于突破曾经的刻板印象，但假如缺乏一种更具动力性的视野，城市经验的刻板性恐怕很难消散，甚至有被再次强化的可能。

理想的城市文学应能刺破、穿透此种刻板印象。个中秘密，倒不在于文学对于城市经验的摆脱，而在于文学独特的运作方式：既扎根于经验（包括某个特殊时代的思想氛围，甚至是承受那一时代的局限），又与之拉开一种叙述的距离，或者更准确地说，文学书写总是或多或少、有意无意包含着一种距离。城市文学毋宁说是城市经验的重生。若没有文学的言说，这一经验本身不易成为可辨可思的对象。这种不断地“重生”，也透露出我们未必会加以留意的真相：文学在变，城市也在变。没有一劳永逸的经验锚定，也没有一本书能写尽所有变化。关于上海的文学书写始终跟上海自身的演变之间有着复杂的、辩证的关系。

一

说到这种“关系”，首先不能过度移情于文学写什么，特别是尝试直接从中提炼出所谓的“上海精神”“海派文化本质”“上海之根”等，而是要关注文学怎么写。更为具体地说，首先需把握住文学书写者与城市之间的“位置”关系：他/她的“灵魂”之眼在城市的哪个点上“看”，他/她的叙述姿态是高的还是低的，他/她的“肉身”与这座城及这座城里的人是近的还是远的。为什么这个位置如此关键呢？先举两个例子。

鲁迅的杂文中有着大量关于上海的讨论，也总结过一些“经验”，比如《上海的少女》里所说的——“她们大抵早熟了”[1]。虽然讲的是人，而且是很年轻的女性，但可以体会出，这种“早熟”与“上海”之间的内在联系：在你来我往的商业环境中，天真丧失、世故早至。鲁迅的杂文大多针对报刊新闻或

[1] 鲁迅：《上海的少女》，载《鲁迅全集》（第四卷），第 578 页。

其他书面媒介而发，对之加以摘引，暴露其自我矛盾之处，其态度亦以批评与批判为主。而鲁迅关于上海的少女的讨论背后，大概多少夹带了书写者的观视经验，那一“在店铺里购买东西，侧着头，佯嗔薄怒，如临大敌”[1]的样子恐怕带给过他极深的印象吧。还原出一个站在上海街道上的鲁迅，或许对于把握鲁迅写作的文气脉络并非多余。当鲁迅的“文苑”斗争羼杂了书写者的肉身位置时，措辞与态度尤显复杂。鲁迅那篇《阿金》，更为清晰地揭示了他“看”的位置。阿金是个女仆，她主人家的后门斜对着鲁迅家的前门。鲁迅的写作活动时时因阿金与其他女仆乃至男相好的嘈杂交谈而遭到打断。阿金与鲁迅的生活之间，是一种物理性的接近，鲁迅每次都是“推开楼窗去看……”[2]。杂文最后提及“阿金的伟力，和我的满不行”[3]，或许绝非全然是讽刺。也可以说，鲁迅窗外的“经验”使他颇为困扰。这种“近”带来了一些无法被思想消化的东西。

如果说《阿金》是文学书写者肉身的被迫拉近，那么张爱玲的《中国的日夜》又很好地暗示出，文学书写者与城市人群之间的“隔”而不“离”。她写了这么一段话：“去年秋冬之交我天天去买菜。有两趟买菜回来竟作出一首诗，使我自己非常诧异而且快乐。一次是看见路上洋梧桐的落叶，极慢极慢的掉下一片来，那姿势从容得奇怪。我立定了看它，然而等不及它到地我

---

[1] 鲁迅：《上海的少女》，载《鲁迅全集》（第四卷），第 578 页。

[2] 鲁迅：《阿金》，载《鲁迅全集》（第六卷），第 206 页。

[3] 同上，第 209 页。

又往前走了，免得老站在那里像是发呆，走走又回过头去看了个究竟。”[1] 张爱玲反复宣称过自己喜欢上海人，也喜欢做上海人，这一买菜的行为可以说与普通市民无别，然而脚步为落叶而停留却使自己隔于众人，她显然感受到站在那儿发呆似的举动之格格不入，于是“等不及它到地”又往前走了。这一连串行为的记录耐人寻味。张爱玲关于上海与上海人谈得很多，其实也成了上海刻板印象的成因之一。然而此处，文学书写者的身体姿势、审美意趣与 1940 年代上海的日常氛围之间形成了非常具体的配置，使我们得以窥见那个迫切想融入人群却又在出神的审美瞬间区别于众人的文学者“位置”。

文学中的城市经验的重生，与这个位置的变化密切相关。《长恨歌》与《繁花》，这两部同样以所谓“上海经验”为书写对象的小说，为上述讨论提供了极好的注解。或者毋宁说，要真正理解文学中的上海经验，恰可以从探究这一位置开始。

王安忆《长恨歌》的开头是：“站一个至高点看上海，上海的弄堂是壮观的景象。”[2] 这第一句话，就决定了《长恨歌》的文学野心及其对于城市经验本质的把握方式：将上海的精神“底子”与弄堂连接在一起。叙述者的位置是高的、俯瞰的。在这个意义上也就可以理解，虽然《长恨歌》的笔力聚于“弄堂”与“弄堂的女儿”王琦瑶，但王琦瑶本身却有着一种“抽象性”，也

---

[1] 张爱玲：《中国的日夜》，载《倾城之恋》，十月文艺出版社，2006，第 447 页。

[2] 王安忆：《长恨歌》，作家出版社，1996，第 3 页。

可以说这个形象是寓言化的："王琦瑶是典型的上海弄堂的女儿。每天早上，后弄的门一响，提着花书包出来的，就是王琦瑶；下午，跟着隔壁留声机哼唱《四季歌》的就是王琦瑶，结伴到电影院看费雯丽主演的《乱世佳人》，是一群王琦瑶；到照相馆去拍小照的，则是两个特别要好的王琦瑶。每间偏厢房或者亭子间里，几乎都坐着一个王琦瑶。"[1] 无疑，《长恨歌》对于上海城市精神"根底"的赋形与1990年代以来的上海"怀旧"、人文社科研究中的"市民意识"讨论乃至那一时期激烈的城市重建有着明确的上下文关系。而王安忆后来的《富萍》可视作此种文学叙述的自我调整甚至自我纠偏。但无论如何，《长恨歌》叙述方式及其观念预设，深深印刻着90年代文化的提问方式——虽然王安忆关于弄堂及其"忧郁"命运的思考是相当深邃的。

也正是在这个意义上，金宇澄的《繁花》显出了新意。这个新意倒并不是说，在《繁花》里，上海的经验内容有了实质性的拓展，而是讲述经验的方式有了改变，书写者与所书写对象之间的肉身关系变得不同了。

小说本有一个引子，但其实还有一个"引子的引子"，就是一开始提到梁朝伟的段落。这里有一句话提示出了某个空间位置："如果不相信，可以头伸出老虎窗……"[2] 相比而言，《长恨歌》的第一句话是："站一个至高点看上海……"叙事者不同的位置牵连着经验的层级问题。"引子的引子"里还有一个关

[1] 王安忆：《长恨歌》，第20页。

[2] 金宇澄：《繁花》，上海文艺出版社，2013。

键词，就是“亵”，“亵”有一个古义：内衣，古人居家穿的便衣，于是可以引申为一种亲近。这些线索或者说暗示基本上可以交代《繁花》想要处理的经验层次。(一部文学作品首先要找到自己所要处理经验的层次在哪里。) 比如，小说引子就透过沪生的嘴，用里弄住宅所发出的声响来揶揄梅瑞的性格：“新式里弄比较安静，上海称‘钢窗蜡地’。梅家如果是上海老式石库门前厢房，弹簧地板，一步三摇，板壁上方，有漏孔隔栅，邻居骂小囡，唱绍兴戏，处于这种环境，除非两人关灭电灯，一声不响，用太极静功。沪生有时想，梅瑞无所顾忌，是房子结构的原因。”[1] 而在随后章节中，小毛和银凤之间的爱欲，便受着此种“太极静功”的考验。《繁花》在某种意义上是记忆的写作，特别是刻写下了记忆的及物性，在这里就是对于空间的身体记忆。为什么不能动？因为老房子的结构。《繁花》里所有的空间标识，标志性建筑都是非虚构；而那些小摆设、玩物对某些人来说，几乎可以拥有专有名词般的属性。所谓专有，指的是物和你之间有一种非常具体的关系，而且是独一无二的。或者说，这样的写作有可能在一些经验细节上唤出切身的回忆。当然，这里也涉及微妙的区隔。这部小说本身是个区隔性的文本，它对于不同的读者群来说，有的人离它近些，有的人离它远些。近的人也可能会有问题，会被带进去，不能站在更高位置来批判；远的人则会有一个相对清醒的位置，但也可能根本

[1] 金宇澄：《繁花》，第 4 页。

读不进去。

作为在经验范围上与之较为接近的读者，我却想拉开一种能够看清它乃至反思它的距离。我特别沉迷且关心的是，矛盾纷繁的“前三十年”上海经验是如何在这个位置上得以呈现的（即沪生阿宝们的青少年时期的展示）。也正是在这个最能探测矛盾与纷争的时段，“上海”的复杂意味最难被文学救赎出来。《繁花》若要有所突破，就需要在这一点上有所突破。因此以下的分析主要聚焦于关涉“前三十年”的单数章节。[1]

二

与这种书写者占位相关的，正是叙述的态度与情感分配的方式。《繁花》的这种态度具体化在叙述当中，落实在整个故事里面，就表达为：始终抵抗对于任一姿态和言说的完全移情。比如第一章第四节，沉浸在布尔乔亚生活理想中的淑婉对阿宝说：“香港好，真好呀。”[2] 而“阿宝不响”。因为有了这一“不

---

[1] 《繁花》的章节并不呈现出简单“连续”的结构。除“引子”之外，单双数章节基本上分别对应着两个时代：即阿宝沪生小毛的青少年时期（前三十年）与他们成年后的时期，因此形成了一种参差、对照、错落有致的样式。这带来了一种效果，即：一个时代会中和另一个时代的叙事。比如当单数章前三十年的“革命”略略显得刺眼时，双数章后革命的饭局就来了。这种有意放弃故事连续性（虽然单数章与双数章各自又形成了情节线索）以及两个时代在叙事时间上并行的局面，值得我们反复考量。《繁花》的叙述技艺当然贯穿于整部小说中，在形式的意义上具有某种一致性；但在我看来，这种形式特征对于前三十年的上海经验的表达来说，尤具比较价值与认知意义。

[2] 金宇澄：《繁花》，第 23 页。

响”，淑婉式的移情就无法在文本中完全实现。稍后处，这种抵制再次发生于阿宝与淑婉的对白之中：“淑婉姐姐说，我可以钻进电影里，也就好了，死到电影院里也好。阿宝说，为啥。淑婉说，我情愿，一脚跨进电影里去死，去醉，电影有这种效果，这种魔法。阿宝说，反复看电影是因为，淑婉爸爸有钞票。”[1] 阿宝颇为煞风景的话，仿佛有意要中断淑婉关于电影过分夸张的措辞。他的方式不是直接反对，而是用硬邦邦的东西来揭穿——“有钞票”。阿宝未必不喜欢电影，但好像听不得这种造作的抒情。类似的打断、偏转、不去呼应在小说中常常出现，几乎成为《繁花》的基本“语法”之一。

与阿宝赤裸裸搬出“钞票”相关的，是小说对于残留的资产阶级生活方式的描写，这与王安忆式的描绘颇为不同：有意无意地弱化乃至取消了资产阶级精神的不死性或者坚韧性。《繁花》某种意义上将之还原到更为物质的状态，简单说来，就是一种赤裸裸的特权。比如阿宝祖父家里，在 1960 年代可以装电视，能看什么节目，都是非常直接的展示，不带有太多的附加的精神性展示。第九章第二节对于“文革”中抄家的“物质性”展示，让你明确地感觉到“资产阶级”生活就是不一样。这样一种展示在认知的意义上非常值得注意，比附加一些精神性、符号性的东西更直接，更有冲击力。

经验的展示方式堪称《繁花》真正的形式标记。其中有一段

---

[1] 金宇澄：《繁花》，第 42 页。

书写阿宝看完苏联电影《第四十一》之后的随想，堪称典范：

> 每次经过国泰电影院，阿宝就想到这段对话。茂名路，以后花园饭店到地铁口的绿叶围墙，其时只是一长排展览橱窗，曾经拍进《今天我休息》结尾。……蓓蒂爸爸也模糊起来，成了背影。……此刻，楼下请来校音师，传出高音区几个重复音。阿宝娘稳坐长沙发，结绒线，身边是翻开的《青春之歌》……尤其以上海话读，阿宝感觉到讨厌，像是看清阿宝的变化。……《第四十一》有一句台词，中尉对女红军玛柳特卡说，**我不是生来当俘虏的**，……下楼走到皋兰路口，想不到，迎面碰见了小阿姨。[1]

这一段写得极具实验性，在几个叙述层次上来回穿梭；聚焦的切换，故事与故事之间的切换。各种“物质性”（声音）与“专名”（茂名路、《千万不要忘记》等）楔入叙事主线。人物的心绪与诸种虚实回忆交织，呈现出一种记忆中的但又是此刻的情感运动状态，且与各类“文本”经验有一种交融。概言之，一种微妙的“分心”状态得到了叙述。特别是最后以碰见小阿姨而转笔，仿佛情感与经验运动触碰到一个坚硬的“石块”而迸发出物质性的声响。此种稠密性应是《繁花》想要追求的经验质地。在这样一个经验世界里，诸要素彼此并置，而无法统合于某种

[1] 金宇澄：《繁花》，第 43 页。字体变化为原文所有。

单纯的观念或理想。正因为这个够“低”够“近”的位置，《繁花》使这座城市难以捕捉的律动呈现了出来。

在《繁花》中，城市经验的质地及样式与语言经验构成微妙而深刻的同构性。曾经透明的言辞，突然被置入一张大网。进入一个网络，意味着获得一个位置，可也意味着没有办法完全施展力量。进一步可以说，许多言辞都被“引用”而从原来的情感与观念肌体里脱离了出来：

> 小毛说，我同学建国，专抄语文书里的诗，比如，**天上没有玉皇/地上没有龙王/我就是玉皇/我就是龙王**这种，沪生说，这种革命诗抄，我爸爸晓得，一定会表扬。小毛说，干部家庭的人，讲起来差不多，我同学建国的爸爸，是郊县干部，发现农村方面的句子，要让建国抄十遍，……沪生说，我爸爸讲了，这是新派正气诗。小毛说，讲正气，就是宋朝了。沪生笑笑不响。……一长列驳船，缓缓移过水面，沪生想到了四句，背了出来：梦中的美景如昙花一现，随之于流水倏忽的消失。萎残的花瓣散落着余馨，与腐土发出郁热的气息。小毛说，外国人写的。沪生说，姝华抄的。小毛不响。[1]

新民歌、地下写作的抒情诗与沪生、小毛彼此间错位的言

[1] 金宇澄：《繁花》，第 48 页。字体变化为原文所有。

谈交织在一起，构成了驳杂却远非破碎的语言织物。“复调”未必是形容此种状态的最好措辞，这更像是把所有种类的言辞要素抖落到一个平面之上，每个人物却并没有对之形成认同。这与其说是一种有深度的垂直性构造，毋宁说是一种水平化的操作。而人物和人物之间彼此的“不响”，使得对于每一种语言与修辞的全然认同与移情，变得不再可能。如果挪用保罗·德曼的话说，这就好像是抵制单纯的直观化与“现象化”，恢复语言自身不可抹除的物质性；[1]凸显语词之间的相互卸力作用，使语言化的经验无法简单还原为透明的情绪与透明的物。

与此种“抵制”相关的另外一个有趣之处是：《繁花》里几个主要人物之间的交往有着无法相互渗透、无法完全互相融合的特征。比如小毛和沪生之间在“趣味”上有着隔膜。沪生对于小毛所喜欢的旧社会连环画，“摇摇头，不感兴趣”[2]。阿宝对于沪生的航模，也是“兴趣不大，走开了”[3]。可是，他们既然对于彼此的兴趣“不感兴趣”，又是什么使他们成为春香所说的“自家的老朋友”[4]。成为“自家的老朋友”的经验基座到底是什么？这就将我们引向了比所谓兴趣乃至志趣更深层的人物间无可名状、更具实体性的关联。

《繁花》里的人物有一个特点——可能这是经过刻意选择的：

---

[1] 参阅 Paul de Man, *Aesthetic Ideology*, University of Minnesota Press, 1997.

[2] 金宇澄：《繁花》，第 49 页。

[3] 同上，第 75 页。

[4] 同上，第 311 页。

无人怀有所谓的革命浪漫情怀。“上山下乡”来了，其实也是有很多上海人投入运动的。可在《繁花》里，几位主人公——不管资产阶级出身的阿宝，还是工人阶级出身的小毛——好像对于这项运动都不太感冒。阿宝会说，“总比插队落户好”[1]。阿宝、小毛与沪生都不能算作“知青”。这也关系到，《繁花》里面人物基本的行动逻辑是什么，支撑他们的东西究竟是什么。但显然，当我们追问这一问题的时候，可能已经预设了过于主体化的思考向度。不过，不管怎么说，在对此种运动相对冷漠的意义上，他们之间有了相似性。这些人物更多表现出的是一种稳定的实体状态：没有炽热兴趣，也没有完全被符号化、象征化的认同，甚至缺乏一种建立在共同志向与兴趣之上的兄弟情谊。支撑人物的不是融合或相互同一，而是彼此之间的交织，一种并不彰显炽热情绪的经验联结。问题的关键或许并不在于他们到底迷恋什么，而是他们对于任何过分的主体化沉浸样式的悬置——这也包括了他们之间的友谊。这一处理方式无疑是当代小说摆脱前三十年文学政教特质与80年代浪漫主义的后果之一，但是《繁花》的意义在于：它恰恰通过这一对于浪漫的主体的告别，触及了这座城市更为基础、更为实在的经验层级与精神气质。

当然，也正因为这个特征，《繁花》无法回避被庸俗化的危险，这也是已有上海研究在处理“前三十年”时普遍面临的危险。这在文本里也是可以找到诸多踪迹的。比如第十一章描写

[1] 金宇澄：《繁花》，第268页。

“文革”中抄家，沪生和姝华、小毛构成一种对话关系。沪生是比较“正面”的，认为他们“只会强调阴暗面”[1]。然后有了以下一段对话：“姝华说，农业习惯，就是挖，祖祖辈辈挖芦根，挖荸荠，挖芋艿，山药，胡萝卜白萝卜，样样要挖，因此到房间里继续挖，资产阶级先滚蛋，扫地出了门，房子就像一块田，仔细再挖，非要挖出好收成，挖到底为止，我爸爸是区工会干部，这一套全懂。沪生说，不相信。姝华说，不关阶级成分，人的贪心，是一样的。小毛说，宋朝明朝，也是一样的。”[2]一旦有了“都一样”的看法，某种粗鄙的欲望逻辑与经济理性是极容易占据主导地位的。对“阶级”不加反思的抵制仿佛就可以这样渗透进来。无历史的欲望，对于激进的抵制，仿佛被很清晰地表述了出来。又比如银凤的老公海德说：“难道政委的裤裆里，是一根胡萝卜，还是红肠。”[3]——下半身的欲望皆同。不过，我更愿意强调，小说的书写从内部也可以抵制这种单一化的庸俗取向，其策略就是对于完全移情的悬置与抵制。从《繁花》所编织的语言网络来看，革命似乎没有在应有的强度上发生，千百种姿态、心绪、分心和记忆，编织成一张大网，在那里没有什么中心。但是辩证法恰恰在这里发生：这样一个“基座”、没有中心的网络，反而不太容易生成“革命”和“日常”这种比较僵化、庸俗的对立。或许这里根本还没有构成对立，或

[1] 金宇澄：《繁花》，第 145 页。

[2] 同上，第 145—146 页。

[3] 同上，第 125 页。

者对立双方各自没有产生出效果。此处的“欲望”不是因为有了宗教性的压抑而被炽热地生产了出来；也不是《上海宝贝》式的受虐—施虐—拜物式的欲望。《繁花》里少有这种层面的欲望的展现。小说里的欲望怎么分析，向我们提出了一个新的命题。某种意义上说，这跟上述语言化的经验更为相关：不过分的，非先验的，不被预先设定的。

因此，最后必须再回到“语言”。沪生的大字报腔“我不禁要问”，好像是连接两个时代唯一的语言线索。而在小说第十一章由沪生的话进一步牵扯出了语言与自我的关系问题——涉及他者的语言（声音）和“属我”的语言之间的区分。这章有一段沪生和姝华之间的对话很值得讨论：“沪生说，拆平天主堂，等于是‘红灯照’，义和团造反，我拍手拥护。姝华冷淡说，敲光了两排，再做一尊。沪生一吓说，啥。姝华不响。沪生轻声说，姝华，这是两桩事体，对不对。姝华不响。沪生说，即使有想法，也不可以出口的。……”[1]“不可以出口”，是在暗示沪生在自己所说的一套语言之外，还有一套内心的语言？是不是这意味着沪生自身已然产生“分裂”？这样的诠释是不是妥当，未必有定论。当然也会有被庸俗化的可能性。但如下追问应该能打开一条逃逸之路：在《繁花》的“世界”里，哪种声音可以成为属我的声音？哪一种是他者的声音？哪一种或几种语言在底部？抑或没有任何一种声音可以填充底部？在我的理解中，这一底

[1] 金宇澄：《繁花》，第 148 页。

部可能更像是一张“复数”语言的相互卸力之网，但是又不是完全相互取消乃至将高低贵贱的评判完全放弃的虚无主义之网。虽然每个人的言辞一经表露就可能遭到抵消，但是每个人内心的结构位置却依旧被保留了下来。“自我”没有被孤立出来，而是构成整个语言—经验网络里的一个必要的环节。

由此，“不响”的形式之内容才真正显露出来。“不响”这个成分，给了这个问题一个“形式”的交代——当然只是小说的形式之一。“不响”是对平滑交流的暂时中断，却还是在交流的结构里面。通过不响，每个人都有所保留：可以是悬置，是未思考成熟，也可能是不置可否，无法确切回应；或者不完全同意；或者走神分心。“不响”并不外在于语言，但亦不完全属于显豁的言辞。“不响”好像是临时性地划出每一个“我”的边界，可是这个边界是不稳定的，有歧义的，处在形塑过程之中的。

三

针对矛盾重重、争议纷飞的“前三十年”经验肌体，《繁花》凭借语言间的相互卸力、人物间彼此的“不响”，使得对于每一种语言、修辞、观念的全然移情变得不再可能，然而又没有完全取消每一个自我的位置。悬置移情，反对将经验收编到一个先有的理念之下，这就是《繁花》的文学野心，也是它以一种崭新的叙述方式来展示上海这座城市的经验基底的雄心。这种语言化的经验，是不过分的，不预先设定观念的，乃至向新的整体性开放的。正因为这样的叙述特质，使《繁花》从形式上抵抗了单一的、庸俗化的上海刻板印象。“繁”的意味于此凸显，一个关于上海城市经验的新的思维空间由此打开。

“野蛮”地纠正“人间消息”
——《李作家和他的乡村朋友》与再造当代文学的可能性

一、从“虚弱”与“倦意”再出发：“李作家”的“下乡”/“嵌入”

“一个人进村，确实不方便，语言不通，狗又多。李作家第一次到八度屯，有村主任汉井陪同，负责翻译和赶狗。之后李作家再去八度，就没有这个‘待遇’了。”[1]这是广西壮族作家李约热的小说《李作家和他的乡村朋友》开篇头一句，“作家”的身份、“进村”所遭遇的困境，以及“赶狗”这一十分形象的场面，营造出了些许诙谐感。它仿佛是处在李约热小说叙事延长线上的一句话，[2]依稀有着所谓“飞翔式叙事”——“当代小说”

[1] 李约热：《八度屯》，载《李作家和他的乡村朋友》，上海文艺出版社，2021，第2页。这部中篇小说最初发表于《江南》2021年第1期。

[2] 参阅秦万里为《涂满油漆的村庄》所写的序言《初识李约热》：“他的叙述比较放松，比较随意，甚至经常会将一种淡淡的诙谐，隐藏在字里行间。”

所熟练运用的“饶舌、调侃与反讽”——的影子。[1]不过，这句话及随后的故事却有着可以清晰还原出来的现实坐标。

《李作家和他的乡村朋友》是李约热2018年3月至2020年初在广西崇左市大新县五山乡三合村参加扶贫工作的“副产品”。之所以如此说，是因为他“这一回不是为了写才来”[2]，而是颇有些意外地以“忙”的身姿——担任第一书记——“真正进入人群”[3]：“控辍保学，给贫困户发放各种奖补，填扶贫手册，钉扶贫联系卡，查看搬迁移民户到新家的入住率，等等，每一样工作，都需要进村入户。”[4]套用一个概念，李约热参与“精准扶贫”工作可以算作一种“再嵌入”，用更具中国气派的话说便是“深入生活”。这并没有那么玄奥，只是曾经革命文艺工作展开的基本方式之一：“它必须以深度介入基层工作为前提，学会走‘群众路线’、做群众工作，从日常、细琐的工作所带出的人情事理、互动状态中，内在体认民众的精神、情感、行为、诉求，形成新的群众理解和新的社会感。”[5]正是在作家“进村”、下乡、

---

[1] “飞翔式叙事”是郜元宝对于1980年代中期以后某种当代小说叙事特征的概括：“和现实地面保持一段距离的飞翔式叙事，前提是主体必须隐身局外，不肯公然与叙事对象同其忧乐，因此其基本姿态和语调必然是反抒情，是冷嘲、饶舌、调侃与反讽。”在他看来，李约热的小说最初体现过此种特征但很快便回归了冷静的写实。但关于“冷静的写实”这一判断似乎可以再加讨论。参阅郜元宝：《“野马镇”消息——李约热小说札记》，《南方文坛》2018年第3期。

[2] 李约热：《我曾穿过“百家衣”——〈李作家和他的乡村朋友〉创作手记》，《中国现代文学研究丛刊》2022年第4期。

[3] 李约热：《到乡下吹吹风》，《江南》2019年第4期。

[4] 同上。

[5] 程凯：《社会史视野与当代文学经验的认识价值》，《文艺理论与批评》2019年第5期。

“再嵌入”的意义上，李约热不经意间呼应了那些曾经为土改、合作化运动赋形的革命文艺工作者。这也使《李作家和他的乡村朋友》在“客观上”汇入了一个看似早已被动摇的现实主义传统：一种并不过分强调虚构与想象地位的传统，一种努力使文学向“外部”开放乃至使之成为“镜子”的传统，一种“小说”所创造的“典型”与真实的“原型”相联通的传统，一种认为现实生活是“唯一的最广大的最丰富的源泉”[1]的传统。《李作家和他的乡村朋友》不是一部非虚构作品，但也不是一部刻意对“现实”加以变形、对“人物”进行主观形塑的“虚构”作品。书的初版封面上赫然印着李约热笔下四位原型人物的“人脸”——这是作家经他们同意采取的设计，这似乎暗示李约热重获了某种看起来有些“天真”的文学观：以小说的名义来进行“记录”[2]。

但是，《李作家和他的乡村朋友》的诞生还潜藏着另一个秘密。李约热之所以“主动”下乡参加“扶贫”工作，[3]也是出于对自身状态、特别是“写作”状况不满。“李作家”下乡的动机在小说里一览无余：“眼下，他衣食无忧，觉得自己已经是人生的赢家，看什么都顺眼……这种状态下的人，很容易自己找‘贱’。……某种不安分的基因在体内苏醒，跟组织的需要没关系，跟牛×的小说没关系，甚至跟要去的地方到底是废墟还

[1] 毛泽东：《在延安文艺座谈会上的讲话》，载中共中央文献编辑委员会编《毛泽东选集》（第三卷），第861页。

[2] 参阅李约热：《大地在波动》，《江南》2021年第1期。

[3] 李约热介绍过自己答应“下乡”的整个过程，参阅《到乡下吹吹风》。

是风景区都没关系。李作家想一切清零，让乡间的人和事填满自己。”[1]另一方面，李约热在下乡一年之后曾经写下如下文字（后经修改作为“代后记”收入《李作家和他的乡村朋友》一书）：“心有不甘。……是看得见又说不出，或者说看不见，又猜不准，着急、上火、六神无主，却又漫不经心，就是窒息，也要面带微笑装镇定的事实。……看不出来的虚弱，就是一个作家的日常。……这是不好的事情，我心生倦意已久。……我已经有多久没有去仔细端详一张人脸，人脸上的晨昏，肯定比大雨落在阔叶植物上面惊心动魄。”[2]这两方面拼合起来，更加完整地道出了李约热下乡的动因：绝对不是“听将令”，有点个人英雄主义，是“理想主义”的余温作祟，也是对于日益固化的作家身份与写作样态的焦虑，对“作家的日常”已然“心生倦意”。这是一种掐住作家命门的“虚弱”之感：因为固化的身份而“看不见”，又因为某种写作的惯性而“看得见又说不出”。李约热已经写得很多，看得可能更多——他是《广西文学》的编辑，这种“倦意”也是对于“当代文学”的倦意。

因此可以说，李约热是带着“写作”的困惑下乡的，但不是困惑于如何写出一部具体的作品，而是文学写作本身遇到问题——如何遭遇并呈现真实的“人脸”。《八度屯》里的李作家说自己毫不心动于去做“柳青”，潜台词是柳青的世界离他很远。但他可能不知道，柳青们的“下乡”背后也都藏着普遍的

[1] 李约热：《八度屯》，载《李作家和他的乡村朋友》，第 8 页。

[2] 李约热：《到乡下吹吹风》。

“写作”困境。用自己的文字捕捉真实并使这种真实具有政治与伦理的意义，从来都是这些革命作家的难题。如果说柳青、周立波等人的写作处在五四新文学转化为“新中国文学”的过程之中，即如何“使文艺很好地成为整个革命机器的一个组成部分”[1]。——这涉及作家的思想改造，到基层安家落户，深入群众生活，等等，而文学表征在这一过程中承受着巨大的压力也拥有了新的契机。那么，李约热的“倦意”和“渴望”（“仔细端详一张人脸”）或许暗示出，改革以来的“当代文学”，尤其是 1980 年代中期至今的“主流”文学的活力正在耗尽。这在根本上关乎作家的现实身位及其所内嵌的社会关系。或许作家依然可以用虚构之名（有时也以“写实”之名）来“填充”自己与“人脸”之间的距离，但部分源于此种现实身位的“写法”，以及写法背后的一整套观念却无法阻碍“虚弱”之感与“倦意”的滋长。李约热看似一时冲动地选择了“扶贫”与“深扎”，他的思想情感与写作状态却最终被这两年的经历改变。[2]这出人意料地引出了一个值得探讨的命题：要走出当下文学的虚弱状态，是否作家“再嵌入”中国大地是一个无法回避的环节？而且这种“嵌入”不是个人主观的行动，而是汇入一种集体事业？

[1] 毛泽东：《在延安文艺座谈会上的讲话》，载中共中央文献编辑委员会编《毛泽东选集》（第三卷），第 848 页。

[2] 李约热曾在 2021 年 12 月 10 日参加“慢书房”的直播活动时坦陈：“没下乡之前，写作是无根的状态。必须有新的生活注入。两年后回来，心里有底。知道往何处努力，现在是有方向感。”

在这个意义上,《李作家和他的乡村朋友》不是一部一般意义上的主旋律作品，而是一个带有自我反思特质的文本。它是一个积极的征候，显示出了当代文学从内部产生改变的可能性。

然而，问题没有那么简单。我们无法直接回答抽象意义上的“当代文学”如何变，我们只能首先回答，在李约热的创作轨迹里,《李作家和他的乡村朋友》意味着何种变化。在关于李约热之前创作的评论中，他的书写被放入了“野气横生”的谱系[1]。这无疑是因其写作主要围绕广西乡村世界展开，尤其是构造出了“野马镇”这一反复出现的虚构空间;“野”或“野性”成为评论家理解李约热的一个关键入口:

> 李约热的野马镇以及围绕着野马镇所构筑的乡土世界，不是由外而内的启蒙式乡土书写，而是内源式的原生性写作，乡土的内在价值没有被篡改或曲解，而是通过野气漫溢的叙述，由内而外地透露出本在的精神意义。这种切入式的乡土写作，呈示着从土地中生长出来的人性关怀，那是充满野性的与民间意义上的内外建构，以此打破传统与现代的二元结构，瓦解边缘与中心的现代指认，回到生活与记忆，回到土地与众生，回到自然生长的乡野人心，从而传递真正的“人间消息”，善与恶，美与丑，踟蹰与果决，软弱与坚毅，

[1] 张燕玲:《近期广西长篇小说：野气横生的南方写作》,《文艺报》2016 年 3 月 18 日。

> 甚至苦难与尊严等，都在“野性”的弥散中沉潜生息，如是之诸般“生物”，“以息相吹”，而成“尘埃”，成“野马”，成就了一个全息式的多维精神境域。[1]

从“野”来阐释李约热的确可以赋予他较高的“辨识度”，也确实符合作家的某种个性和立场。据他自己说，“约热”笔名即跟巴西里约热内卢有关，源于他观看《上帝之城》的体验——为那种热气、混乱和生命力所折服。如曾攀和其他批评家所把握到的，李约热的“野性”具有对于固有二元对立的消解之力，甚至在幽默感里面能够埋藏、铺展悲剧感和苦难经验。[2] 只是令人好奇的是，如果确如此种评论所说，李约热构造的“野马镇”世界已经暗示出一种较为成熟的“切入式乡土写作”，那么作家自己的“倦意”又如何来解释呢？他为何又要说很久“没有去仔细端详一张人脸”了呢？有趣的是，《八度屯》里那个曾经深陷传销的绍永的故事（中间插了一段十年前海民等七人食物中毒的故事），曾以《村庄、绍永和我》为题刊于《雨花》并收入出版于 2019 年的小说集《人间消息》；批评家知晓此篇为李约热参与扶贫工作后的产物，却依旧在一种较为顺滑的逻辑里安放李约热的此种变化：“已深入乡村近两年的‘第一书记’李约热，早已与乡村乡民同此凉热，其原本就质朴的精神立场与

---

[1] 曾攀：《小说的野性：李约热论》，《上海文化》2020 年第 7 期。

[2] 参阅李壮：《身骑野马，走走看看：评李约热〈八度屯〉》，《思南文学选刊》2021 年第 1 期。

文学态度，更为真切真诚与悲情悲悯了。”[1] 我的意思并不是说这些评论错失了李约热创作的基本特征，而是说我无法在这些评论的延长线上解决我阅读《李作家和他的乡村朋友》时所产生的困惑。比如，整部小说的“结构”为何如此呈现（李约热在一次访谈中说这是长篇小说，[2]但实际上其中每一篇都曾作为中短篇及创作谈单独发表过，而且发表顺序与现在所呈现的章节顺序完全不一致）？又比如，《李作家和他的乡村朋友》为何自觉纳入了多种“文类”（山歌、遍访手记等）而不担心破坏叙事紧密性？为何叙述者可以突然从当下叙述中旁出一笔去谈另一个人物的故事而不担心破坏叙事节奏？就算是认同批评家所说的“真切真诚与悲情悲悯”——这的确是李约热写作的一种基调，那么又怎么理解“李作家”“进入人群”时的态度与之前小说叙述所展示的“悲悯”之间的微妙差异？归根到底，我们究竟如何看待扶贫经历对于李约热文学写作的“改造”？

正因为《李作家和他的乡村朋友》选择了让一个个“扶贫”故事发生在“野马镇”，可以认为，李约热是想从内部展开一种新的可能性，而不是让这些“人脸”成为他创作生命中的例外。[3] 但这一决断发生得很晚。证据就是，作为《八度屯》“雏

---

[1] 张燕玲：《以自己的腔调，书写人间消息——李约热近期作品读札》，《中国当代文学研究》2019 年第 5 期。

[2] 参阅《壮族作家李约热——野气横生的“野马镇”文学》，《广西民族报》2021 年 7 月 22 日。

[3] 李壮的评论较早发现了此点：“《八度屯》的出现，似乎显示出李约热更大的野心：他或许要继续写，要更系统、更精密地编织他的‘野马镇世界’，不是浮光掠影、而是要精耕细作。”

形”的《村庄、邵永和我》里故事的发生场所不是野马镇，反而是叙述者“我”（后来修改为第三人称“李作家”）来自野马镇。[1] 这表明李约热是经过一番思考后，才决定将《李作家和他的乡村朋友》编织进“野马镇”世界。他在新近一次创作谈中提到，很多年前曾被某位批评家指出自己“写村庄，写虚了”，因为这一次的下乡经历而写了《李作家和他的乡村朋友》，使他得以隔空回应同时也是反问自己：这“算不算作是一次“野蛮”的纠正？”[2] 正因为《李作家和他的乡村朋友》被纳入了野马镇世界，才使它与李约热之前的创作产生了更为直接的对话关系。“纠正”这个词分量很重，加上“野蛮”更是意味深长。无论如何，“野蛮的纠正”首先表明《李作家和他的乡村朋友》与李约热过去的写作存在着某种张力关系。观察从《涂满油漆的村庄》《我是恶人》到《人间消息》中可资比较的内容与形式，正是解答这一微妙转变的前提。

二、朝向“李作家”的漫长迂回：风格抑或征候

《八度屯》里，李作家在“进村”前有了荆轲般的感觉。无论是野马镇镇长韦文羽，还是村副主任老罗，都发出了八度屯人不是善茬的提醒。或者用李约热《我是恶人》里的修辞来说，八度屯人有点“恶”：喜欢告状、厌恶各级领导、跟邻村不睦。

[1] 李约热：《人间消息》，广西师范大学出版社，2019，第 5 页。

[2] 李约热：《我曾穿过“百家衣”——〈李作家和他的乡村朋友〉创作手记》。

叙述者紧跟着透露了关于“李作家”的一个秘密：“李作家有颗大心脏。李作家以前曾参加计划生育工作队，那个事情比扶贫难多了，他都能全身而退。”[1]《八度屯》的开头充满着张力，也充满着自下而上的“怨气”：此地原来是矿区，也有过黄金年代，但因环保需要矿井关停，八度屯不但承受着经济迅速滑坡而带来的失落，还长期受到矿业污染的折磨。[2]如此一来，阅读的期待自然会被引向一种对抗叙事。这种对抗叙事或者说“矛盾”的呈现却不是《李作家和他的乡村朋友》一书的主线，也不是李约热的核心关切所在。不过，暂且在这里悬置“八度屯”的故事，我关心的是引文里的一条线索。从现实来看，李约热确实和计划生育工作有交集；从他的创作来看，也有《青牛》这篇以“计划生育”为主题的获奖小说。同样是指涉自上而下的国家任务，十五年前发表的《青牛》（原刊于《上海文学》2006 年第 6 期）的表征方式却大不相同。首先值得比较的就是小说的开头：

> 我喜欢在水底看太阳。
>
> 憋一口长长的气，然后扎下去，抱住水底的岩石，抬头看天。
>
> 天像一张蓝绸，柔软地在我眼前飘动，而那个太阳，她全部的光辉已被河水吸干，很舒服地亮着，像梦里的一盏

[1] 李约热：《八度屯》，载《李作家和他的乡村朋友》，第 3 页。

[2] 同上，第 11 页。

灯。我想在这盏灯的光亮中睡去，但是根本不能，因为我很快就憋不住了，那口气很快就耗完了。我在胸腔就要爆炸的时候蹿出水面，像一条小鱼，被追赶着来到另一个世界，然后，被这个世界的光亮扎得眼睛生疼。

这只是我瞬间的感受。当我远离河水，我就把这些忘了，什么飘动的蓝绸啊，什么梦里的灯啊，什么被追赶的小鱼啊，全都没有了。

更多的时候，我在单位的院子里，对着挂在桃树上的沙袋猛捶。[1]

这是叙述者“我”讲述出的一段独特体验：脱离日常功利关系，聚焦于经验的临界感（憋着气从水底看太阳），从而拥有了独异的“瞬间”。这无论如何和“计划生育工作队”画不上等号。不过，叙述者也刻意坦白并强化了一种分裂：“更多的时候”，“我”就如同其他人——不论是我的同事，还是我要去“治理”的对象（超生者），一样没有这样的“瞬间”。《青牛》的叙事特征之一正是这种基本的“分裂”：逼迫超生妇女蓝月娇去乡里“结扎”的过程夸张而反讽；就算是叙述者“我”也置身于此种略显冷漠的“距离”当中。所有人物都是略显变形的“无深度”形象，抓捕蓝月娇的行动也十分滑稽反常。对于当地村民以及“我”的同事的展示，则仿佛是经典的“看客”群像的再现：

[1] 李约热：《青牛》，载《涂满油漆的村庄》，作家出版社，2008，第 152 页。

> 我在那只电喇叭前唾沫横飞，声音高亢洪亮，整个村庄全是我的声音。只是那群村民面无表情。我喊的内容他们都很熟悉，所以他们根本就听不进去。我们的老兰老张老刘也面无表情。他们也不知道站出来配合我一下，比如递水壶过来给我让我润润喉什么的，他们似乎在看我的好戏。……他们一副怕麻烦的样子，如果现在村里有谁冲上来掮我一记耳光他们肯定不帮我。……
>
> 没想到我没有喊累，倒是村里人听累了，他们纷纷转身离去。我一下子就没有了听众。这时候老兰老张老刘就笑了起来。他们似乎在等待这个时刻的到来。[1]

这里的“面无表情”正是“人脸”的一种极端表达，是对于“脸”的否定，也可以说是一种“物化”。一方面是面目不清的“众”，另一方面是更具“看客”感的老兰老张老刘这些同事；他们的“脸”就算有了表情，也是由“笑”表达出来的冷漠。但是，正如小说一开始呈现了那个平常的“我”之外的“我”，叙事在“我”砸开蓝月娇家门以后也产生了一次分化。当“青牛”最终出场时，情调开始发生微妙的偏转，在既有带着滑稽感的冷漠当中开始流淌出一种怜悯。这种怜悯最终在结尾处迎来了属于它自己的“瞬间”，这也可以视为一个反思的瞬间：“（结扎）手术结束之后，蓝月娇跟着她老公回家了，后面跟着他们的青牛。

[1] 李约热：《青牛》，载《涂满油漆的村庄》，第 162 页。

这时候夕阳西下，他们真像种田回家的农夫农妇。”[1] 而当“我”得知青牛被夫妻俩宰了以后，开头那一幕属于“我”的独特瞬间开始有了社会与伦理内涵：“我当时沉在水里，那四只牛蹄出现在我眼前，它们保持着牛的姿势滑过水面朝我的梦境奔来。很快我就憋不住了，没等它们靠近，我就逃命似地钻出水面。我不是一个好人。”[2]

可以看出，《青牛》的叙述过程本身彰显出了某种微妙的“纠正”。极难“就范”的蓝月娇最终回复为“正常”的农妇，那一开始独属于“我”的瞬间最终被“牛足”侵扰，因此憋气“很快就憋不住了”。李约热最初的乡村书写就是处在这种叙事张力当中。一方面是夸张与带有距离的“诙谐”，体现出略显凝固而空虚的“启蒙”位置，以及对于制度与底层的悲观；另一方面是对于上述方面的怀疑，因此叙事总会在某个时刻突然变调，尝试拉近“我”与“他”、拉近人与人之间的距离。另一篇屡获殊荣的早期作品《涂满油漆的村庄》（原刊于《作家》2005 年第 5 期）亦是如此。一个热爱拍摄电影的乡村孩子离开村庄十年后要回村拍电影，他的父亲为了满足儿子的愿望——实际上是希望一家人团圆，动员全村来配合这桩事。作为“交换”条件，父亲答应让村民成为被拍摄的对象，他谎称这是扶贫工作队来拍片。但最终“文青”儿子和他的同伙却只是利用了村民的劳力，在村里搭建出一个“布景”世界，拍摄着与村庄丝毫无关的“婚

[1] 李约热：《青牛》，载《涂满油漆的村庄》，第 168 页。

[2] 同上。

礼”。李约热这里的“元电影”设计打开了共和国经验中断而又续的一面：村民希望电影镜头像“镜子”一样记录他们的苦难，作为摄像机之“换喻”的儿子相片则占据了毛主席像的位置：“这些个晚上，韦虎的照片前总是站着喋喋不休的人，韦虎是他们的神，他面前的地板，被踩得光亮。但是不管他们说什么，他都用同一种表情看着他们，就像以前的毛主席一样。”[1] 这里的叙述依旧诙谐而带有距离，就算是“操你妈的加广村，穷得卵朝天！”[2] 被喊出也还是如此。但是从形式上来说，村民在韦虎照片前喋喋不休，近似于“诉苦”，只是不再具有阶级对抗性而已。韦虎被父亲的整个计划蒙在鼓里，但他就算知晓也没有唤起怜悯心。这里李约热启动了对于某类“文艺人”的反讽——他们活在自己的逻辑里而选择对外界封闭。不过，叙事的“变调”还是发生了。叙述者“我”——韦虎的弟弟——突然尝试绝望地改变哥哥的念头，他奇迹般地复述出了村民们在哥哥照片前曾经吐露的诉苦之语。最终小说被回收到了一种更加严肃的气氛当中：父亲和“我”决定补偿自己的“失信”——为别人免费装卸石灰一年并立下毒誓。在我看来，李约热早期小说里的这种起伏感、这种往往被概括为诙谐中带忧伤、幽默感里埋藏悲剧感的特点，与其说是一种完成了的风格，不如说是一种挣扎与搏斗的产物，是当代中国的历史经验与写作经验的矛盾在作家身上的折射。否则，我们就很难理解，这种频频获奖的起

[1] 李约热：《青牛》，载《涂满油漆的村庄》，第 73 页。

[2] 同上，第 70 页。

点在很多年后会得到作家严肃的反思，甚至希望有一次“野蛮的纠正”。这种纠正不是说否定自己走过的道路，而是尝试使小说叙事中更为深层的矛盾获得一种解决。

然而，这种“纠正”意识尚不明确，也尚未迎来契机。在1980年代以降的文学书写惯性中，李约热的写作不得不经历一种迂回，甚至只是得到一种解决的假象。《我是恶人》便可以在这一线索上得到解释。《青牛》里叙述者最后那句“我不是一个好人”，可以看作“我是恶人”的“前史”。“我不是好人”意味着“我”虽非有意为“恶”但“我”在执行“工作”时却将对象奇观化、非（常）人化。李约热这里的反思荡漾着一种天真的人道主义，也在不经意间质疑了某些再现人物的方式。到了《我是恶人》那里，李约热显然野心更大；部分也因为长篇小说的规模和叙事完整性的要求，他将少年时候所经历的动乱情景普遍化为一种“历史”反思，[1] 朴素而天真的人道主义或者说怜悯与同情被收敛起来，本与之形成张力关系的悲观思路则弥漫开来。这种悲观思路却并没有产生根本的新意。原因很简单，它想要对接的东西太过清晰。1967年野马镇村民炒了富农刘家辉刘家良的心肝吃，无疑处在鲁迅《狂人日记》吃“狼子村恶人”的延

[1] 参阅李约热关于《我是恶人》的访谈：“我出生的时候街上很乱，经常有枪声响起，当时我母亲面临的一个问题是如何带我逃生，这种‘隐性’的经历后来变成我的一块心病，觉得如果不写，没法对自己有个交待，这部小说我是当成“成长小说”来写的；再一个原因我也想绕开文坛流行的趣味，所有的历史都是曾经的现实，我想写大环境之下人的内心之乱，想与一些对现实作简单模仿的作品区别开来。”见李约热、范典：《李约热：八十年代的“平庸之恶”》，《青年时报》2014年7月6日。

长线上。小说中出现的两次“批斗场景”构成头尾呼应：马进为了给父亲出气，带一群孩子在岩洞里“批斗”公安黄少烈的儿子黄显达；黄少烈为了报复马万良父子，动员野马镇数村村民“斗”小偷马进。显然这是为了指向那一被“摹仿”的真正“批斗”形式。想要报复整个野马镇的马万良逮着做豆腐的毛快，当场精神错乱般地将好几条人命算在后者头上。这也可以看作一种诬告栽赃的极端形式。

鲁迅有篇奇特的杂文叫《现代史》，描绘的是“变戏法”的人和“看客们”一同编织出假象，这种现象虽会沉寂几日但终会往复不止。[1]《我是恶人》的用意则在于指明某种“当代史”，它也是凝缩为一些固定的姿态与形式，在历史中反复出现。私人的怨恨和恶意会借助这些形式滋长——无论是批斗、栽赃还是某种更加文明的“民主”（镇长韦俊就以投票的方式决定了马万良“该抓”），而私人的恶意又会借助这些形式推卸个人作恶的责任。这恐怕就是有评论者以“平庸之恶”解释此部小说的原因。[2]《我是恶人》在这个意义上就带有了观念化的特征。“文革”中马万良的父亲遭到批斗，黄少烈跳上台去打了他一个耳光，从此马万良记恨在心。黄试图以“历史造成的”来为自己开脱，马则回他一句：“我不管什么历史，谁打我爸，我就恨谁。”[3]这一方面固然有传

---

[1] 参阅鲁迅：《现代史》，载《鲁迅全集》（第五卷），第95—96页。

[2] 贺绍俊：《野马镇上“平庸的恶”——评李约热〈八度屯〉》，《南方文坛》2014年第2期。

[3] 李约热：《我是恶人》，上海文艺出版社，2014年，第16页。

统的地方伦理根源，[1]但也不能不说是对于借历史之名开脱罪责的抵制。而马万良盯着黄少烈的这一举动，构成了“我是恶人”最基本的叙事动力。反过来说，李约热又对于借助种种形式发泄私人恶意的人心取向感到悲观。小说借助村医老贾之口，把“当代史”批判的面目勾画得更为清晰：

> “哎呀，简直就是暴风骤雨，这个地方，至少先后挨了十脚，才变成这样；这个地方，哎呀，还有针眼，肯定是女人干的……”老贾好像在面对一张作战地图，给黄少烈介绍马进后背的伤。用了十分钟才介绍完。[2]

“暴风骤雨”显然是对于“阶级斗争”的揶揄。在小说结尾处，这种对于“阶级斗争”的讽刺表现得更为直接，为了防止马万良报复，村民之一梁士方说：“我们得防他，从现在起，阶级斗争这根弦我们就不能放松了，如果放松，那我们将要吃二遍苦，受二遍罪。”[3]这里苦涩的真相就是：仿佛再次召唤出阶级斗争话语，将具有潜在威胁的对象视为阶级敌人，就会有效缓解群体性恐惧。诉诸“斗争”的言与行的冲动仿佛从未消退，这甚至使整部小说沾染了“伤痕文学”的气质。但“阶级斗争”仅

---

[1] 李约热在相关访谈中谈到：“爸爸被打，妈妈被骂，在我们那里算是奇耻大辱，文革之后，我们那个地方曾经发生过很多起向打人者复仇的事，多是受害者后人发起的。”见李约热、范典：《李约热：八十年代的“平庸之恶”》。

[2] 李约热：《我是恶人》，第 198 页。

[3] 同上，第 205 页。

仅能还原为发泄恶意的工具吗？反思“恶意”所依凭的形式固然不错，但此种文学所认同并塑造的“当代史”面目无疑是单面的、变形的和主观的。李约热恐怕担忧的是一种混乱的经验，这种植根在他幼年经历里的体验被放大，又被回收到一些凝固的反思当中。1982 这一年份的选择意味深长：其实那正是现行宪法颁布之年，“坚持无产阶级专政下的继续革命”在宪法中被删除。野马镇的人在 1982 年却不断唤出“阶级斗争”。这不是历史的反讽，而是叙事编织出来的“反思”。这种过分聚焦于某项历史反省与“人性”洞察的叙事反而会遮掩文本中闪现的“野气”：譬如马万良被关进镇政府那个死过三十多人的房间里的一夜所遇到的那些“死人”；又譬如从上海下放到当地的医生老莫、老贾，到拖拉机手郑天华、民办教师黄精忠、供销社炊事员李显吉，一直到做豆腐的毛快和他老婆麻月菊那一张张鲜活的“人脸”。

仿佛是为了纠正《我是恶人》这种悲观的片面性，小说集《人间消息》回转到了温暖怜悯的一面。书中发表最晚的一篇《村庄、绍永和我》(《雨花》2019 年第 3 期）已经是扶贫经历的最初呈现，也是《八度屯》某部分的雏形，只不过此时李约热并未将之置入“野马镇序列”。因此，《人间消息》在某种程度上可以视为一个“过渡”性的小说集。其中直接以野马镇为背景的几篇，尤其是《情种阿廖沙》(原刊于《小说界》2015 年第 3 期)、《龟龄老人邱一声》(原刊于《作家》2016 年第 3 期）里流动着“道义”与“爱”的气息，尤其是“爱”。前一篇里，阿廖沙爱上了一个有夫之妇（丈夫有可能被判死罪），他的存在由此有了一种强烈的“为她”特质；后一篇中，龟龄老人邱一声与他那傻儿子阿牛更是互相为着对方而活——特别是阿牛为了不拖累年事渐高的父亲选择了自尽。这就接近了“爱”的概念：“对方就只在我身上生活着，我也就只在对方身上生活着；双方在这个充实的统一体里才实现各自的自为存在。”[1]但同时不能不提的是，关乎野马镇的这两篇也是情节起伏最多、故事最为完整且叙事呈现出较大弹性的两篇。《情种阿廖沙》的一大叙事冲动就是努力逼近“道义”与“情欲”复杂而真实的辩证状态，呈现这一点远比讲出一个完整温暖的故事重要。[2]《龟龄老人邱一声》则找到了另一种让野马镇众生“开口”的方式（《青牛》里已经用虚设的电影拍摄实践了一次）——村民在照顾独居老人的过程中找到了无法回应的“听众”，尤其是屠夫董志国、菜贩蓝伏龙和老人亲戚张权三人的老婆两个骂一个哭，具备了使“人间消息”增殖的潜能。不过，叙述者“我”与人物同在一个叙事空间尤其是在《龟龄老人邱一声》中发挥着重要的“戏剧化”功能；同时笔墨在触及野马镇村民时，那种诙谐的语调依旧顽强。这就在很大程度上将两部作品回收到了李约热曾经的“短篇小说”建制之中。

---

[1] ［德］黑格尔：《美学》（第二卷），朱光潜译，第 326 页。

[2] “道义夹杂着情欲，有时候道义多一点，有时候情欲多一点，你也可以说什么道义，都是假的，全是情欲，就一对狗男女。”见李约热《人间消息》，第 102 页。

与之相比，《村庄、绍永和我》则在叙述语调、叙述者身位与功能以及“戏剧化”方面都产生了变化。实际上，《人间消息》还有别一种分化。小说集特别拎出“人间消息”为题，在字面上相关的两篇《人间消息》和《南山寺香客》（小说借人物之口说出听到手机里短信、微信、QQ 的声音“就烦，那是人间的消息”[1]）是直接表露作者情绪立场的作品，基调严肃，颇具思辨性，也可以说是李约热尝试澄清自己写作的伦理根源，仿佛这样可以赋予书写种种“可怜”的“人间消息”以道德基础。“人间消息”首先暗示一种“下降”到“人间”的姿态。《人间消息》里“我”作为古生物学家执迷于寻找植物“玛莎”的踪迹，却最终理解并认同了生父对于“人类灾难史”的研究。《南山寺香客》里的“我”为了缓解中年危机病急乱投医式地找到了一个“既要念经，也要学习国家政策，怕自己的爸妈吃亏了”的“接地气”和尚李师，体验到了一种朴素的“被好好地对待”的感觉，获得了“虚无中厚实”的瞬间。而他死去的朋友刘永一生迷恋闪电，“我”在悲痛的回忆中，也默默以为他本该立足于“人间”：“观测闪电，最好的地方还是人间吧。”[2]“可怜人”一语在《人间消息》中频频出现，李约热的悲悯心得到了极致地释放，他也似乎确证了自己写作的伦理意义。但辩证的是，“人间消息”在此也抵达了叙事上的极限，征候就是《人间消息》与《南山寺香客》的叙事都戛然而止。下一句话怎么写？如何获得进一步写

[1] 李约热：《南山寺香客》，载《人间消息》，第 153 页。

[2] 同上，第 148 页。

下去的资源？作家的主观世界变得情绪饱满是不够的，因为叙事依旧有着回到主观的封闭之环的危险。小说将所有他者的行动都掌握在内部，只会导致“倦意”与“虚弱”。正是在此意义上，2018 年的扶贫成了一个改变写作的事件。

三、《李作家和他的乡村朋友》作为“野蛮的纠正”

当然，那第一步，还是顺着那个“下降”到“人间”的逻辑展开。《三个人的童话》是《李作家和他的乡村朋友》的最后一篇，但它最初的发表时间与《村庄、绍永和我》几乎相同，也可以算是李约热参加扶贫一年后的产物，但与收入《李作家和他的乡村朋友》时写法不同，初版本多了一个“深情”的引子，以及与它相照应的结尾。叙述上也没有采用点出“李作家”身份的第三人称，而是借结拜三兄弟老三之口讲述故事。《三个人的童话》的核心人物是老大钟强，一个师专毕业生，因为见了一次梁漱溟的儿子并得知了“大师当年做的一些事情”[1]（叙述者未点明但应是指梁解放后为农民说话之类的事）而决意“去全县最难搞的野马镇工作”[2]。这种“下降”到可怜的“人间”的冲动，无疑处在《人间消息》的延长线上。而叙述上倚重承担人物功能的第一人称“我”，也是李约热之前创作的延续。《三个人的童话》的核心故事讲的是“三兄弟”照顾一个曾经做过妓女

[1] 李约热：《三个人的童话》，《南方文学》2019 年第 3 期。

[2] 同上。

因此活在野马镇边缘的孤单老太婆。从故事气质和人物序列来说，它与《八度屯》等差别颇大。虽然李约热在收录此篇的时候把它技术性地处理为一个“李作家”在野马镇上听来的故事，但却消解不了它在整体中的另类感。不过，另一种读法或许更能成立：它本来就是李约热自觉展开“野蛮的纠正”之前的创作，在某种意义上只是李约热《人间消息》的悲悯沉思时刻与他扶贫经历初步发生碰撞的结果。其中一段钟强的笔记尤其值得注意：“人类最难得的品质就是同情心。/只要你是一个年轻人，你就要远远地离开家。/去爱他们，分毫不取。/把自己献出去。”[1]无论这是李约热对于听来故事的加工，还是他自己“下降”到“人间”的心印，这种人物的姿态经由梁漱溟（或许还有他提倡的乡村建设运动要素）迂回地抵达了一种类似于“革命工作者”的“献身”。这或许就是李约热最初“下乡”时抓到的一种精神理由。

刚刚的读法也初步交代了我的一种看法。虽然李约热自己曾说过《李作家和他的乡村朋友》是部长篇小说，但严格说，它不是，不是的原因很简单。《李作家和他的乡村朋友》的创作过程不是长篇小说的生产过程，而是这样一个过程：作家在“下乡”进程中发生改变而把这种“改变”逐步烙印在每一篇文本当中。换句话说，《李作家和他的乡村朋友》里的每一篇都映照出作家某一种改变的轨迹。刚刚提及的《三个人的童话》就是例

[1] 李约热：《三个人的童话》。

子，但是对于此一秘密的解读不能依据小说现有的章节顺序。先来看看《李作家和他的乡村朋友》现有的章节结构。第一篇《八度屯》是“进村”的起始同时也是“总纲”，《献给建民的诗》从《八度屯》中延展出来，《家事》一篇讲的是因八度屯与邻村冲突而死了丈夫的美珠的故事，也可以算是从总纲里派生出来。但是紧跟着的《喜悦》就略显疏离，它与总纲没有构成更为严密的互文关系，《捕蜂人小记》也是如此。《三个人的童话》则在故事气质与人物序列上更加疏离，或许也正是因为这种距离而被放置在最后。看得出李约热想要把这一波与扶贫经历有关的文本组织成一个更具理据的结构，但诚实地说，这个结构不够严密，甚至可以说是缺乏结构。因为这是一种事后操作，而且此种“结构”本来也更像是可以开放给更多故事的一条线索，可以续写，可以增补，但无法获得叙事的闭合。这不由作者的技巧来决定，而由他所要处理的对象的性质以及他自身日益“嵌入”对象来决定。这种形式上的“被决定”，可能就是“野蛮的纠正”之“野蛮”的一重含义。所以，单靠《李作家和他的乡村朋友》现有的章节顺序，无法解释其中各篇在叙事上的某些差异，以及这些差异之间的逻辑关系，更无法恢复出“李作家”的变化过程。

因此，我的方法是按照各篇写作的先后来重新排列并加以逐一研读。刚刚讨论过的《三个人的童话》除外，结合李约热自己的创作谈以及最初在杂志上的发表时间，《李作家和他的乡村朋友》更为“自然”的顺序应如下：1.《喜悦》(《人民文学》

2020 年第 10 期）；2.《家事》（《花城》2021 年第 2 期）；3.《八度屯》（《江南》2021 年第 1 期，虽然发表较《家事》早一些，但据李约热自己的说法，它的创作应晚于后者[1]）；4.《献给建民的诗》（《山花》2021 年第 7 期）；5.《捕蜂人小记》（《民族文学》2021 年第 8 期）。

因此，《李作家和他的乡村朋友》的第一句话，不是“一个人进村，确实不方便，语言不通，狗又多”，而应该是“雨水把路都泡烂了”[2]。有趣的是，一开始“李作家”是隐去的。这是一个野马镇女孩携夫归来的故事，而她的父亲忠原正在为如何免去办婚礼的花费伤脑筋——在遭遇猪瘟之后，能省便省。随着叙事的展开，“李作家”突然从沉默中现身：

> ［忠原］他喝了两杯酒，跟［女儿］胜男和［女婿］杨永炫耀自己是怎么“评上”的贫困户。他说的 65 分，是野马镇判定贫困户的最低标准，李作家带着一帮人，对八度屯所有的农户进行甄别：存款、房子、家具、电器都要算分，高于 65 分就不能算贫困户，低于 65 分（含 65 分）就算是贫困户。当时如果这 2500 元存在银行里，或者拿来买了后推车，他就“评”不上了。海民的家境跟忠原一样，就是多了一台后推车，结果没有“评上”。海民去跟李作家闹，拿自己家跟赵

[1] 参阅李约热：《我曾穿过“百家衣”——〈李作家和他的乡村朋友〉创作手记》。

[2] 李约热：《喜悦》，载《李作家和他的乡村朋友》，第 148 页。

忠原家比，李作家再到忠原家甄别，感觉这两户确实没有什么差别，这时候赵忠源摘下假发，让李作家看到他头上的伤痕。李作家说，就凭这个，你就是了。[1]

“甄别”贫困户的工作极为琐碎，看似与情节主线关系不大，却是李约热获得写作确定性的一种标志。这里当然有虚构——贫困户评分的分数作了改动，忠原、海民等虽有原型但一定会因叙事的需要被赋予新的东西，然而这样的写作获得了一个坚实的外部支撑物。“李作家”听贫困户们唠叨，在身位上非常类似于合作化小说里工作队队员听不肯入社的中农抱怨。“李作家”不再是之前李约热小说里那个卷入“戏剧化”张力的叙述者“我”。李约热扶贫工作真实的轨迹在此得到了“摹仿”，一种已然尘封很久的“现实主义”基本机制又运转了起来。“李作家”成了一个毫不夸张毫不变形的行动者，因为“他”的生成是对于真实行动的模仿。而“人间消息”在此也获得了真实的延展：“李作家来八度查看水情，他绕过一个又一个池塘，来到忠原的家门前。”[2] 正因为有了新的确定性，那种虚拟精致的文学要素就变得不那么重要了。小说的“形式”反而得到了一种有力的更新。李约热将自己的扶贫“遍访手记”直接纳入了文本。这也可以说是“野蛮的纠正”。对于读惯细腻精巧文本的人来说，这种做法有点“野”，但李约热感到这是不得不为。这才是忠原家的

[1] 李约热：《喜悦》，载《李作家和他的乡村朋友》，第 151 页。

[2] 同上，第 156 页。

喜事和其他“人间消息”的现实纹理。这些类似“算账”的数字是真实的“活着”的证明。

《喜悦》不但推出了行动起来的“李作家”，也宣告了“李作家”心灵世界的一次猛烈“纠正”。长期蕴含在李约热乡村书写中的那种分裂在此得到了解决。他终于看到了那些“人脸”，因此他不再相信那种居高临下对于贫穷者的定性：

> 刚到八度屯的那些日子，只要李作家一在村头出现，很多人就围上来诉苦，目的就是想多要一些补贴。如果你把这些场景跟他们以前的生存际遇割裂开来，很容易得出这里的人很贪，都在想怎么样不劳而获的结论，会心生不悦，因此戴上有色眼镜看待他们。……李作家跟他们［他的朋友］说，在这个世界上，都是富人编穷人的段子，而穷人编不了富人的段子。朋友说，穷人编不了富人的段子？为什么这样讲？李作家说，因为他们没有这份闲心，而且他们也想不出来，怎么去编富人的段子，他们都各自为自己的生计忙得屁滚尿流！李作家会因为一些关于贫困户的段子跟朋友们发生争论，每次都被“群殴”，李作家很郁闷，难道是我错了吗？[1]

“李作家”通过“下乡”以肉身接触到了贫困户的“生存际

---

[1] 李约热：《喜悦》，载《李作家和他的乡村朋友》，第173—174页。

遇”，他不经意间经受了某种“政治经济学”洗礼。段子里乃至充斥在文学作品里关于“穷人”贪婪的指责在此丧失了合理性。这不仅是对于人的形象背后社会经济不平等的直观把握，也是对于恢复“人”现实生存完整面貌的渴望。任何怜悯如果不加入这一切身介入的维度，任何同情者如果不卷入所同情对象的现实生存构造，那么怜悯、同情就会产生一种分裂的危险：怜悯的反面正是绝望，而绝望恰恰建立在对于贫弱者的本质化之上。“李作家”在朋友面前的遭遇，证明了柳青那句“永远保持一个普通人的感觉”[1]对于今天中国的知识分子来说有多么困难。“前三十年”的文学在表征贫弱者时固然有种种问题（如过分理想化），但较为严格的阶级分析与对于社会脉络的重视恰恰把“人”放在一个更加完整的境遇里加以展示。而“李作家”从经验上感到了一种相似的迫切性——如何看待并表征真实的弱势“他者”。《喜悦》由此成为李约热观念转变的一个证明。小说强势地加入了这样一个场景：“李作家”某位省戏剧院的朋友伟健来八度屯进行慰问演出。之前他了解过村里的情况，便以赵忠原在浙江打工时受伤的“部位”为线索——为了遮住疤痕，先是戴帽子然后戴假发——创作了一个小品在全屯演出。然而“李作家”却发现小品完全偏离了当初他和伟健说及的那些要点，尤其是那个疤痕所展示出的“人间消息”：“凹下去的螺纹钢的痕迹，风大的时候，头上就响起口哨的声音。”[2]——一个不需要

[1] 刘可风：《柳青传》，人民出版社，2016，第 226 页。

[2] 李约热：《喜悦》，载《李作家和他的乡村朋友》，第 175 页。

语言加工的细节，看似古怪滑稽的形象里透着深层的悲怆。伟健完全把赵忠原的故事变成了与“真实”无关的庸俗笑剧。“全场的人，包括赵忠原，笑得前仰后合，坐在赵忠原身边，李作家无地自容。”[1] 八度屯村民本就没有把小品当作自己的故事，但李作家当真了。这里折射出了一种新的文学感觉乃至文学观。这就像一面镜子，也是一种宣言，宣告了《李作家和他的乡村朋友们》决意要采取的写作方式。

确立了自己的态度，接下来的写作便循着新的思路展开。第二篇《家事》据李约热自己说，也是“几乎不用虚构就自然呈现”[2]。但写法上和《喜悦》相比有了变化。核心故事也是李约热“遍访贫困户”时触碰到的真实事件，但小说呈现的方式是把线索拉远，“那时候，李作家还没有来，很多故事，正在他不知道的地方发生。”[3] 显然李约热在尝试不同的叙述方法，实验一下“李作家”尚未到来之时如何讲述那些贫困户的经历。《家事》的叙述风格格外明快简练，尤其是从第二小节美珠儿子拉浪碰到贵州女孩开始，短句对话构成主体，颇有金宇澄《繁花》里用人物“说话”编织情节的特征。直到小说第七节，“李作家”才出场，那个时候他带有文艺范的“长发”还没有剪去。《家事》展示了李约热讲述八度屯过往故事的能力，他再次确证了贫困户身上具有一种源于生活本身的悲怆诗意，所以他会选择用诗行

[1] 李约热：《喜悦》，载《李作家和他的乡村朋友》，第 175 页。

[2] 李约热：《我曾穿过“百家衣”——〈李作家和他的乡村朋友〉创作手记》。

[3] 李约热：《家事》，载《李作家和他的乡村朋友》，第 108 页。

的形式来承载美珠关于她死去男人的言说：

> 从来没有说一句狠话
> 被人欺负
> 只会回家喝酒
> 没有扛不住的事
> 死在坡上
> 埋在坡上。
> ……
>
> 如果谱上野马镇山歌的调调，一个男人的形象就会从歌声里跳出来，你会觉得，这样的人，值得亲人在坟边搭棚，陪他七天七夜。[1]

与《喜悦》和《家事》这两篇零星浮现出来的“布料”相比，《八度屯》是李约热将“扶贫”与“小说”自觉联结起来的开端。最初刊发于《江南》的那个版本附有一则小记，题为《大地在波动》。这里有两层意思：一是“下乡”后的李约热亲身体验了“新时代”里“水、电、路、住房”等民生工程的切实展开，为了“精准扶贫工作”，“吃官家饭”的人“进村入户”，可谓前所未有；二是“无数人的生活状态以及他们身上发生的事情和写作者迎面相撞迸发出来的能量”[2]。李约热真诚地体会到，作家

[1] 李约热：《家事》，载《李作家和他的乡村朋友》，第 109 页。

[2] 李约热：《大地在波动》。

亲身卷入一个时代宏大的潮流，更可能见证真实的“人脸”。而与“无数人的生活”的碰撞，一定会产生某种“野蛮”的力量，来改变自己与自己的写作。《八度屯》的一开始，李约热在文中嵌入了一个“创作谈”，坦白了已然发生的心理震动：“一名扶贫干部，在吼村里的贫困户。视频里只有她，没有他们，就像很多作品里只有‘我’，没有‘他们’一样。我心里很不舒服。我们愧对，这被过度榨取的土地；我们愧对，这片土地上为我们勒紧裤腰带的人们。面对这里的一切，我觉得我们应该还要再愧疚一百年，就是给予他们再多再多，都弥补不了我们欠下的债。”[1]“李作家”的反省翻转了知识者或上位者的优越感，用“债”标示出一种行动的理由。然而这种观念的醒悟远远不够。扶贫工作需要解决实际问题。而“李作家”面对的都是一桩桩功利性的事情，直观上看，贫困户的确眼睛盯着“好处”，也仿佛天经地义地认为扶贫工作人员应该为他们带来好处。《八度屯》最重要的突破就是在承认了这种现实的扭结之后，依旧把这些村民表征为正常的饱满的形象。在这个意义上，《八度屯》具有了一种真正的“当代性”。我们既不能在改革时代以来无数关于“贫穷者”的描绘中——尤其是李约热所反对的那种“段子化”展示中——获得对于“八度屯”群众的理解，但也不能在革命文艺所表征的贫苦者脉络里来把握他们。如何来把握，“李作家”作出了某种示范。这是从“同情”与“理解”出发——“可怜的

[1] 李约热：《八度屯》，载《李作家和他的乡村朋友》，第 23 页。

人喜欢闹事”[1]，一方面关注贫困户迫切的现实诉求（比如患有残疾的忠涛因为表哥的车登记在他身份证名下而评不上“贫困户”），另一方面又不仅仅看到“利”也关注他们的“情绪”乃至“尊严”。在《八度屯》的结尾处，“李作家”同曾经的屯长忠深有过一次意味深长的对话——后者因为那次与邻村斗殴的事件而尚在服刑。

> 忠深说，八度的人不像他们说的那样坏，其实就是想多得些好处。……各家各户的难处最终都是各家各户自己解决，也不能全部都靠政府，这点八度每一个人都知道。也不要八度的人一提什么要求，就把他当刁民……
>
> 忠深又说，你要有思想准备，你进到哪一家，他们肯定是从头讲到尾，你主要听听就好了，他们讲得对的，讲得不对的，有道理的，没有道理的，甚至他们骂你，你都不要出声。但是你不要不去，你不去，他们的怨气没有地方消解，以后会更麻烦。至于你能不能解决，能解决多少，他们心里是清楚的。
>
> 李作家想，忠深是想让自己在屯里当孙子，这跟他自己想的做一个“减压阀”的道理是一样的。[2]

这是对于固有“刁民”形象的扬弃。在李约热写作初始处便

---

[1] 李约热：《八度屯》，载《李作家和他的乡村朋友》，第 18 页。

[2] 同上，第 80—81 页。

存在的"开口"说话／"诉苦"场景在此亦获得了新的意义。李约热甚至复杂化了"真实"与"谎言"二分法，而形成了一种关于"欺骗"的辩证理解：对于贫困户的某些欺骗举动，"最好不好戳穿，内心愁苦的人，想得到更多的安慰，会使一些小伎俩，我们'上当受骗'，或许能缓解他们的焦虑"[1]。

《八度屯》成为某部更大的"扶贫"故事的"纲"，是李约热逐步获得写作自觉的结果。这部中篇自身的结构也颇值得注意，李壮较早地点出了这一特质，即这是"李作家"走走看看听听带出的一种结构。在"进村"这一"叙事时间"之外，包含着大量关于活着的乃至死去的人物的小故事，这些故事本身是"独立的，但它们同是大坐标里的小元素"[2]。不过，这种结构很大程度上是来自扶贫工作本身的展开方式。因此在一种社会机制与文学生产更为紧密的联结中，此一结构的本质更能彰显出来。正如周立波在谈及《山乡巨变》的结构时提到了到各户"串联"的因素，[3]《八度屯》也是从扶贫的工作节奏中找到了赋形的契机。这种"结构"具有极强的扩展性与可塑性。

相比之下，《献给建民的诗》则是在一个更小的叙事单元里展开某种更具形式感的实验。据李约热自己说，他原来的计划是以《献给建民的诗》里的口述实录的形式来写整部小说，但终究察觉各家的情况难免大同小异，故而决定以更加灵活多变的

[1] 李约热：《代后记》，载《李作家和他的乡村朋友》，第 259—260 页。

[2] 李壮：《身骑野马，走走看看：评李约热〈八度屯〉》。

[3] 参阅周立波：《关于〈山乡巨变〉答读者问》，《人民文学》，1958 年第 7 期。

方式组织文本。这篇小说依旧是以“遍访”为开端，但涉及了更加微妙的语言与声音问题。一方面是“李作家”在两个月里记满了厚厚的一本笔记本，另一方面，“他的脑子里全是屯里人坑坑洼洼用不标准的普通话说话的声音”[1]。而这种“声音”恰恰是“李作家”和屯里人关系拉近的结果：刚来时屯里人对他不抱希望，故而交流时只用土话。后来因为他做成了几件事情，大家为了照顾他，开始用不标准的普通话跟他讲话。这种既非“土话”又非“普通话”的“声音”，被“李作家”称为“八度屯的声响”[2]，文字在它面前苍白无力。《献给建民的诗》记录的就是建民的这种“声响”，包含着他全家几辈人的悲欢，也呈现出当代中国乡村底层劳动者的基本生命史。“李作家”对之的概括极其传神：“说话的时候嘴巴里有个小太阳。”[3]其中虽然有着种种生活的不顺，或因打工，或因亲事，或因偶然的运气，但李约热所呈现的建民的讲述可谓元气淋漓，又充满着狡黠：他既愿意讲述出自家生活与孩子的劲头，又不忘时时点明自己符合贫困户的标准。“李作家”最后又将建民的讲述改写为一首诗，感谢他“开口说话”。此时小说的叙述姿态非常明确，“李作家”的书写拥有了一种厚重的伦理责任与诚实的卑谦感。这是“还债”观在文字上的落实：“感谢你开口说话。我是个作家，出身卑微。

[1] 李约热：《献给建民的诗》，载《李作家和他的乡村朋友》，第 84 页。

[2] 同上。

[3] 同上，第 102 页。

请让我写写你的父亲。……”[1]这是写作者笔下的对象开始真正呈现的瞬间。

正如李约热自己所说,《李作家和他的乡村朋友》表达出了一位扶贫工作者如何“在一个废墟上，完成和村民情感的对接”[2]。而《捕蜂人小记》正是完成情感对接之后的展示。小说的主人公赵洪民是个养蜂人，在他家的经历也是“李作家遍访贫困户以来，时间最长的一次”[3]。叙事分为两层：主要的一层是赵洪民向李作家讲述和他老婆“再婚”的故事——他们在南宁打工时的故事，因为赵被老板女儿看上而选择离婚，但最终老板没有选他，所幸的是老婆赵桃花没有抛弃他。这层叙事充满着民众治愈自身创伤的坚忍和狡黠。另一层则是“李作家”和赵洪民一起捕蜂的场景。李约热此时不仅面对着一个工作对象，更像是交上了一个朋友。小说最后闪现出了从未有过的抒情性，这是“李作家”和八度屯村民结成某种更深的情感关系的暗示：

> 一般蜂王飞在中间，我们朝蜂群最厚的地方撒沙子，蜂王就会跌下来。赵洪民说。
>
> 那群野蜂越来越近。赵洪民和李作家一人一把装满沙子的塑料容器，严阵以待。他手指上的绷带格外醒目。

---

[1] 李约热:《献给建民的诗》，载《李作家和他的乡村朋友》，第 102 页。

[2] 李约热:《我曾穿过“百家衣”——〈李作家和他的乡村朋友〉创作手记》。

[3] 李约热:《捕蜂人小记》，载《李作家和他的乡村朋友》，第 199 页。

蜂群飞过他们的头顶，他们将沙子高高地撒向天空。[1]

这里的人称单位——“他们”——意味深长。共同撒沙的动作，具有了一种难能可贵的诗意。下乡扶贫的工作者开始和扶贫对象一起劳动乃至一起嬉戏，这里呈现出了一种新的“统一性”。这是“李作家”在八度屯的成功，也是李约热以“李作家和他的乡村朋友”来命名小说集的原因。

四、“朋友”：新的情感、新的严肃性

是的，“朋友”是李约热这部小说集的“终点”，但也是新的“起点”。究竟如何来理解“朋友”所蕴含的社会伦理与美学意义？李约热一段诚恳的反思这样告诉我们：

> 我过去对文学的理解，兴奋点只停留在是否描摹了一种现实，即所谓的真相上面，很少去考虑作为一个写作者，自己真实的情感是否已经在人物身上倾注。没有去想当我们描摹一场盛大的现实之后，是否考虑自己和盛大的现实之间，到底是怎么样的一种关系，是不是一荣俱荣、一损俱损的关系？很多情况下，我们笔下的现实，好像是别人的现实，跟写作者自己没有太大的关系。所以我觉得，在写作的时

[1] 李约热：《捕蜂人小记》，载《李作家和他的乡村朋友》，第 221 页。

候，要多问一问自己，是否感受到生命的重量，是否动了真感情。[1]

“朋友”表明，写作者和所写对象之间有着情感联系，有着伦理性乃至政治性的承诺。不存在写作者可以抽身而出的虚空位置，只存在嵌入在整个大地、嵌入在人群中的现实位置。写作不是去遗忘乃至取消这个位置，而是不断明确写作所负有的责任。但是长期以来，“当代文学”有意无意地抛弃了这种写作者的现实身位和情感归属，无论是批判者、同情者还是反讽者，都不再与写作所扎根的社会整体建立自觉的伦理与情感关系，不再真正觉得与写作对象处在同一个现实的整体当中。李约热两年的下乡扶贫经历却“野蛮”地纠正了他看待“人间”及“文学”的方式，使得他表述出了一种显得颇为“天真”的文学观，但却朴素而有效地迎回了那种“统一”的感觉。对于作家来说，“朋友”也暗示出一种工作方法，一种改造自己的途径，一种重建写作者所内嵌的社会关系的可能性。在某种意义上，正是经由“扶贫工作”这一国家工程的中介，写作者才真正重获了面对写作对象的“严肃性”——政治、伦理和美学上的“严肃性”，从而使自己的写作获得了一种具有集体意味的情感分量。[2]

---

[1] 李约热：《我曾穿过“百家衣”——〈李作家和他的乡村朋友〉创作手记》。

[2] 关于这种“真正的严肃性”，黑格尔有着深刻的讨论，在他看来，所谓“真正的严肃态度”与其说是一种主观的确认，不如说是出自于艺术家与其所处共同体的统一。参阅［德］黑格尔：《美学》（第二卷），朱光潜译，第375—376页。

我们在此不能不联想起毛泽东在《在延安文艺座谈会上的讲话》里关于“朋友”的提醒：“他们（知识分子）在许多时候，……对于工农兵群众，则缺乏接近，缺乏了解，缺乏研究，缺乏知心朋友，不善于描写他们；倘若描写，也是衣服是劳动人民，面孔却是小资产阶级知识分子。”[1]历史不可能重复，但历史中未能完全解决的问题可能以新的形式再次“重现”。置身于当代文学机制之内的李约热凭借下乡扶贫这一契机，从内部突破了曾经束缚他的观念和形式，创造出了《李作家和他的乡村朋友》这一重建写作者与写作对象关系的文本。他在自己固有风格和关怀的延长线上，“野蛮”地纠正着自己的写作。当然，八度屯乃至野马镇的故事如何在此基础上实现新的突破，李作家如何在完成“情感连接”之后和整个乡村世界一起成长，如何进一步置身于时代律动当中，与那些“愁苦的脸庞”一起“移风易俗”；这些都是李约热后续写作会遭遇的更大挑战。

无论如何，李约热的道路对于身处“虚弱”与“倦意”中的当代文学来说有着启发意义。也就是说，任何真诚的写作者想要书写人间消息，首先需要嵌入人间——不是通过个人任性的方式，而是在中国社会主义事业的整体性指引下以现实的身位接近无尽的远方和无数的人们。只有这样，写作者才能重新获得久违了的严肃性与集体性；只有这样，当代文学才能获得真正的“当代性”——无论是内容还是形式。

---

[1] 毛泽东：《在延安文艺座谈会上的讲话》，载中共中央文献编辑委员会编《毛泽东选集》（第三卷），第856—857页。

文
景

Horizon

社 科 新 知　文 艺 新 潮

字里行间的时势

朱羽 著

出 品 人：姚映然
责任编辑：张　晨
营销编辑：杨　朗
装帧设计：安克晨

出　　品：北京世纪文景文化传播有限责任公司
（北京朝阳区东土城路8号林达大厦A座4A　100013）
出版发行：上海人民出版社
印　　刷：山东临沂新华印刷物流集团有限责任公司
制　　版：北京百朗文化传播有限公司

开 本：850mm × 1168mm　1/32
印 张：8.5　字 数：160,000
2025年1月第1版　2025年1月第1次印刷
定 价：67.00元
ISBN：978-7-208-19236-2/I・2189

图书在版编目（CIP）数据

字里行间的时势 / 朱羽著 . -- 上海：上海人民出版社，2024. -- ISBN 978-7-208-19236-2

Ⅰ . I206-53

中国国家版本馆 CIP 数据核字第 2024NZ7653 号

本书如有印装错误，请致电本社更换 010-52187586